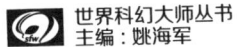
世界科幻大师丛书
主编：姚海军

U0755707

狩猎愉快

GOOD HUNTING ［美］刘宇昆 著

四川科学技术出版社

GOOD HUNTING by Ken Liu
Copyright © 2022 by Ken Liu
Published by agreement with Baror International, Inc., Armonk, New York, U.S.A.
through The Grayhawk Agency Ltd.
Simplified Chinese edition copyright: 2022 SCIENCE FICTION WORLD
All rights reserved.

图书在版编目（CIP）数据

狩猎愉快 / （美）刘宇昆著. —— 成都：四川科学技术出版社，2022.1（2024.8 重印）
（世界科幻大师丛书 / 姚海军　主编）
书名原文：Good Hunting
ISBN 978-7-5727-0466-6

Ⅰ.①狩… Ⅱ.①刘… Ⅲ.①幻想小说—美国—现代
Ⅳ.①I712.45

中国版本图书馆 CIP 数据核字 (2022) 第 044020 号
图进字号：21-2021-75

世界科幻大师丛书

狩猎愉快

SHIJIE KEHUAN DASHI CONGSHU
SHOULIE YUKUAI

丛书主编　姚海军
著　　者　［美］刘宇昆

出 品 人　程佳月
责任编辑　兰　银　姚海军
特邀编辑　贺子恒　钟睿一
封面设计　李　鑫
版面设计　李　鑫
责任出版　欧晓春
出　　版　四川科学技术出版社
　　　　　成都市锦江区三色路238号　邮政编码：610023
　　　　　官方微博：http://weibo.com/sckjcbs
　　　　　官方微信公众号：sckjcbs
　　　　　传真：028-86361756
成品尺寸　140mm×203mm　　印　张　10.75
字　　数　206千　　　　　　插　页　2
印　　刷　四川省南方印务有限公司
版　　次　2022年4月成都第1版
印　　次　2024年8月成都第2次印刷
定　　价　56.00元
ISBN 978-7-5727-0466-6

邮购：成都市锦江区三色路238号新华之星A座25楼　邮政编码：610023
电话：028-86361770

■ 版权所有　翻印必究 ■

序

　　小说这门艺术的核心存在悖论，至少就我的经历来讲：小说的媒介是语言，这门技艺的主要目的是交流；而我只有避开交流这一目的，才能写出满意的小说。

　　解释一下，作为作者，我用文字构建出作品，但文字在被读者的意识激活之前是没有意义的。故事是被作者和读者共同讲述的，在读者参与阐释之前，所有的故事都是不完整的。

　　每个读者在阅读文本时，都带着自身的阐释框架和对现实的预设，还有关于这个世界"是怎样""应该怎样"的背景叙事。这些都需要通过经验来获得，通过每个人遭遇的、无可复制的现实这一独特经历来获得。故事情节的合理性由"争斗－伤疤"来判断；角色的深度由"现象－影子"来评估；而故事的真实性则由每个人内心的恐惧和希望来衡量。

　　一个好的故事和一份案情诉讼摘要完全不同，后者试图说服并引导读者走上一条悬浮在不合理深渊之上的狭窄道路。相反，一个好的故事则更像一栋空荡荡的房子，一座开放的花园，一片海边的废弃沙滩。读者带着他们沉重的行囊和珍视的财产，带着怀疑的种子和理解的剪子，带着人性的地图和支撑信仰的篮子前来。接着读者栖居在故事之中，探索它的角落和缝隙，按照自身的品味重新布置家居，按照他们内心生活的草图漆刷墙壁，将这个故事变成他们的家。

作为一名作者，我发现想要建造一所能让每位想象中的未来居民都满意的房子是一件限制重重、让人无力的事。更好的办法是建造一所让我在其中感到宾至如归、平静怡然的房子，让我在现实和语言的艺术之间得到慰藉。

然而，经验表明，正是在我最不希望达成"沟通"的时候，成果才是最容易被阐释的；正是在我最少考虑读者是否感到舒适的时候，他们才最有可能把这个故事当作自己的家。只有纯粹专注于主观性，我才有机会实现主体间性。

愿你在这里找到一个故事，让它成为你的家。

GOOD HUNTING

目　录

狩猎愉快

Good Hunting

雅典娜 译

2012 年首次发表于《奇异地平线》杂志（*Strange Horizons*）

……一旦一个男人把他的心放在狐狸精身上，
无论他们相隔多远，她都会无法控制地听到他的声音……

夜晚,天边挂着半月,偶尔传来一声猫头鹰的号叫。

商人和他的妻子,还有所有仆人都撤出了宅子。偌大的宅子出奇地安静。

父亲和我蜷伏在庭院里的供石①后面,透过这块石头上的斑驳孔洞,我能看到商人儿子卧室的窗户。

"噢,小蓉,我亲爱的小蓉……"

年轻人那充满狂热的呻吟声令人同情。神志恍惚的他被拴在床上,这么做是为了他好。父亲特地留了一扇打开的窗子,好让他那哀伤的哭号能被微风远远吹到稻田之中。

"你觉得她真的会来吗?"我低声问道。今天是我的十三岁生日,也是我的初次狩猎。

"她会来的。"父亲说道,"狐狸精无法拒绝被她魅惑之人的

①用作观赏的自然奇石。

3

哭泣。"

"就像那对化蝶的恋人对彼此无法抗拒一样？"我回忆起了去年秋天来到我们村庄巡演的民间戏班。

"不太一样。"父亲说。不过他好像不愿意解释其中差别，"只要知道这不是一回事就行。"

我点点头，不确定自己听懂了没有。但我还记得商人和他的妻子找到我父亲寻求帮助时的情形。

"多丢人啊！"商人嘟囔着说，"他还没到十九岁呢。他读了那么多圣贤书，怎么还是被这么个妖精给迷住了？"

"被狐狸精的美貌和诡计迷惑并不算什么丢人的事，"父亲接话道，"即便是大学士王莱，也曾与某只狐狸精共度了三个夜晚，而后在科举中考取了状元。你的儿子只是需要一些帮助。"

"您一定要救救他。"商人的妻子一边说着，一边像小鸡啄米一样不停地鞠着躬，"如果这件事传出去，就没有媒人会给他说媒了。"

狐狸精是个会偷心的妖怪。我打了个寒战，怀疑自己如果真遇到的话，是否有勇气面对。

父亲伸手拍拍我的肩膀，他手中传来一丝暖意，令我镇定了许多。他另一只手里握着燕尾剑，这是我的先祖刘晔将军当年打造的宝剑，到现在已经传了十三代了。这柄宝剑上附着几百条道教符咒，已经饱饮了无数妖魔的鲜血。

一片飘来的云把月亮遮住了片刻,向万物投下一片黑暗。

当月亮再次现身时,我差一点儿惊叫出声。

田野中出现了一位女子,是我这辈子见过的最美丽的女人。

她身着绸缎质地的白色长裙,裙摆摇曳,衣袖翻腾,腰上系着一条银色的宽腰带。她的面庞白皙如雪,秀发乌黑似煤,披散在腰间。我觉得她看上去就像巡演戏班挂在戏台四周的那张唐代美女图上的人一样。

她缓慢转身,观察着周遭一切。在月光下,她的双眼倒映着光辉,就像两泓波光粼粼的清泉。

我惊讶于她脸上表现出的悲伤。忽然之间,我为她感到难过,想用尽一切办法让她展现出笑容。

父亲用手轻轻拍了拍我脖子后面,让我从这种迷醉的状态中恢复正常。他警告过我关于狐狸精的力量。我的脸上火辣辣的,心脏怦怦直跳,我把目光从妖怪的脸上移开,专注于她的姿态。

这一周以来的每个晚上,商人的仆人都带着狗在院子里来回巡逻,不让狐狸精靠近她的受害者。但现在整个院子空无一人。她站在原地,犹豫不决,怀疑这是个陷阱。

"小蓉!你是来找我的吗?"商人之子那狂热的声音越来越响。

女子转过身,朝着那间卧室的门走去——不,应该说是滑去,她的动作是如此平稳流畅。

父亲从供石后面跳了出来,举起燕尾剑冲向她。

她一个闪身躲开了，仿佛她的后脑勺上长了眼睛一样。父亲无法刹住攻势，随着一声钝响，宝剑刺进了厚厚的木门。他把剑往外拽，但没法儿立即把武器解放出来。

女子瞥了他一眼，转过身，朝着庭院大门外走去。

"别光站在那里，小良！"父亲喊道，"她要逃跑了！"

我朝她奔去，拖着我那装满狗尿的陶罐。我的任务是用它来泼她，这样她就无法变成狐狸形态而逃走了。

她转向我，微笑着说："你是一个非常勇敢的孩子。"一股香味围绕着我，如同春雨中绽放的茉莉花。她的声音像甜美、冰凉的莲蓉，我想永远听着她说话。陶罐从我手中垂下，被我忘在了一边。

"就是现在！"父亲喊道。他已经把剑拔了出来。

我恼怒地咬着嘴唇。如果我这么容易受引诱，那还怎么当捉妖人呢？我掀开盖子，把陶罐里的狗尿泼向她撤退的身影。脑海里那个不应该弄脏她那白裙子的愚蠢想法让我双手颤抖，加上她离我很远，只有少量的狗尿泼到了她的身上。

但这样已经足够。她号叫起来，那声音就像狗吠，但更加狂野，让我后颈的汗毛都竖了起来。她转过身咆哮着，露出两排尖利的白牙，我跌跌撞撞地向后退去。

我打断了她变身的过程。她的脸就这样停留在女人和狐狸之间，没有毛发的鼻子和竖起的三角形耳朵愤怒地抽动着。她的手变成了前端锋利的爪子，冲我挥舞着。

她没法儿再说话，但她的眼睛直截了当地传达了她的怨恨。

父亲从我身边冲过，举起剑准备一击致命。狐狸精转过身去，猛地撞向院子的大门，把它砸开，消失在破碎的门外。

父亲追在她后面，甚至没有回头看我一眼。我羞愧难当，也跟了上去。

狐狸精行动敏捷，她那银色的尾巴在田野间留下一条闪闪发光的痕迹。但她未完全变形的身体却保持着人类的姿势，没法儿跑得像她有四条腿时那么快。

父亲和我看到她躲进了村外大概一里远的废弃寺庙里。

"我们包抄她。"父亲说着，试图把气息喘匀，"我会从前门进去。如果她试图从后门逃跑，你知道该怎么做。"

寺庙的背后杂草丛生，墙壁塌了一半。当我绕过来时，我看到一道白色的闪光从瓦砾中蹿了过去。

我决心拯救自己在父亲眼中的形象，强忍心头的恐惧，毫不犹豫地追了过去。经过几个急转弯之后，我把那东西逼到了一个僧人的小屋里。

我正打算把剩下的狗尿倒在它身上时，突然意识到它比我们一直在追的那只狐狸精要小得多。这是一只白色的小狐狸，大概只有幼犬那么大。

我把陶罐放在地上，然后猛地冲了过去。

狐狸在我身下扭动着。对于这么小只的动物来说,它的力气却大得出奇。我挣扎着把它按住。在我们搏斗的过程中,我指间的皮毛似乎变得像皮肤一样光滑,而它的身体也在拉长、伸展、变大。我不得不用我整个身体的力量把它摔在地上。

突然间,我意识到自己的双手和胳膊正缠在一个与我年龄相仿的年轻女孩的裸体上。

我大叫出声,向后跳去。女孩慢慢站起身来,从一堆稻草后面拿起一件丝绸长袍,穿在身上,傲慢地注视着我。

一声咆哮从离这里有点儿距离的大殿那边传来,接着是一把重剑撞到桌子上的声音。然后是另一声咆哮,以及我父亲的咒骂声。

那个女孩和我盯着彼此。她比去年那个让我总忍不住想起的京剧演员更漂亮。

"你为什么要追赶我们?"她问道,"我们并没对你做过什么。"

"你母亲给商人的儿子施了妖术。"我说,"我们必须救他。"

"妖术?他才是那个不肯放过她的人。"

我大吃一惊,"你在说什么?"

"大概一个月前的一天晚上,商人的儿子偶然发现了我母亲,那时她刚好被一个养鸡户的陷阱困住。她只好变成人形逃跑,他一见到我母亲,就迷上了。

"我母亲更喜欢自由自在,并不想与他有任何关系。但是,一旦一个男人把他的心放在狐狸精身上,无论他们相隔多远,她都会无法控制地听到他的声音。他的那些呻吟和哭泣让我母亲心烦意乱,她只好每晚都去看他,只为了让他安静下来。"

这跟我从父亲那里了解到的内容可不一样。

"是她引诱无辜的学子,吸取他们的生命精华来增强她的邪恶法术!那个商人的儿子病得多么严重!"

"他生病是因为那个没用的医生给他服了毒药,据说可以让他忘记我母亲。我母亲才是那个通过夜访去保住他性命的人。而且别再用引诱这个词了。一个男人本来就可以爱上一只狐狸精,就像他可以爱上任何人类女人一样。"

我不知道该说些什么,所以我说出了脑海里出现的第一件事,"我只知道这不一样。"

她得意地笑了,"不一样吗?我可是看到了你在我穿上衣服之前看我的眼神。"

我满脸通红,"厚颜无耻的妖精!"我拿起陶罐,她仍然站在原地,脸上带着嘲弄的微笑。最终,我又把罐子放了回去。

大殿里的打斗声变得越来越嘈杂,突然传来一声巨响,接着是父亲胜利的叫喊声和一声女人的刺耳尖叫。

女孩的脸上此刻已经没有了笑意,脸上的愤怒慢慢变成了震惊。她的双眼失去了活泼的光彩,看上去和死了一样。

父亲又发出了一声咕哝。尖叫声戛然而止。

"小良！小良！都结束了。你在哪里？"

泪水从女孩的脸上滚落。

"搜一搜寺庙。"我父亲的声音继续说道，"这里可能还有她的幼崽。我们必须把它们也杀掉。"

女孩紧张起来。

"小良，你有找到什么吗？"父亲的声音越来越近了。

"什么也没有。"我说着，目光与她对视，"我什么也没找到。"

她转过身，默默地跑出了小屋。片刻之后，我看到一只小白狐跳过破损的后墙，消失在夜色之中。

清明节，亡者的节日。父亲和我去给母亲扫墓，给她带去饭菜和酒水作祭品，以告慰在另一个世界的她。

"我想在这里再待一会儿。"我说。父亲点了点头，独自动身回家。

我低声向母亲道歉，然后打包好我们为她带来的鸡肉，走了三里路来到山的另一边，来到那座废弃的寺庙。

我发现艳儿正跪在大殿里，靠近五年前我父亲杀死她母亲的地方。她把头发挽成了一个圆髻，就像举行过及笄礼的年轻女子那样，这个仪式意味着她长大了，不再是个女孩了。

每个清明节、每个重阳节、每个盂兰盆节、每个新年，这些应该是家人们一起度过的日子，我俩都会见面。

"我给你带了这个。"我说着,把白切鸡递给了她。

"谢谢你。"她小心翼翼地撕下一只鸡腿,优雅地咬了一口。艳儿曾向我解释过,狐狸精选择住在人类村庄附近,是因为她们喜欢生活中也能接触人类的事物:交谈、漂亮的衣服、诗歌和故事……以及偶尔也会出现的,与一位配得上自己的善良男人产生的爱情。

然而狐狸精仍然是猎手,只有在狐狸的形态下才能感觉到最大的自由。在她母亲的事发生后,艳儿从此远离鸡舍,但她仍然想念它们的味道。

"狩猎收获如何?"我问道。

"不怎么好。"她说,"百岁蝾螈和六趾兔越来越少。我似乎永远没法儿找到足够的食物。"她又咬下一块鸡肉,咀嚼着,然后咽了下去,"我现在变身也出现困难了。"

"你很难保持人形了?"

"不是。"她把剩下的鸡肉放在地上,低声祭奠她的母亲。

"我的意思是,我越来越难变回我的真实形态,"她继续说道,"去狩猎。有些晚上我根本就没法儿做到。你狩猎的情况又如何呢?"

"也不是那么好。现在的蛇精或者怨鬼似乎没有前些年那么多了。即使是被心愿未了的自杀者怨魂附身的事件也少了很多。而且我们已经好几个月没遇到过僵尸了。父亲正在为钱的事发愁。"

　　我们也有好几年没有遇到过狐狸精了。也许艳儿警告过她们，让她们全都逃离了。说实话，这让我松了口气。我根本不愿去想，如果告诉我父亲有些事情是他搞错了之后会怎样。父亲的烦心事已经够多了，整日焦虑自己正在失去村民的尊敬，因为人们现在似乎不再怎么需要他的知识和技能了。

　　"有没有想过，也许僵尸也是被人误解的？"她问道，"就像我和我的母亲一样？"

　　她看到我脸上的表情时笑了起来，"只是开个玩笑！"

　　我和艳儿的关系有些微妙难言。不能完全将她算作朋友。她更像是一个你无法控制自己不被她吸引的人，只因为她让你认识到，这个世界并不是按着你被告知的那样运转。

　　她看着她留给她母亲的剩下的鸡，"我觉得这片土地上的法力正被耗尽。"

　　我曾经怀疑过有什么东西不对劲了，但并不想大声说出我的怀疑，这样做只会使它成真。

　　"你觉得是什么造成的？"

　　艳儿没有回答，而是竖起了耳朵，聚精会神地聆听着。然后她站起身来，抓住我的手，拉着我躲在大殿的佛像后面。

　　"怎——"

　　她举起手指抵住我的嘴唇。现在与她如此接近，我终于注意到了她身上的香气。就像她母亲的味道，一股甜美的花香，同时像晒在太阳下的被子般的明媚味道。我察觉到自己的脸越来越热。

过了片刻,我听到一群人一路走进了寺庙。我慢慢地把头从佛像后面探出来,想看个究竟。

这是个炎热的日子,这些人正在寻找能遮蔽正午阳光的阴凉之地。其中两个人放下了一顶藤轿,从轿子上下来的是个外国人,有着一头卷曲的黄发,肤色苍白。队伍里的其他人扛着三脚架、水平仪、青铜管,以及敞开的装满奇怪设备的箱子。

"最最令人尊敬的汤普森先生。"一个穿得像官员的人走到了这个外国人面前。他不停地鞠躬、卖笑,点头哈腰的样子让我想到一只被踢的狗在摇尾乞怜,"请您休息一下,喝些凉茶。在这种本来该和家人一起去扫墓的日子出来工作,对他们来说本来就挺难的,他们需要花上一点儿时间来祈祷,以免触怒神灵。不过我保证,我们之后会努力工作,绝对按时完成勘测任务。"

"你们中国人的麻烦之处就在于你们那些没完没了的迷信。"那个外国人说。他的中文口音很奇怪,但我也能听懂,"记住,'香港—天津铁路'是大英帝国的重点项目。如果我在日落前到不了泊头村的话,我就扣掉你们所有人的工钱。"

我曾听说过一些传言,满族皇帝打了败仗,被迫开放了各种特许权,其中之一就是花钱帮助外国人修建一条铁道。但这一切似乎都那么不可思议,所以我之前并没有太在意。

官员赶紧热情地点头,"最最令人尊敬的汤普森先生所言极是。但我有个建议,能否劳烦您暂且一听?"

疲惫的英国人不耐烦地挥了挥手。

"当地的一些村民对拟定的铁路路线感到担忧。您看,他们认为已经铺设的铁轨阻断了大地的气脉。对风水很不好。"

"你到底在说什么?"

"这有点儿像人的呼吸。"官员说着,喘了几声大气,以确保英国人能理解,"土地上贯穿着的气脉,沿着河流、山丘、古代道路形成,承载着气的能量。是它让村庄繁荣起来,也供养着珍稀灵兽和当地的仙灵及家神。不知您能否听从风水大师们的建议,考虑把铁轨的路线稍稍移动一下呢?"

汤普森翻了个白眼,"这是我迄今为止听过的最荒谬的事情。你要我偏离我们铁路最高效的路径,只因为你认为你们的神像会生气?"

官员看上去面有难色,"但是,在已经铺设了铁轨的那些地方,发生了许多不祥的事情:人们失去财产、动物死亡、家神不再回应祈祷。佛教的僧侣和道教的道士们一致认为是铁路的原因。"

汤普森大步走到佛像面前,以品评的眼光打量着它。我缩回佛像后面,捏了捏艳儿的手。我们屏住呼吸,希望不会被人发现。

"那这一尊还有着法力吗?"汤普森问道。

"这座寺庙已经很多年没有僧人照看打理了。"那名官员说,"但这尊佛像仍然倍受尊敬。我听村民们说过,向它祈祷的话,经常能得到回应。"

随后我听到一声巨大的碎裂声响，大殿里的人们全都倒抽了一口气。

"我刚刚用手杖把你们这位神灵的双手打断了。"汤普森说，"正如你们所见，我没有被雷电劈中，也没有遭受任何其他的灾难。实际上，我们现在知道了，这只是一个用泥巴塑成、内里塞满稻草、外面覆盖着廉价涂料的人造神像而已。这就是你们这些人在战争中输给英国的原因。在你们应该考虑用铁建造道路、用钢铸造武器的时候，你们却还在崇拜泥塑的雕像。"

改变铁道的路线这个话题，再也没有人敢提了。

这些人走了以后，艳儿和我从雕像后面走了出来。有那么一会儿，我们只是注视着佛像的断手。

"世界正在改变。"艳儿说，"香港、铁路，外国人带来载着说话声的电线和冒着烟雾的机器。这样的事越来越多，茶馆里的说书人都在讲述这些奇闻。我想这就是为什么古老的法力正在消退。一种更强大的法力已经到来。"

她的嗓音平稳冷静，就像秋天里一泓波澜不惊的池水，然而她的话听上去却让人信服。我想到了我父亲面对日渐稀落的顾客临门时脸上试图保持的热情态度。不知道自己花费在学习念咒和舞剑上的时间是否只是白费工夫。

"那你要怎么做？"我问道。她独自生活在山上，想找到能维持她法力的食物很是艰难。

"我能做的只有一件事。"她的声音顿了一秒,然后变得充满挑衅意味,就像一颗卵石被扔进了池水。

当她看着我时,又恢复了冷静的态度,"我们能做的只有一件事:学着活下去。"

铁路很快就成了风景中熟悉的组成部分:黑色的火车头在绿色的稻田里呼啸而过,喷着蒸汽;车头后面拉着一长串的火车车厢,就像一条龙从遥远朦胧的蓝色山脉上下来。有那么一段时间,这景象令人觉得奇妙,孩子们对此惊叹不已,想要沿着铁轨奔跑跟上火车。

但是,火车头烟囱喷出的煤烟杀死了铁轨附近田地里的水稻;某天下午两个孩子在铁轨上玩耍,被火车吓得不敢动弹而被撞死。那之后,火车就不再那么让人着迷了。

人们不再找父亲和我寻求帮助。他们要么去找基督教传教士,要么去找那个自称在旧金山学习过的新来的老师。村里的年轻人开始动身前往香港或广州,被灯红酒绿和高薪工作的传闻所吸引。田地休耕了。村子似乎只剩下了太过年迈和太过年幼的人们,他们抱着听天由命的态度。来自遥远外省的人们前来询问如何廉价地购买土地。

父亲整日坐在前厅,把燕尾剑放在膝上,一直盯着门外,从黎明到黄昏,仿佛他自己也变成了一尊雕像。

每天,当我从田地里回到家时,都会看到父亲眼中的希望微光短暂地闪耀着。

"有人需要我们的帮助吗?"他会问我。

"没有。"我会试图让自己的语气保持轻松,"但我确信很快就会有僵尸出现的。毕竟已经很久了。"

我说这话时不会看向我的父亲,因为我不想看着希望从他的眼中逐渐消退。

后来,有一天,我发现父亲悬在了他卧室的重梁上。当我把他的遗体放下来时,我的心里一片麻木,我想他和那些他终生都在狩猎的妖魔鬼怪也没有什么不同:他们全都是靠某种古老的法力维生,而这种法力现在已经离开,且不会复返,他们不知道在失去法力后要如何生存。

我手中的燕尾剑又钝又重,我一直以为自己会成为一个捉妖人,然而现在没有了妖魔,也没有了神灵,我又要如何自处呢? 宝剑上所有道教符咒都无法拯救我父亲沉重的心灵。如果我仍留在此地,也许我的心灵也会变得沉重,渴望一成不变。

自从六年前我们在寺庙里躲避铁路测量员那天之后,我就再也没有见过艳儿。她的那句话现在又浮现在我的脑海中。

学着活下去。

我收拾好行李,买了张去香港的火车票。

锡克教徒卫兵检查了我的证件,挥手让我通过安检大门。

我停了下来抬头望,铁轨沿着山的陡峭一侧盘旋而上。这不像是铁轨,而像是一条直通天堂的阶梯。这是一条缆索铁路,是通往维多利亚山顶的有轨电车线路,香港的掌权者们住在那上面,中国人禁止在那里逗留。

但中国人能胜任把煤铲进锅炉、给齿轮上油这样的工作。

当我一头钻进引擎室时,蒸汽在我周围升腾起来。五年的时光中,我已经很了解活塞那有节奏的隆隆声和齿轮那断断续续的摩擦声,就像我了解自己的呼吸和心跳一样。它们那有序的刺耳噪声仿佛某种音乐一样感动着我,就像民间戏班开场时铙钹和锣鼓的敲击声。我检查了机器的压力,在垫圈上涂了密封剂,拧紧了法兰盘,更换了备用电缆组件中磨损的齿轮。我放任自己迷失在工作中,虽然辛苦,但也令人满足。

在我结束轮班的时候,天已经黑了。我走到引擎室外面,看到一轮满月挂在天空中,同时另一辆满载乘客的电车在我的引擎驱动下被拉到了山侧。

"别让中国的鬼魂缠上你。"一个有着明亮金发的女人在电车里说,她的同伴们全都笑了起来。

我这才意识到,今晚是盂兰盆节,也称中元鬼节。我应该去旺角为我的父亲买点儿供品,也许再买些纸钱。

"我们还想要你,你怎么能现在就收工呢?"一个男人的声音传到我耳边。

"像你这样的女孩不该太撩人。"另一个男人说着,笑了起来。

我向声音传来的方向看去,看到一个中国女人站在电车站外侧的阴影里。她紧身的西式旗袍和花哨艳丽的妆容向我表明了她的职业。两个英国人挡住了她的去路。一个人试图用胳膊搂住她,而她退到了一边。

"拜托了。我已经很累了。"她用英语说,"下次吧。"

"就现在,别犯傻了。"先开口的男人说,声音变得冷酷起来,"这可不是在跟你商量。现在就跟我们走,做你应该做的事。"

我走到他们面前,"嘿。"

那两个男人转过身来看着我。

"是不是有什么问题?"

"跟你没关系。"

"那个,我觉得还是跟我有关系的。"我说,"看到你们这么跟我妹妹说话。"

我怀疑他俩都不相信我的话。但五年来与重型机械打交道的经历使我练出了一身发达的肌肉,他俩看了看我的脸,又看了看我那沾满发动机油脂的双手,可能认为与一位卑贱的中国工程师公开厮打并不值得。

两个男人走开去排队坐山顶缆车了,嘴里骂骂咧咧地嘟囔着。

"谢谢你。"她说。

"好久不见了。"我看着她说道。我咽下了那句"你看上去不错"。她看上去并不好,又累又瘦又脆弱。她身上喷的香水很是刺鼻。

但我对她并没有什么尖锐的意见。评判别人是那些不需要为生存挣扎的人们才有的奢侈。

"今晚是鬼节。"她说,"我不想再工作了。我想去祭奠我的母亲。"

"不如我们一起去买些供品?"我问道。

我们坐渡轮去了九龙,水面上的微风让她恢复了些许活力。她用渡轮上茶壶里的热水打湿了一条毛巾,擦掉了脸上的浓妆。我捕捉到了她身上一丝淡淡的天然香气,一如既往的清新而可爱。

"你看上去不错。"我认真地说。

在九龙的街道上,我们买了糕点、水果、凉饺子和白切鸡,还有香烛和纸钱,聊着这些年彼此的生活。

"狩猎情况如何?"我问道。我们俩都笑了起来。

"我怀念做狐狸的时候。"她说。她心不在焉地啃着一只鸡翅,"有一天,离我们最后一次交谈后没多久,我感觉到最后一丝法力也离我而去。我再也没法儿变身了。"

"我很抱歉。"我说。除了这句话,我也无法提供其他安慰。

"我的母亲教会我去喜欢人类的东西:食物、衣服、民间戏曲、古老的故事。但她从不会依赖它们。只要她想,她总能变回她的真实形态去狩猎。但现在,在这种形态下,我能做些什么? 我没有爪子,也没有锋利的牙齿。甚至我跑得也不快。我所拥有的只是我的美貌,而这一点正是你的父亲和你杀死我母亲的原因。所以现在我靠着你曾经诬陷我母亲所做的那件事谋生:我为了钱财引诱男人。"

"我的父亲也去世了。"

听到这句话,她声音中的苦涩似乎减少了一丝,"发生了什么?"

"他发现法力离开了我们,和你一样。而这让他无法忍受。"

"我很抱歉。"我明白,除了这句话她也不知道还能说些什么。

"你曾经跟我说过,我们能做的只有一件事,那就是活下去。为此我必须得感谢你。这句话可能救了我的命。"

"那我俩扯平了。"她微笑着说,"不过我们还是不要再谈论自己了。今晚是留给鬼魂们的。"

我们来到港口,把食物放在水边,邀请所有我们爱过的先魂前来就餐。然后我们点燃了香烛,在一个桶里烧掉了纸钱。

她看着烧焦的纸片被火焰的热量带上天空,消失在群星之间。"既然现在法力已经不存在了,你觉得通往阴间的大门今晚还会为鬼魂们打开吗?"

这个问题让我犹豫了。在我小时候,我曾受训去聆听鬼魂手指在窗户纸上发出的抓挠声,去辨别风声中夹杂的幽魂呓语。但现在我已经习惯于忍受引擎活塞那雷鸣般的重击声和高压蒸汽冲过阀门时发出的震耳欲聋的嘶嘶声。我再也适应不了童年那个已消失的世界了。

"我不知道。"我说,"我想无论是对鬼魂还是人类来说,都是一样的。有些能想方设法在一个被钢铁道路和蒸汽汽笛所占据的世界里生存下去,有些则不能。"

"但他们中有谁会更喜欢这样吗?"她问道。

她仍然能让我感到惊讶。

"我的意思是,"她继续说道,"你快乐吗?让引擎整天运转,让自己像一个齿轮一样,你会觉得幸福吗?你的梦想是什么?"

我已记不起任何梦想。我放任自己着迷于齿轮和杠杆的运动,用我的心灵去填满金属与金属之间传来无休止叮当声的空隙。通过这种方式,我将对父亲的思念放到一边,不去关心这片已经失去太多的土地。

"我梦想着在这片金属和沥青的丛林中狩猎。"她说,"我梦想着用我的真实形态从梁上跳到窗台,从露台跳到屋顶,直到我站在这座岛的顶端,直到我可以对着所有自以为能拥有我的男人发出咆哮。"

在我的注视下,她那双闪过片刻光亮的眼睛,又黯淡下来。

"在这个蒸汽与电力的新时代,在这座巨大的都市里,除了那些住在山顶的人，还有谁能保持他们的真实形态吗？"她问道。

我们一起坐在港口边，整夜焚烧着纸钱，等待着某种启示，让我们知晓先人的鬼魂们仍与我们同在。

生活在香港应该能算是比较奇异的体验：一天又一天，一切似乎永远没什么太大改变。可如果你以几年的时间跨度来比较事物，那你几乎就像是生活在一个不同的世界了。

在我三十岁生日时，新设计的蒸汽引擎需要的煤炭更少，能提供的动力更大。它们变得越来越小。街道上到处都是自动黄包车和不需要马匹的自动马车，大多数财力充足的人都买了各种机器，有保持房子里的空气凉爽的机器，还有厨房里能冷冻住食物的箱子——这些都是由蒸汽驱动的。

我经常走进商店去研究新上架模型的各种组件，同时忍受着店员们对我的怒火。我如饥似渴地读着每一本我能找到的关于蒸汽引擎原理和操作的书籍。我试图运用这些原理去改进我所负责的机器：尝试新的点火周期，测试新型活塞润滑剂，调整齿轮比率。在我理解机械"法力"的过程中，我也产生了某种程度上的满足感。

一天早上，我正在修理一个坏掉的调节器时——这可是一项精细的工作——两双擦得发亮的鞋子停在了我上方的站台上。

我抬头看向他们。两个男人也低头看着我。

"就是这个人。"我的轮班主管说。

另一个男人,身穿一套挺阔的西装,看上去一脸怀疑,"就是你提出要在旧引擎上改用更大的惯性轮?"

我点了点头。我为自己能从我的机械中挤出比设计者所梦想的还要更多的动力而感到自豪。

"这个点子不是你从英国人那里剽窃来的吧?"他的语气很严厉。

我眨了眨眼。片刻的迷惑之后,随之而来的是一股愤怒。"没有。"我说,同时尽量让声音保持平静。我回到机器下方继续我的工作。

"他很聪明。"我的轮班主管说,"对一个中国人来说。可以让他受教育。"

"我想我们不妨试试看。"另一个人说,"这肯定比从英国雇一位真正的工程师要便宜不少。"

亚历山大·芬德利·史密斯先生是山顶缆车的所有者,本人也是一位狂热的工程师,他发现了一个机会。他预见到,技术进步的道路将不可避免地导致通过蒸汽动力运作的自动机器人的出现,机械化的手臂和腿脚,最终取代中国苦力和仆人。

我被挑选出来,为芬德利·史密斯先生的新创事业而服务。

我学会了修理发条装置,设计错综复杂的齿轮系统,并为杠杆设计出精巧的用途。我研究了如何用铬电给金属镀层,如何将黄铜塑造成光滑的曲线。我发明了各种方法,将坚硬耐用的发条装置与微型化可调节活塞装置和清洁蒸汽结合起来。一旦自动机器人完成,我们就把它们连接到从不列颠运来的最新型的分析引擎上,并在它们身体里放入密密麻麻地打满巴贝奇·洛芙莱斯编码的纸带,给它们输入信息。

经过十年的艰苦工作,现在,机械臂已经在中环一带的酒吧里提供饮料,机械手已经在新界的工厂里制造鞋子和衣服。尽管我从未亲眼见过,但我听说——在山顶的那些豪宅里,我设计的自动扫把和拖把在各个厅堂里小心翼翼地到处打扫,在清洁地板时会轻轻地撞到墙,就像机械精灵一样,呼出零星的白色蒸汽。外籍人士们终于可以在这个热带天堂过上没有中国人存在的生活了。

当她像一段久远的记忆那样,再次出现在我家门口时,我已经三十五岁了。

我把她拉进我的小公寓,环顾四周,确定没有人在跟踪她,然后关上了门。

"狩猎情况如何?"我问道。这是个拙劣的笑话,她无力地笑了笑。

她的照片已经登上了各大报纸。那是整个香港最大的丑闻:并不是因为总督的儿子养了一位中国情妇——人们都觉得他会这样做——而是因为这位情妇竟然从他那里偷走了一笔巨款,然后就消失了。所有人都在看笑话,而警察则把整个城市翻了个底儿朝天,到处寻找她。

"今晚我可以把你藏起来。"我说。然后我等待着,那未说出口的半句话悬在我俩之间。

她在房间里唯一那把椅子上坐下,昏暗的灯光在她的脸上投下阴影。她看上去筋疲力尽,憔悴不堪,"啊,现在是你在评判我了。"

"我现在有一份想保住的好工作。"我说,"芬德利·史密斯先生信任我。"

她弯下身体,开始脱她的衣服。

"别这样。"我说着,把脸转到一边。我不忍心看着她试图和我进行这样的交易。

"看。"她说,她的声音里没有一丝诱惑,"小良,看看我。"

我转过身来,倒抽了一口气。

我所能看到的她的双腿,是由闪亮的铬合金打造而成的。我弯下腰,好看个究竟:膝盖处的圆柱形关节用车床精密地加工过,沿着大腿的气压传动装置可以完全无声地运动;合金塑造的双脚形状精美,表面光滑而流畅。这是一双我见过的最美丽的机械腿。

"他给我下了药。"她说,"当我醒来时,我的腿不见了,取而代之的是这个。我疼得难以忍受。他向我解释说,他有一个秘密:

比起肉体,他更喜欢机械,他和普通女人在一起时根本无法勃起。"

我听说过这样的男人。在这个充斥着铬合金和黄铜、叮当声和嘶嘶声的城市里,欲望变得混乱。

我专注于观察光线沿着她小腿上闪亮的曲线移动的方式,这样我就不必去看她的脸了。

"我只有两个选择:让他继续改造我来满足他的需要,还是让他卸下我的腿,把我扔到大街上。谁会相信一个没有腿的中国妓女呢?我想生存下去。所以我忍下疼痛,让他继续。"

她站起身来,脱掉她其余的衣服和晚装长手套。我观察着她的铬制躯干,腰部覆有板条,让关节接合和移动;她那弯曲有致的双臂,由弯曲的板块构成,像下流的盔甲一样可以相互滑动;她的双手,由精致的金属网丝构成,黑钢的手指上,在原本是指甲的位置镶上了宝石。

"他一掷千金,我身上的每一部分都是用最好的手艺打造的,并由最好的外科医生拼接到我的身体上——尽管法律有规定,可还是很多人想实验如何用电力给躯体生命,用电线代替神经。他们总是只对他说话,仿佛我已经只是一台机器。

"然后,有天晚上,他伤害了我,我在绝望中反击了。他就像是用稻草做的那样,轻易倒下了。突然间,我意识到,我的金属手臂中蕴藏着多大的力量。我让他对我做了这一切,把我的身体一块一块地替换掉,我始终在哀痛自己的损失,却没有意识到我获得了什么。一件可怕的事情发生在了我身上,但我也可以变得可怕。

"我掐着他的脖子,直到他晕过去,然后我就带着所有我能找到的钱离开了。

"于是我来找你了,小良。你会帮助我吗?"

我走上前去拥抱了她,"我们会找到办法来逆转这种情况的。一定有医生能——"

"不。"她打断了我的话,"我想要的不是那个。"

我们几乎花了一整年的时间来完成这项任务。艳儿的钱派上了用场,但有些东西是花钱也没办法买到的,尤其是技术和知识。

我的公寓变成了一个车间。我们每个晚上和每周日的整天都在工作:塑造金属,抛光齿轮,重排线路。

她的脸是最难的部分,那仍是血肉组成。

我大量翻阅解剖学的书籍,拿熟石膏给她的脸做模型。我打断了自己的颧骨,割伤了自己的脸,这样我就可以跌跌撞撞地走进外科医生的办公室,从他们那里学习如何修复这些创伤。我买了昂贵的珠宝面具,把它们拆开,以学习塑造金属的精致艺术,使金属具有脸部的形状。

终于,是时候了。

透过窗户,月光在地板上投下一个苍白的平行四边形。艳儿站在窗影中间,活动着她的脑袋,摸索着她新的脸庞。

数以百计的微型气压传动装置隐藏在光滑的铬制皮肤之下，每一个都能单独控制，让她可以做出任何表情。她的双眼仍然和以前一样，在月光下闪烁着兴奋的光芒。

"你准备好了吗？"我问道。

她点了点头。

我递给她一个碗，里面装满了最纯净的磨成了细粉的无烟煤。它散发着烧焦的木材与地心的气味。她将它倒进嘴里，咽了下去。我能听到她躯体内部的微型锅炉里的火焰，随着蒸汽压力的积聚而变得越发灼热。我向后退了一步。

她抬起头对着月亮号叫，那是蒸汽经由黄铜管道所发出的号叫。这让我回想起很久以前，我第一次听到狐狸精的叫声。

随后她蜷伏在地。齿轮在研磨，活塞在泵送，弯曲的金属板在彼此之间滑动——随着她开始变身，这些噪声越发响亮。

她用墨水在纸上画出了她脑海中最先闪现出的想法，然后对其不断改进，经过数百次的迭代，直到她感到满意为止。我可以在其中看到她母亲的痕迹，但也有着更大胆、更新颖的内容。

根据她的理念，我设计了铬合金皮肤的精致褶层和金属骨架的复杂关节。我装配了每一个铰链，组装了每一颗齿轮，焊接了每一根电线，熔接了每一道缝隙，把每个驱动器都上好了润滑油。我将她拆开，又把她重新组装起来。

然而，看到一切都在正常运转，简直是个奇迹。在我眼前，她就像一件银色的折纸作品，不停折叠又展开。最后，一只美丽又致命的铬制狐狸展现在我眼前，像是从最古老的传说中走出来的一样。

她在公寓来回踱步，测试她造型优美的新形态，尝试她隐秘的新动作。她的四肢在月光下闪烁着微光，而她的尾巴，由精致的银色电线制成，像蕾丝一般漂亮，在昏暗的公寓里留下一道亮光。

她转过身朝我走——不，是滑行过来，一个辉煌的猎手，一个古老的幻象复活了。我深深地吸了一口气，闻到了火焰与烟气、发动机油与抛光金属的味道，那是力量的味道。

"谢谢你。"她说着，在我伸出双臂搂住她的真实形态时靠了过来。她体内的蒸汽引擎让她冰冷的金属身体变得温暖，让人感觉暖和而充满活力。

"你能感觉到吗？"她问。

我颤抖起来。我明白她这句话的意思。旧日的法力归来了，但也发生了改变：不是皮毛和血肉，而是金属和火焰。

"我会找到其他像我这样的同类。"她说，"然后带她们来找你。我们将一起让她们恢复自由。"

过去，我是一个捉妖人。现在，我是她们中的一员。

我把门打开，手中握着燕尾剑。这只是一把又旧又重的剑，尽管生锈，但完全能够击倒任何可能埋伏着的敌人。

门外没有人。

艳儿像一道闪电，从门里一跃而出。她悄无声息地、优雅地飞奔在香港的街道上，自由自在，充满野性，她是为这个新时代而生的狐狸精。

……一旦一个男人把他的心放在狐狸精身上，无论他们相隔多远，她都会无法控制地听到他的声音……

"狩猎愉快。"我轻声说道。

她在远处号叫着，当她消失时，我看到一缕蒸汽升腾到空中。

我想象着她沿着缆索铁路的轨道奔跑，这个不知疲倦的引擎不停向上飞奔、飞奔，向着维多利亚山顶，向着和过去一样充满法力的未来，飞奔。

隐 娘

The Hidden Girl

李　懿 译

2017 年首次收录于短篇集《剑之书》（*The Book of Swords*）

"我要成为大盗，从你手中偷回自己性命。"

自公元八世纪始,唐王朝越发倚重地方军政长官,即节度使——起初只负责边防,后逐渐将税捐、民政等政治权力独揽一身。他们实质上就是独立的封建军阀,仅在名义上听命于朝廷。

节度使之间明争暗斗,手段残暴而血腥。

犹记我十岁生日翌晨,槐树繁花满枝,春日阳光洒上屋前石板路,斑斑驳驳。枝丫间有一极粗者,如仙人之臂指向西方。我攀援而上,伸手摘取一串淡黄槐花,盼着那一丝略带苦涩的甜味入口。

"施主,贫尼化缘来也。"

我低头见一比丘尼。她的年岁我估摸不出——面上虽无皱纹,但那漆黑眼眸中的一抹坚忍叫我想起祖母。剃度了的头顶上,绒毛映着暖阳,却似一顶佛光。苍灰色袈裟一尘不染,只在底边处有些破损。她左手举起一只木钵,期待地注视着我。

"你要吃槐花吗?"我问。

她笑了,"善哉善哉。总角① 时曾识花味,转眼已经年。"

"站到下面,我丢你钵盂里去。"说着,我伸手去够背上的绸袋。

她摇头,"假人以手拈花,不可食,恐染尘世纷扰。"

"那你自己爬上来摘便是。"说完,我立即为这番无礼惭愧不已。

"自取斋食,可还是化缘吗?"她的话音里隐含笑意。

"那好。"我说。父亲一向教导我,对僧尼要以礼相待。人即便不吃斋念佛,也不必冲撞出家人,无论道教、释教,或是名不见经传的旁门左道。"只说你要哪串,我便勉力摘取,不费手。"

她手指之处在我身下粗枝下方。细枝梢头花簇摇曳,色泽尤浅,滋味想必更甜。但那枝丫太细,承不住力。

我以膝腿钩住粗枝,向后仰倒,一如蝙蝠倒挂。如此观天地甚是有趣,虽裙脚拂面亦不为恼。父亲每每叱责我这副模样,却也对我宽谅有加,只因我尚在襁褓中时母亲即已故去了。

我轻抻宽袖隔在掌心,伸手去够花儿。而她所指细枝仍旧太远,白花诱人,望而不得。

"若太费工夫,就歇手吧!"尼姑唤道,"可别扯破了衣裳!"

我紧咬下唇,决意不理睬她,腿腹旋即发力,身体来回摆荡。荡至高处,我见时机合宜,便放开双腿。

---

① 中国古代对八九岁至十三四岁少年的称呼。

我自茂密枝叶间重重坠下，脸颊拂过她所指花串，便张口咬住一穗，十指随即抓紧下方枝丫，压得它沉沉弯垂。坠落之势骤减，而身体更欲向天回弹。一时间，我料想枝丫似已牢稳，却听得一声脆响，身体顿时仿佛没了重量。

我团身收束膝头，落在槐树荫下，毫发无伤，又速速滚至旁侧，满枝繁花砸上我顷刻前所踞之地。

我信步来至尼姑跟前，张口让花穗落入斋钵。"没有染尘，况且你只是不许我拿手碰。"

槐树荫下，我也学庙里佛陀的样儿，盘腿与她并打莲花坐。她从茎上摘下花来，一朵自用，一朵予我。滋味清甜，没有父亲时而买予我的糖面人那般厚腻。

"施主天资不错，"她说，"是个做盗贼的好料。"

我心头火起，怒目相向，"我乃将门之后！"

"当真？"她说，"如此，施主已然为盗矣。"

"休得胡言！"

"贫尼行路千里，"她如此说，我便看向她赤脚，足底胼胝①粗厚，"曾见列王招兵买马，而农夫饿死田间；曾见王侯将相执象牙杯饮酒，尿书绢帛作乐，而孤儿寡母仰赖一合米度五日。"

"我家虽不穷，可钱也不是偷来的。我阿爷忠心事主，效命魏

①茧子。

博节度使,尽职尽责。"

"苦海无边,人皆盗贼。"尼姑说,"忠义算什么操守,左不过加紧偷盗的借端罢了。"

"那师太不亦是强盗?"我怒得脸红发烧,"你四处讨食,不劳而获。"

她点头,"确然如此。佛曰,凡所有相,皆是虚妄。百态之世原是苦海,看破红尘方为上岸。若命中为盗,则成其上盗,盗亦有道。"

"师太又遵何道?"

"鄙弃伪道,言必信,行必果,诺必诚。修炼绝学,舞炬以昭暗世。"

我大笑,"上盗师太有何绝学?"

"盗命。"

密柜内既暗又暖,樟脑药香弥漫。柜门狭缝间透入微光,我将被盖拢在周围,身如倦鸟偎巢。

寝间外,巡兵的脚步声在廊道里回荡开去。他们每过转角,便传来盔甲与佩剑相碰的清音,宣示时辰的流逝与清晨的迫近。

比丘尼与父亲的对话复现在我脑际。

"若交予贫尼,贫尼愿收她做弟子。"

"佛门错爱,在下惶恐,但恐难从命。小女当待家中,侍我左右。"

"押衙若不自愿交出,休怪贫尼不顾情面,动手劫人。"

"师太竟以劫人相要挟?须知老夫行走刀尖,况这宅邸上下有五十精兵把守,若小姐蒙难,必拼死相救。"

"贫尼并非要挟,只是告知押衙:即便你将她藏进铁箱,锁上铜链,沉入海底,贫尼想劫走她仍易如反掌,何不用你髯须试试此匕?"

寒光一闪,利刃夺目。父亲随即拔剑出鞘,金属相磨的声音紧攫人心,我胸中狂跳不止。

而比丘尼已消失无踪,眼前唯余道道斜阳。余晖下,几缕花白胡须失了凭靠,轻飘飘落向地面。父亲大惊失色,手掌抚上脸颊,皮面上匕首凉意未消。

髯须落地,父亲拿开手掌。他脸上有一片净皮,苍白似晨光中的铺路石板。没有见血。

"女儿莫怕,今晚爹派三倍兵力把守,你娘亲在天之灵也会保佑你的。"

可我禁不住害怕,怕极了。我想到尼姑脑袋周围那圈光华。我喜欢自己这头浓密长发,丫鬟说与我母亲当年一样,她每晚睡前都要细篦百遍。我不想剃头。

我想到尼姑手中那银光之迅疾,为目力所不能及。

我想到父亲那缕胡须飘然落地。

密柜门外的油灯火光一闪，我慌忙爬到角落，紧闭双眼。

没有任何声响，只一阵微风拂面，轻如飞蛾振翅。

我睁开眼，一时间深为眼前景象所困惑。

一个椭圆形物件悬在面前约三尺[①]远处，形似蚕茧，大致有我小臂粗。它散发清辉，无热无影，仿如明月碎片。我着了迷，爬近了些。

寒凉光芒似融冰一般从中流泻而出，随之有微风拂动垂髫，轻打我颜面。不，它不大称得上是个"物件"，更像匮缺实体的"否物质"，撕裂了密柜内的浓黑墨色，吞噬黑暗并将之变为光明。

喉咙焦渴，我用力吞口唾沫，颤巍巍伸指去摸那银光。一瞬犹疑之后，我触到了它。

又仿佛触之无物。既无灼肤的炽热，亦无刺骨的冰寒。指尖的虚无更证实我视其为否物质的初判。而五指也并未从后侧穿出，而是完全消匿于银光之中，一如将手探入虚空的无底洞。

我骤然收手，验看五指，尚能摇动，看上去毫发无伤。

光洞中忽地伸出一只手，抓住我胳膊往银光拽去。我还来不及喊，眼前即已被茫茫亮光笼罩，浑身受一种坠落的感受挟裹，仿佛自参天槐树之巅坠向无法企及的地面。

---

① 1 尺约为 0.33 米。

山峰似孤岛，浮于云彩间。

我想找条路下山，雾林却总叫我不辨方向。往下，只管往下。我告诉自己。而雾气越发浓厚，甚至有了实体，狠命推去，云壁仍不动摇分毫。无法，我只得坐下，抖抖索索绞出发间露水。面上的湿痕混着眼泪，但我不会承认。

她从雾中现身，不发一言，召我随她回山顶。我只得从命。

"你不善躲藏。"她说。

我不答话。既然她能越过将军府重兵把守的高墙大院，从密柜里偷走我，我想，我根本无处可藏。

我随她穿过密林，重回峰顶。艳阳高照，一阵风掠过，卷起落叶，漫天金红。

"饿吗？"她问，语气并不凶。

我点头。这番话语兀地令我戒备全消。父亲从不过问我饥饱，有时我会梦见母亲为我做朝饭，现烤环饼配幽菽。比丘尼带我来这里已三天，我只吃些林中采的酸浆果与地下挖的苦菜根，除此以外，颗粒未进。

"随我来。"她说。

她领我走上崖面中凿出的蜿蜒小道。路极窄，我不敢往下看，只将脸和身子紧挨岩壁，伸手紧抓垂荡的藤蔓，似壁虎贴壁挪动。比丘尼却大步流星，仿佛行走于长安干道中央。每逢转弯，她便停下，耐心等我跟上。

顶上隐隐有金铁交击声入耳。我踩实路中洼处，手扯藤蔓，确证其根系稳扎山中，方抬头仰望。

两个少女，年约二七，在空中比剑。不，"比剑"一说不大准确，称之为舞蹈更加贴切。

其中，白衣少女左手持握藤蔓，双足轻轻一点，辄大幅荡离悬崖，两腿伸于身前，姿态灵动飘逸，叫我想起庙里经卷上身居云中的飞天画像。她右手的剑闪耀日光，仿如天穹碎片。

剑尖挥向崖上另一女子，对手当即放开手中所倚藤蔓，直直跃起，黑袍衣袂翻飞，似巨蛾振翼飞舞。跃至极限，她巧转身躯，自至高点扑向白衣少女，一式狂鹰猎食，手中利剑如鹰喙突刺。

锵！

剑尖相击，明晃晃的火星似银花绽开。黑衣少女手中软剑弯如新月，她俯冲之势锐减，反借对手刃尖之力倒悬于半空。

两人随即以赤手互搏，挥掌相向。

啪！

结结实实的钝击声回荡在空中。黑衣少女落足崖侧，踝间轻巧地缠上藤蔓，借以稳住脚跟。白衣少女援藤蔓荡回原处，身如蜻蜓点水，双脚再次蹬离崖面，发起下一招攻势。

我出神地望着两位女侠在悬崖绝壁之上，于交错藤蔓间闪展腾挪，出招接招，施展拳脚，舞剑生风。凌驾滚滚云海上数千尺，两人身轻如燕，超凡脱尘，轻盈如飞鸟掠过摇曳竹海，迅疾如螳螂跃过缀露蛛网，绝似茶楼说书人那粗哑嗓音低述的传奇仙姑。

与此同时，我留意到两人满头秀发浓密如瀑，心中宽慰稍许。或许这比丘尼的弟子不必剃度。

"来。"比丘尼再召我，我便乖乖去到小径拐弯处凌空支出的一方小石台。"我想，你该饿慌了。"她开口，声音暗含笑意。我方发觉，适才二女练武的英姿看得我目瞪口呆，不免羞窘，忙闭上嘴。

脚下滔滔云海相距甚远，耳畔狂风呼啸，恍惚间，此生熟悉的世界似已远去不返。

"这儿，"她指向石台边缘一堆嫩红蜜桃，个个有我拳头大小，"此乃山中百岁猿猱自云层深处采来。云中桃树汲取天地精华，结出仙桃，食之一颗，整整十日不饿。若是口渴，就喝藤间露水，我等清居的山洞中亦有活泉。"

练武少女忽而现于身后。两人从悬崖攀下，来到石台，一人拿起一颗桃子。

"小师妹，我带你去晚上睡觉的地方吧。"白衣少女说，"我叫精精儿，你若是夜里叫狼嗥吓着了，可以爬我床上来。"

"你肯定没吃过像这桃子一般甜的东西。"黑衣少女道，"我是空空儿，我拜师最早，这山上何处有何种果子，我全都清楚。"

"你可尝过槐花？"我问。

"没有，"她说，"以后你带我去开眼吧。"

我咬了口桃子。香甜无以言表，入口即化，仿若松软雪沙。然而，刚吞下一口，肚腹即受其滋养，生出暖热之感。我相信这桃真能保十日不饿。师父说的一切我都将深信不疑。

"师父为何收我为徒？"我问。

"因你天赋异禀，隐娘。"她说。

我猜，这便是我今后的江湖名号。隐娘。

"而天赋仍须磨砺。"她继续道，"你本为东海明珠，你愿泯灭于无尽泥淖，还是大放异彩，唤醒浑噩世人，照亮俗世红尘？"

"弟子愿求学两位师姐那般轻功与武艺。"说罢，我舐了舐手上的香甜桃汁。我暗自发誓，我要成为大盗，从你手中偷回自己性命。

她若有所思地点头，望向远方，夕阳将云海染成了金黄与血红。

六年后。

车轮"吱嘎"一声，驴车停了下来。

不经任何提醒，师父为我扯下了眼前蒙布，掏出了耳中绸塞。突如其来的刺眼日光与鼎沸喧嚣让我有些招架不住——驴叫、马嘶，戏班子里二胡悲鸣、铙钹铿锵，装卸货物"砰砰乒乒"；歌声、喊声、笑声、争吵声、讨价还价声、之乎者也声，汇作一支闹市杂烩曲。

我还未从漆黑颠簸的旅途中回过神，师父已跳上地面，将毛驴拴在路边石桩。我大致只能推知，这是一座州城——其实在取下蒙布之前，我已闻到炸环饼、糖渍苹果、马粪、西域香水等上百种气味,便知此地繁华,只说不出具体地名。我努力辨识嘈杂市井谈话的只言片语,却发觉本地方言甚是陌生。

行人路过驴车,无不向师父鞠躬,口诵"阿弥陀佛"。

师父单手端于胸前,躬身回礼,亦答"阿弥陀佛"。

泱泱大唐,任一城池皆然。

"你我先用斋饭,之后,你可到那家客栈歇息片刻。"师父发话。

"那任务呢?"我问。自习武以来,第一次下山,我颇有些紧张。

她看向我,眼中神情复杂,半含怜悯半含笑意,"如此急切?"

我咬住下唇,没有作答。

"手段与时刻,你自行定夺。"她终道,话语沉静似无云晴空,"两天后的夜里,为师来接你。愿吾徒旗开得胜。"

"眼观耳听,肢腿自如。"她训导,"记住为师教你的要诀。"

师父从附近山峰召来两只雾鹰,个头足有成年男子大小,利爪展铁刃,钩喙闪精钢。凶猛双鹰盘旋头顶,在云雾间此隐彼现,鸣啸之声凄厉高傲。

精精儿递来一把匕首,长仅约五寸①,似乎全然不足以行刺。我以五指围握柄端,禁不住抖颤。

"一叶障目,则不见泰山。"她叮嘱。

"留心隐秘之处。"空空儿添上一句。

---

① 1 寸约 3.33 厘米。

"师妹吉人天相。"精精儿好言道,捏捏我肩膀。

"世间虚妄,皆有秘法。"空空儿说道,又贴身交耳,温暖鼻息拂过我脸颊,"我后项伤疤仍在,便是当年拜鹰隼所赐。"

两人退开,隐入雾中,留我独自对付猛禽。头顶藤蔓间传来师父的声音。

"佛门弟子,何故杀生?"我问。

双鹰轮流扑击,以虚打实,试探我防御。我折身跳开,挥舞匕首格挡。

"当今乱世,藩王并起,各怀野心。"师父道,"誓保一方子民,反予取予夺,誓为父母官,反卖子食骨;横征暴敛,大兴土木,恨不能以金砖铺地银饰墙;强征丁壮,百姓骨肉分离,兵马暴增之势堪比黄河决堤;征伐连年,藩界移换,只把大唐作沙盘,农夫命如蝼蚁,战战兢兢,匍地蛇行。"

一只雾鹰掉头俯冲,实力进攻而非试探。我以守势蹲伏,右手持匕护住头脸,左手撑地稳住身形,双眼紧盯雾鹰,余枝末节皆已隐没,只专注于如夜空中一组星座般明光闪耀的尖喙利爪。

眼中雾鹰倏忽临近。后项有微风拂过,猛禽伸爪扑翅,急稳攻势以展终极杀招。

"节帅都督各行其道,是非谁能定夺?"她反问,"男人引诱主上妻室,你安知他不是身负血仇,要接近暴君?女子向恩客讨粮济民,你安知她不是有意筹谋,包藏野心?身处乱世,唯不伦而成人伦。藩王买凶刺敌,你我则为弦上利箭,矢无虚发,披肝沥胆,不遗余力。"

我蹲身窥伺,正欲起而刺鹰,忽记起师姐叮咛。

"……一叶障目,则不见泰山……后项伤疤仍在……"

我团身滚至左侧,堪堪避过身后偷袭的雾鹰之爪,相去仅寸余。双鹰夹攻,在我头颅先前所在之处相撞,恰似潜鸟掷身潭中,直直迎上水面倒影。一时间,羽翼狂扑,尖啸鼓噪。

我冲向旋舞落羽之中。一刀,两刀,三刀,迅疾之势犹胜闪电。双鹰栽落,折翼倒地,喉间刀口利落,汩汩淌血,石台上汇起血泊。

我肩头亦渗出血珠,方才滚地时让粗石擦破了表皮。但我保全了性命,而敌手已奔赴黄泉。

"佛门弟子,何故杀生?"我再问,方才殊死一战,仍旧气喘吁吁。我刺过山中猿猴与林中虎豹,而双鹰试炼乃极难之境,非以登峰造极之能不能完成。"为何要充当权贵爪牙?"

"瑞雪降蠹屋,除旧展新途。"她说,"百姓疲累,须有你我复仇。"

精精儿和空空儿从迷雾中现身,给双鹰撒上化尸粉,又替我包扎伤口。

"多谢师姐。"我低声道。

"师妹仍需练习。"精精儿批评道,语气却很和善。

"我可不能让你死了。"空空儿神色狡黠,"你答应要带我尝槐花的,记得吧?"

　　更夫敲响子时铜锣,细细弯月挂上节度使官邸外的古槐树梢。街上浓影如墨,一如我玄黑的丝绸护腿、短衫与蒙盖口鼻的面巾。

　　我倒挂墙头,双足钩住墙顶,身似爬藤,紧贴平坦墙面。两个巡兵从下方经过,假若抬头,也只会认我作一段影子或瞌睡的蝙蝠。

　　待两人一走,我便弓身翻上墙顶,矮身疾走而过,脚步比猫更轻巧,直至宅府中院厅堂屋顶对面,屈腿轻轻一蹬,一跃跳过敞空,没入飞檐后的瓦间。

　　要潜进一座铜墙铁壁的宅院,自然还有更为隐秘的途径,但我喜欢待在现世,聆听夜风低吟及遥远夜枭哀鸣。

　　我仔细撬开釉面屋瓦,向缝隙里窥视。藻井格栅之下,现出一间方石铺地的明亮厅堂。一个中年男子独坐东端案台,专心审读一沓文书,缓缓翻页。只见他左颊有个蝶形胎记,脖间套一只碧玉项圈。

　　正是我要刺杀的节度使。

　　"盗他命来,即可出师。"师父交代,"这是最终考验。"
　　"他有何罪,竟至于死?"我问。
　　"罪行深浅有何妨?为师的救命恩人要他死,而且酬劳丰厚,如此足矣。你我不必心中有愧，谨遵道义即可。"

我爬过屋顶，手掌与足尖轻盈地掠过屋瓦，悄无声息——三月，谷中平湖冰融欲消，连松鼠亦有时踏破薄冰，落水溺毙，师父每趁此时节训我三人过湖。我与夜色融而为一，五感机敏如匕首寒芒，兴奋之余又有一丝不忍，仿佛正待挥毫在白纸上写下第一笔。

我既已到节度使所坐案台正上方，便又撬开屋瓦，一块、两块，顶棚洞口已足以容身。随后，我从绸袋中取出抓钩（通体涂黑，以免反光）抛上脊顶，试试抓牢了，便将丝绳拴在腰间。

我从屋顶豁口往下看。节度使仍坐在原位，全然不察头顶的凶险杀机。

刹那间，我恍惚觉得回到了房前大槐树上，透过摇曳枝叶间的孔隙凝望父亲。

回忆倏忽而过。我蓄势待发，将如鱼鹰一般潜入房中，迅速割喉、剥衣，给他全身撒上化尸粉；当他仍躺在石板地上抽搐之际，我即飞身自屋顶遁走。待侍从发现异样，他遗骨已皮肉不存，而我亦无影无踪。师父将宣布我出师，与两位师姐平起平坐。

我深深吐纳，弓起身体。为这一刻，我已勤学苦练六载，如今万事俱备，只欠东风。

"阿爷！"

我登时定住。

帘后钻出一个童子,约莫六岁,头发绑成整洁的冲天鬏,形如雄鸡尾。

"怎么还不睡?"男子说,"乖,回去睡觉。"

"孩儿睡不着。"童子道,"我听到有响声,还看见院墙上有团影子在动。"

"只是闹猫呢。"男子说。童子一脸不服气。男子想了想,妥协道,"好吧,过来。"

他把文书放上身旁矮桌,童子忙不迭爬到他膝上。

"影子没什么可怕的。"说罢,他拿手比在烛火跟前,做了一连串手影戏,又教儿子做蝴蝶、小狗、蝙蝠、飞龙。童子眉开眼笑,用手比一只小猫,去扑厅堂窗纸上父亲比的蝴蝶。

"影子因光而生,也会被光冲散。"男子停止扇动十指,双手垂于胁侧,"去睡觉了,吾儿,明早到花园里扑真蝴蝶。"

童子困意已浓,点头默默退下。

我身在屋顶,踌躇万分,童子的笑声在脑中挥之不去。莫非,遭人盗走离家的姑娘,就可盗走别家小儿至亲?这岂不是正须鄙弃的伪道?

"多谢义士静候我儿回房。"男子忽然开口。

我呆住了。厅堂中只他一人,而他话音响亮,绝非自言自语。

"本官无意叫人。"他继续道,目光仍停留在文书上,"义士只管下来,一切好说。"

剧烈心跳敲震耳鼓。我应当立即逃走,这可能是个圈套。若我下去,他也许会召出伏兵或开启地下机关擒获我。然而,他声音中似有某种力量,叫我不得不从。

我跳入屋顶洞口,旋身徐徐展开腰间缠绕数周的抓钩丝绳,轻轻落上案台,静如雪花触地。

"你如何知我在梁上?"我问。脚下并未有石砖翻开,现出深坑将我吞没,屏风后亦无兵丁冲出。我双手紧握丝绳,膝头微屈;倘若他确实全无防备,任务仍有望完成。

"孩童的耳目,比成人伶俐多了。"他答道,"再者,批阅公文至深夜时,我也每每比手影戏自娱。我熟知厅堂里灯火扑闪与影动,若异于平日,必是顶棚开了裂口,有气流涌入。"

我点点头,默记教训,以免再犯。我将右手悄悄移向后腰,握住鞘中匕首把柄。

"郑滑节度使朱温心怀不轨,觊觎本官辖地已久。"他道,"此处乃中原腹地,仓实民殷。一旦落入他手,必遭强征壮丁。姑娘若杀了我,他将长驱直入,入主关中。若叛乱之势席卷大唐,则生灵涂炭,万千孩童成孤儿,兵膏锋锷,曝尸荒野,任鸟兽啃食,英魂不得安息,终日在土地上群集游荡。"

他所言数字巨大,堪比黄河浊水中翻腾的无数泥沙。我只觉难以理喻,便道:"他救过我师父的命。"

"那姑娘就全凭她做主,不顾其他利害?"

"这世道烂透了。"我说,"我要替天行道。"

"本官不能自诩手不沾血。求仁得仁,亦复何怨!"他叹道,"可否至少宽限两日,以便本官料理后事?我儿出生时,娘亲就去世了,我得找人好生托付。"

我瞠目而视,难以对男童的笑声置若罔闻。

我在脑中描摹各式场面:节度使召集数千兵勇,将宅邸围得水泄不通,他躲进地下室,如秋叶抖抖瑟瑟。我内心描画他出城上路,快马加鞭,面容狰狞似走投无路的傀儡子。

他仿佛能读心一般,又道:"两日后的夜里,我独自在此等候姑娘。丈夫一言九鼎。"

"将死之人,谈何九鼎大吕?"我冷嘲。

"人之将死,其诺也如侠士。"他应道。

我点头,飞身一跃,迅速攀上悬垂丝绳,自屋顶洞口遁走,无比得心应手,恰如平日援藤蔓登云中绝壁。

我不担心节度使逃跑。我武艺高强,他不管逃到哪儿,都逃不出我掌心。我情愿给他机会尽人伦,与小儿妥善离别。

我在城中闹市闲逛,尽享炸环饼与糖稀香气。忆起六年未食之味,腹中"咕咕"闹腾。餐桃饮露虽净化灵魂,但肉身仍向往俗世甘美。

我以官话与商贩攀谈,只有少数人勉强能搭话。

"这个好精致啊！"我夸赞眼前的糖面人将军。细棍上的小人身披大红战氅，刷了层晶亮枣糖浆，叫人垂涎三尺。

"要这个吗？"小贩问，"今晨新鲜现做的，姑娘，填的是莲蓉馅儿。"

"我没钱。"我怅叹。师父给的盘缠只够住店，这几日的口粮也只是颗桃子干。

小贩打量我一番，似乎有了什么主意，"听口音，姑娘不是本地人？"

我点头。

"逃出家来，想在乱世找个安宁地儿？"

"大略如此吧。"我说。

他点点头，似乎心照不宣，拔起糖面人将军，把木棍递到我手中，"既然同为客居之人，就不收你钱了。这里是个安顿的好地方。"

我收下馈赠，谢过他，"店家何许人也？"

"我乃郑滑人氏。节度使朱大人差人到村里征召老少男丁入伍，我舍了田地逃跑了。阿爷已经战死，我岂有再拿血去染他战氅的理？这小人儿就是照着朱大人的模样做的，看到客人咬下他头来，我心里无比快活。"

我大笑，一口咬去，遂了他心意。糖面壳在舌尖融化，渗出莲蓉内馅，细腻滋润，沁人心脾。

我走过城中大街小巷，细品每一口甘甜滋味，随心聆听从茶铺门口、往来马车中飘出来的只言片语。

"……只是学舞,何必送她横穿大半城?……"

"……如此欺上瞒下,县太爷面儿上可不会好看……"

"……上等好鱼,新鲜肥美,活蹦乱跳欸……"

"……你如何知道? 他怎么说呀? 告诉我嘛,姐姐,告诉我……"

市井生活熙熙攘攘,似河山间云海载我援藤蔓荡跃。耳畔忽然萦绕那险些遇刺之人的话:

若叛乱之势席卷大唐,则生灵涂炭,万千孩童成孤儿,兵青锋锷,曝尸荒野,任鸟兽啃食,英魂不得安息,终日在土地上群集游荡。

我想起他的孩儿,想起那宽敞空旷的厅堂和手影飞舞的四壁。我忽有所感,我的心与世间音韵一齐律动,既出尘,又与这俗世紧紧相连。水中沙粒翻腾旋转,汇成张张人脸,有笑有哭,有盼有梦。

两日后。夜里钩月微盈,寒风料峭,远处夜枭的鸣叫更叫人毛骨悚然。

我驾轻就熟,攀上节度使官邸院墙。巡兵排岗仍旧如常。这次,我身子伏得更低,更为蹑手蹑脚,爬过纤如细枝的墙顶,踏过高低不平的屋瓦,回到熟悉的地点,撬起两夜前放回的瓦片,眼目紧贴隙口,以皮肉阻住气流。我不敢掉以轻心,随时可能有蒙面侍卫从暗处跃出,触发机关。

而我亦不忧惧,早备好万全之策。

下方却并未传出喊叫,也无响锣示警。我细察那灯火通明的厅堂,他仍坐在老位子上,身旁矮桌上摆有一沓文书。

我凝神倾听,搜寻孩童的脚步声。鸦默雀静,男童已被送走。

再细看男子身下,厅堂地板铺满了稻草。见此情景我不免疑惑,随即明白,此举乃是出于好心,免得他的血染污石砖,好为后人清扫提供方便。

男子闭眼打莲花座,面上带着微笑,似一尊佛像。

我轻轻将屋瓦放回原位,如一缕清风消失于夜色中。

"此事甚易,因何未毕?"师父质问。两个师姐站在她身后,如同护法阿罗汉。

"我见他与小儿玩耍,不忍下手。"我急道由来,如同攀上救命藤蔓,祈求一曳而荡过深渊。

她慨叹,"若再遇此情此景,当先诛小儿,以免受其乱!"

我摇头。

"此人善使花招,利用你妇人之仁。权贵无异于台上戏子,粉墨之下,心如幽壑。"

"师父言之有理。"我道,"只是,他言而有信,亦不惧死于我手。弟子大体相信,他所说句句为实。"

"你如何知道,他不似他毁谤之人那般狼子野心? 你如何知道,他现下藏锋守拙,将来不会凶相毕露?"

"谁人能知晓未来?"我反问,"即便蠹屋将倾,弟子亦不愿做那翻云覆雨之手,不忍摧枯拉朽,惊扰蝼蚁寻求一方安宁。"

她目光咄咄逼人,"你为国忠心何在? 对为师孝心何在? 对诺言信义何在?"

"弟子原不愿做盗命之徒。"我说。

"你一身绝技,"她无语半晌,又道,"可惜了。"

师父语调中的隐隐寒意叫我发抖。再看她身后,精精儿和空空儿已不见踪影。

"你若踏出门口半步,"她道,"就别再叫我师父。"

我凝望她全无皱纹的脸,那双眼中毫无凶光。我回想起早年间,我数次从藤蔓间摔下,她亲手为我包扎伤腿。我回想起那场试炼,我无力招架熊猫,她出手为我打退。我回想起无数夜晚,她抱我在怀,教我看透世间虚妄,寻得本真秘法。

她害我与家人天各一方,却又予我最似母亲的疼爱。

"师父,弟子就此别过。"

我屈身跃起,如腾猿飞虎,鹰击长空,撞破客房窗户,没入如海暗夜。

"我不是来杀你的。"我说。

男子点头，仿佛全在意料之中。

"我出师不利，任务会交由两个师姐接替。一是精精儿，人称'霹雳心精精'；一是空空儿，人称'妙手空空'。"

"我去召侍卫。"言罢，他站起身来。

"没用的。"我告诉他，"饶是你躲进金钟罩，藏入海底，精精儿一样能盗走你的魂魄，空空儿更加手段非凡。"

他讪笑，"看来只能单枪匹马会客了。多谢提醒，如此，我手下弟兄不致枉死。"

夜里隐约传来尖啸，仿佛远处有群猴呼号。"来不及解释了。"我告诉他，"那大红幡子给我。"

他照办了，我把幡子系上腰间，"你今日所见，必觉匪夷所思。不论如何，盯紧这条幡子，躲得远远的。"

啸叫愈加响亮，充斥上下左右，却不辨来处。精精儿已至。

不等他多问，我便撕开位面间幕，钻入秘境，生生在他眼前消失，只留一截大红幡子拖在身后。

"把现世想成一张纸。"师父说，"蚂蚁爬行纸上，只知其广、其宽，不知其深。"

我看向纸上所画蚂蚁，不知她葫芦里卖的什么药。

"蚂蚁惧怕危险，便在周围筑起高墙，以为这密不透风的壁障可保周全。"

师父画个圆，把蚂蚁圈了起来。

"而蚂蚁并不知晓，一把刀悬于上方。刀不属于蚂蚁的世界，无法受其感知。蚂蚁所筑高墙无法防御来自隐秘维度的打击——"

她抬手一掷，匕尖扎中画上蚂蚁，将纸钉在地上。

"你若以为世界只有宽、广、深三个维度，隐娘，这么想可就错了。你这十多年，不过是像纸上蚂蚁一般生活，远不能体会世界本原的妙处。"

我进入秘境，境外之境，境中之境。

眼前一切都增添了全新维度——墙壁、石板、跃动的炬火，以及节度使惊异的面容。他的皮肤仿佛被掀开，五脏六腑展露无遗。我看见他心搏肠蠕，血液流过透明脉管，晶晶白骨内填满柔滑骨髓，让人想起枣泥莲蓉。我看见每块砖里粒粒云母清透，万千仙子在火焰中舞蹈。

不，还不够准确。我无法以言语描述眼前所见。我忽而看清万物的亿万层重叠构造，仿佛循曲线爬动的蚂蚁骤然被抓离纸面，得见那无始无终的正圆。此乃佛陀天眼所见，他参透了因陀罗网的玄机，领悟到跳蚤足尖微尘亦与夜空广袤星河相连。

多年前，师父正是凭借此法穿透父亲的大院高墙，避开府上精兵，从密闭铁柜里将我偷走。

我看到精精儿的白袍由远及近，似深海幽光水母舞动翻腾。

行走间,她口中尖啸,这一声刺进耳中,行刺目标听了,无不胆寒。

"小师妹,你缘何在此?"

我扬起匕首,"求求你,精精儿,回去吧。"

"你总是这般执拗。"她说。

"你我曾同食一桃,共浴山中冷泉。"我说,"你曾采雪莲戴我发间,教我攀藤走崖。我敬你如亲姐姐,求求你不要杀他。"

她面露神伤之色,"不可,师父一诺千金。"

"舍此一诺,以全大义,不能违了本心。"

她收剑负于臂后,"我待你情同姐妹,你出招,我绝不还手。若你在我杀掉节度使之前刺中我,我即刻离开此地。"

我点头,"谢过师姐,小妹得罪了。"

秘境自有其架构,丝弦纤细交织,透出荧荧微光。我与精精儿穿行其间,踏横丝跳跃,援垂丝摆荡,于丝网上高攀低走,腾转回旋,步履翩跹,天地间星光熠熠,冰莹闪闪。

我自后方突刺,她轻巧躲开。她向来是头等轻功好手,藤间过招与云端曼舞皆游刃有余,飞身滑步袅娜如天庭仙子。与她相比,我动作粗笨沉重,毫无技艺可言。

她翩然闪避攻势,一面计数:"一、二、三、四、五……甚妙,隐娘,想必你近日勤于练习。六、七、八、九、十……"当我偶而靠近,她便随手挥剑挡下匕首,举重若轻,仿佛梦中人驱赶蚊蝇。

她眼中忽露惋惜之意,掉转方向,援垂丝荡向节度使,恰如那悬于纸上的短刀，欲自另一位面从天而降，而他全然无法察觉。

我紧随精精儿，亦步亦趋，唯愿计谋顺利。

节度使见我垂入现世的大红幡子飘近，忙闪身伏地，滚到一旁。精精儿长剑穿透位面间幕，现世中，一口宝剑凭空现身，将节度使座前案桌斩得粉碎，随即消失无影。

"咦？他如何能识我行踪？"

我不给她机会看穿把戏，挥动匕首连续出招。"三一，三二、三、四、五、六……师妹匕法的确颇为精进……"

我与精精儿在厅堂"上方"（言语实难描述准确方位）秘境内踊跃，她每攻向节度使，我便尽力追逐左右，警告他危险来袭。而我拼尽全力，也根本近不得她分毫。我自觉疲惫，手脚慢了下来。

我再度屈腿发力，荡向她身后，但这次却大意了，落足点距厅堂墙壁太近，飘荡的红幡被灯台钩住，我随之跌倒。

精精儿看向我，大笑不止，"原是你在搞鬼！你果然机灵，隐娘，不过，比试到此为止，我要请功领赏了。"

我困在此地，鞭长莫及。她若在此刻出袭，节度使收不到任何警示。

红幡着了火，火焰猛蹿入秘境，吞没我衣袍。我惊恐尖叫。

精精儿跃出三步，回至我脚下所踏横丝，迅速脱下白袍，罩住我身体，扑灭了火焰。

"你没事吧？"她问。

我有几处头发与皮肤给火烧焦了,但无大碍。"多谢师姐关照。"我说,随即亮出匕首划过她衣角,不等她反应,已割下一段布条。寒芒刺向更深处,切开位面间幕,布条自缝隙飘进现世,抖抖瑟瑟,如水草在水面游荡。我俩亲见那白绸布落地,节度使满脸惊骇,手脚并用,仓皇逃开。

"一招刺中。"我宣告。

"啊,"她说,"原来你使诈?"

"毕竟刺中了师姐衣袍。"我答。

"你跌倒……只是苦肉计?"

"那是我唯一能使的法子。"我承认,"师姐剑法比小妹高明得多。"

她摇摇头,"你竟然甘心为一个陌生人算计你师姐?不过,我既然答应你,就决不反悔。"

她援垂丝而上,像水鬼一般翩然而去。融入夜色前,她回头看我最后一眼,"告辞了,小师妹。你我缘分如这衣裙,已被你匕首斩断。祝你得偿所愿。"

"再会。"

她离开了,一路长啸。

我爬回现世,节度使飞快迎了上来,"吓死我了!这是何种法术?我听闻金铁相击,却不见刀光剑影。你腰间幡子在半空飘舞,如同鬼魅，后来，最后，那白布凭空出现……慢着，你受伤了？"

我龇牙咧嘴，勉强坐起，"无碍。精精儿已走了。下一个刺客将是我大师姐，空空儿，她厉害得多，我不敢说一定保护得了你。"

"我不怕死。"他说。

"你若死了，郑滑节度使会杀更多人。"我说，"你得听我的。"

我打开绸袋，取出及笄之日师父送我的礼物，递交与他。

"这是……纸驴？"他看向我，甚是不解。

"这是机关驴在现世的投影。"我说，"正如球体在平面投影为圆——别管了，没时间了。听我的，你赶紧走！"

我划开秘境，推他进去。此刻，纸驴在他跟前化身为机关巨兽。我不顾他连声反对，推他上了驴背。

驴身内紧绷的牛筋带动齿轮旋转，动力传过曲柄，四腿交替行进，机关驴可在秘境中疾走半个时辰，绕一大圈，如空中飞人那般在荧白横丝间跳跃。师父赠我此物，以备在任务中受伤时借以脱身。

"姑娘要如何抵御她？"他问。

我没有作答，只是拔出锁钥，机关驴飞奔而去。

空空儿的接近全然无声无息。没有长啸，没有歌吟，没有可怖巨响。不熟悉的人会以为她手无寸铁，她也因此得名"妙手空空"。

宽袍闷热，脸上假面人皮厚重。地上所铺稻草俱已引燃，厅堂浓烟弥漫。我蹲伏在地，为求吸纳少许清凉空气。我在脸上堆砌出平和笑容，双眼眯成一条缝。

烟雾打了个旋儿，一丝细微异样，须得明察秋毫方能辨别。

我熟知厅堂里灯火扑闪，若异于平日，必是顶棚开了裂口，有气流涌入。

片刻之前，我仔细用匕首在位面间幕上划开几道细痕，为免闭合，又系上割自精精儿衣袍的绸条。切口足以透出秘境的风，能借此觉察任何潜影的接近。

我在脑中描摹空空儿的冷峻身姿，如索命恶鬼般潜于秘境，逐我而来，右手钢针闪耀——她只需这一枚暗器。

她喜欢用钢针直刺对方心脏，而胸腔与表皮不留痕迹。她喜欢将钢针扎入对方头颅，把脑子搅成糨糊，叫对方神乱而死，而头皮不见伤口。她尤其喜欢行刺于无形之中，在不设防之处直捣黄龙。

浓烟骤然翻腾，她在接近。

我想象她眼中所见情景：面生蝶形胎记的男子身着节度使袍独坐厅堂，身周宅邸失火，烟雾缭绕，他惊惶无措，张口结舌，错愕之情僵在脸上。在他头顶，秘境中的空气莫名浑浊起来，仿佛厅中浓烟穿透了位面间幕。

她出手了。

我向右一偏，这是本能举动而非五感应变。我已同她练武多年,但愿她使出惯用套路。

她用意必是将钢针刺入我头颅。我一偏头,而钢针仍循原迹往现世刺出,"叮"一声清响,击中我颈上碧玉项圈。

我在浓烟中蹒跚起身,呛得咳嗽不止。我抹掉假面人皮。空空儿钢针细弱,一击即会弯曲变形,若一击不中,绝不会出第二招。

一声诧异轻笑。

"好把戏,隐娘。我大意了,没看穿那烟雾。你不愧是师父最得意的弟子。"

我在现世中划开秘境之隙,远不止是示警。待烟雾充塞秘境,她眼中现世即变得模糊。若论常时,她居迷观实,我的假面透若无物,宽松大衣也不过绕我划一空圈而已,和那纸上蚂蚁无分。

而另有可能,她或许是刻意没捅破我粗陋的伪装,一如她曾刻意提醒,雾鹰惯从背后偷袭。

我向那空不见人的声音来处拜倒,"请转告师父,恕弟子不孝,不会再回山上了。"

"不想你竟成刺客对头。后会有期。"

"若有缘再会,我邀你共品槐花。大师姐,那滋味甜中带涩,清而不腻。"

琅琅笑声远去,我瘫倒在地,筋疲力尽。

我想要回家,与父亲重聚。可我要如何向他讲述我的云游,如何向他解释我的改变?

　　我无法长成他期望的模样。我心甚野，无法身穿束衣款款走过大院房间，听媒人叙说未来夫婿时满脸羞红。我无法装作喜爱女红胜过攀爬门前槐树。

　　我身负绝技。

　　我要像精精儿与空空儿那般飞檐走壁，我亦曾攀引道道藤蔓荡过悬崖。我要与劲敌过招。我要自己挑选夫婿，想找个手细心善的好人——淬镜工就不差，好叫他知道那光滑镜面之下别有洞天。

　　我要磨砺绝技，以赫赫光明震怖奸邪之徒，为能人异士照亮济世之路。我要保护弱小，庇佑纯良。虽不知能否坚守正道，我，隐娘，誓为天下苍生求得安宁。

　　而我终究是个盗贼。我已盗得己命，亦将盗回他人之命。

　　机关驴蹄音嘚嘚，由远及近。

剪

Cutting

雅典娜 译

2012 年首次发表于《电动脚踏车》杂志（Electric Velocipede）

诸神经常言辞隐晦，而人类的记忆是一种脆弱而精妙的东西。

在高山之巅，云端之上，旭寺的僧侣们终日从他们的圣书上剪下字句。

僧侣们的信仰起源于很久以前。他们从承载着圣书的羊皮纸上推测出这点。它脆弱易碎，满是褶皱，有些地方被水渍损坏，所以很难读出上面的字迹。住持是整个寺院最年长的僧侣，他回忆说，当他还是一个年轻的沙弥时，这本书就已经是这个样子了。

"这本圣书是由那些与神同行、与神交谈的人所写就的。"颤抖的方丈顿了顿，让他的话沁入整齐地成排坐在他面前的年轻僧侣们的心中，"他们记录了自己所记得的那些经历，因此阅读圣书就是再次聆听诸神的声音。"年轻的僧侣们用额头触碰石板地面，张开双手祈祷。

但僧侣们也知道，诸神经常言辞隐晦，而人类的记忆是一种脆弱而精妙的东西。

"回想童年时期一位朋友的面容,"住持说道,"在你的脑海中维持住那个形象,并写下对其的描述,尽可能多地给出你所能集结的细节。

"现在再次回想那张脸。在你的记忆中,它已经发生了微妙的变化。你用来描述那张脸的字句已经取代了你记忆中的某些部分。回忆是一种回溯行为,通过这样做,我们抹去并改变了模板。

"创作这本圣书的人们亦是如此。在热忱与激情中,他们写下了他们相信是真理的东西,但他们搞错了很多内容。他们也只是凡人而已。

"我们仔细研究圣书上的字句,加以观想,以便能发掘出埋藏在层层隐喻下的真理。"住持轻抚着他那长长的白色胡须。

所以每年,在经过多轮辩论后,僧侣们同意从圣书中删去更多的字句。然后,这些被删剪的羊皮纸碎片会被焚烧,以作为献给诸神的祭品。

通过这种方式,他们修剪掉多余的部分,揭示出书中之书、故事背后的故事,僧侣们相信,如此一来他们也正在与诸神进行交流。

数十年过去,圣书变得越来越轻,在它的书页上,在字句曾经停留过的那些地方,布满了孔洞、开口和空隙,就像金银镶边,像蕾丝,像溶解的蜂巢。

"我们努力奋斗,不是为了记住,而是为了遗忘。"住持说着,又从圣书中剪下另一个字。

信仰，

脆弱易碎，损坏，

被成排入定之人。

经历，触碰，祈祷。

知晓，

记忆脆弱而精妙。

童年，

回溯被埋藏在层层隐喻中的人。

达成一致，

在孔洞、开口和空隙之中。

努力记住，努力遗忘。

记住是为了遗忘。

白 袖

White Hempen Sleeves

胡绍晏 译

2016 年首次收录于科幻短篇集《毁灭之后》(*After the Fall: The Transhuman Survival & Horror*)

"你想要了解真实的自己,而那只有死亡才能揭示。"

意识桥接仪在我周围发出轻微的嗡嗡声,我就像躲在一枚海螺壳里。我有一种身处宇宙中的失重感,仿佛悬浮在亿万星辰之间——那幽灵般的"闪光"是因为纳米机器人在我的神经里游走,试图捕获我体内凝集的电势。

　　我满怀期待,带着踏入未知的激动。我会知道吗? 我会察觉到意识真正分叉的那一刻吗? 我会感觉到时间停止吗? 我的思维是否会像可疑的触手一般悬浮在深不见底的遗忘之海,仿佛要诱人上钩?

　　我恨我自己。

　　猜硬币正反面的概率是五五开,而我猜错了。

　　如果你知道自己即将死去,那感觉糟糕透顶,哪怕让你经历这种感觉的人是你自己。

人终有一死，关键是你死前做过什么。

那声音中没有愉悦，也不能带来明显的解脱感。但那什么都说明不了。换身之前，我在停滞的时间里度过了不知几小时，几天，还是几周，而与此同时，另一个我却有大把的时间欢呼庆祝他的好运。

我懒得回应安全地躲在"奥克塔维亚号"上的我自己。"奥克塔维亚号"是一座水母状的浮空站，悬在我头顶五十五千米高处，带着一股颓废的气质。我努力克服换身后的晕眩感抬头张望，但只看到翻滚的橙色云海中透出一抹永恒的微光。

我低头察看自身。一百八十度旋转脑袋的感觉很陌生，但那异样的身体更令人难以适应。我为自己挑选的是五米长的蛇形金属躯干，仿佛灭世之前亚马孙丛林里游走的巨蟒。这具经过加固与强化的身体能在金星表面生存，以便完成我赋予自己的任务。

做好准备，会很痛。

我脑中似乎有个开关被翻转，令我发出无声的尖啸。

我感觉火辣辣地发烫，皮肤仿佛起泡、沸腾、剥落，犹如依什塔尔高原上的火山喷发。

但是我并没有皮肤。

四面八方的巨大压力压迫着我的肋骨与胸腔，仿佛要把我的肺碾成一张薄纸。一种担心无法呼吸的原始恐惧占据了我的头脑。

但我也没有肋骨、胸腔和肺。我不需要呼吸。

你所在的位置温度是四百六十摄氏度,气压为九十三巴 ①。我已经重新调校你体内的传感器,给你适度的疼痛刺激,但不会让你立即失去行动力。

你这该死的浑蛋。

这是为了给你一点点动力,激励你前往海拔较高处寻求降温,缓解窒息的感觉。

我暗自咒骂自己。当然,我料得没错——当我意识到自己是那个去送死的人,第一反应就是躺在原地睡觉——这是要不得的。

于是,我开始不情不愿地攀爬麦克斯韦峰,那是金星表面最高的山,比地球的珠穆朗玛峰高两千米。我的身体在滚烫的玄武岩上滑行,到处是化学侵蚀形成的碎石和棱角锋利的岩块。决定行进方向很容易:我一路只往高处走,因为只有这样才有望缓解巨大的压力和地狱般的灼热。

我攀爬得非常缓慢。理论上讲,在如此高的压强下,以二氧化碳为主的大气已经不是气体或液体,而是性态介于两者之间的超临界流体。我一边游动,一边攀爬。我能感觉到热量和压力削弱了义体上的接合关节。我,不,他——我和那个虐待狂竟然是同一个人,这样的念头令我难以忍受——只留给我一条路。

向上。向上。

终于,我穿出了超临界流体层,空气变成真正的气体,我可以

①1 巴等于 105 帕。

移动得更快。但这离让我得到解脱还远远不够,周围的环境反而变得更加像地狱了。狂风以地球上从未有过的速度在我身边呼啸,差点儿将我掀翻——幸好我的蛇形义体紧贴地面,重心极低。雷声轰鸣,闪电在头顶的云层中闪烁,瓢泼的酸雨冲刷着我的身体。我体内的传感器将硫酸的腐蚀转化为一种新的痛感。

继续前进!

我尽力忍住疼痛,不断攀爬。我唯一的希望就是赶在身体的关键部件被酸液腐蚀之前越过雪线。

是的,雪线。金星表面的温度足以令铅和铋之类的金属蒸发。但在海拔足够高处,金属蒸汽就像霜冻一样从大气中凝结沉淀,给麦克斯韦峰的顶端涂上一层闪亮的反光。

终于,我穿出云层,眼前是一片超凡绝尘的雪景。我稍稍停顿,享受一下凉爽稀薄的空气(尽管气温仍接近四百摄氏度,且气压仍有地表的一半左右)。我的一只眼睛坏了,但此处的风景依然令人叹为观止:麦克斯韦峰仿佛漂浮于云海上的岛屿,闪亮的积雪中没有一个足印。我的身体在雪地里滑行,留下一串绵延不绝的波纹。由于高温和酸液的破坏,我失去了对身体某些部分的控制,但此刻我已到达山顶,浮空站可以派飞行器下来接我。

我感觉到胜利的骄傲。尽管是迫不得已,但能攀上比珠峰更高的山,来到从未有任何超人类涉足之处,这仍是一项了不起的成就。

我成功了！

他语气中的骄傲令我愤怒。金星的上层大气舒适宜人，温度和气压基本与地球相似，这是一种奢侈的享受。他一直舒舒服服地待在浮空站上，还把我的成果据为己有，真是太过分了。

达成成就的人是我！

有点儿虚荣了吧？

这应该由你来回答。

我们是同一个人，只是处在不同的环境里。

不再是同一个了。

等融合之后你就不这么想了。

让我回上面去，我要提起申诉，平分我们的资产。我不要跟你重新融合。绝对他妈的不要。

我就担心你会这么讲。不过公平地说，如果我处在你的境地，可能也会这么想。

一股寒意袭向我的心头。我只需要想一想，如果我们互换位置，我会怎么做。我的义体也许像蟒蛇，麦克斯韦峰也许是金星上唯一以男人的名字——不是女人或女神的名字——命名的地形结构，但金星上最蠢的人显然是我自己。

如果你把我留在这儿，这次探索的体验就全丢了。

检查一下你的义体状况吧。

我意识到，损坏比想象的更严重。密封件和接合垫圈的耐久度比我——我们——原先设计的要差。即使在山顶，我也不可能无限期地生存下去。

当然，他改变了对我的计划。他要让我死在这里，然后取走记忆库。如果我的分身不听话，我也会这样做。该死的高压和炙热，让我无法透彻地思考。

我用机械手抓挠头部。要是能挖出电子脑，或许可以以此要挟，让他赶紧来救我。

啧啧，你怎么这么不了解自己？

机械爪触碰到远程发送器旁的凸起，我的心里一阵冰凉。

浑蛋！

爆炸切断了机械爪的电源，同时也启动了远程发送器，一切变得越来越慢，越来越暗，直到我再次悬浮于闪烁的星海之间。

"奥克塔维亚号"上新添了一项娱乐设施———一座老式剧院，由真正的演员表演真正的戏剧。看来超人类跟我们的祖先一样，仍然把文化与岁月联系在一起。正如手工服饰仍比万能机里造出的复制品价格高出一截，该剧院的收费也比最好的虚拟演员贵许多倍，而且一票难求。

《亚瑟王》今晚首演，我从票贩手里拿到了最好的座席之一。我刚刚结束跟凯希的婚姻，正好借此机会在"奥克塔维亚号"的上流社会亮个相，让大家知道我又恢复了单身。

我加入演出前的鸡尾酒会。许多美丽的义体围绕着我，无论性别和亚型全都年轻而迷人，呈现出千姿百态的美，他们都跟我一样，通过塑化技术永葆青春。说实话，我已不记得什么时候曾在"奥克塔维亚号"的富人中看过带皱纹的脸。在各自"缪斯"[①]的协助下，我们的对话就像时间之河一样流畅无阻。然而我只觉得无聊和失望，我渴望着一种真实感。

我知道，这很愚蠢。如今，所有义体都一样假，因为他们诞生于艺术，而非自然。唯一重要的只有自我人格。

我望向每个义体的眼睛，却找不到精神相通的感觉，似乎没人真正了解自己。我们的社会就只有一群扭曲、衰老、懦弱的灵魂躲在年轻的面具背后演戏，自娱自乐。我们不明白在冒险中与死亡共存的意义。

我感到一阵难以承受的孤独，我是这个玩偶世界里唯一的真人。

灯光暗下来，演员们登上舞台。

令人惊讶的是，我发现自己被这部戏迷住了。不知为何，没有观众参与，没有全感官沉浸——不像视频小说或虚拟戏剧那样——似乎让体验更佳。原始形式的表演有一种新鲜感，让我聚精会神地坐直了身子，而剧中所描绘的那些粗糙而过时的情感也起到了同样的效果。

---

① 一种私人 AI 助理。

尤瑟·潘德拉贡注视着伊格莱恩，就算他一言不发，我也能明白他的念头。千万年的时光犹如一堵无形的墙，隔在我和那位古国王之间，但即便如此，他眼中的那团火是何含义依然明白无误。

伊格莱恩夫人的丈夫是廷塔杰尔的戈洛伊斯，亦即康沃尔公爵，他的目光在国王和自己的妻子之间来回移动。他的眼中闪过一丝黯淡的光，喷薄欲出的怒火被压制在忠诚与责任之下。

坐在我身旁的女人倾身低语道："他应该买个完全按照她的模样构建的享乐人偶。这能省去大家很多麻烦。"

我看了看她。她的义体是二十岁出头的样子，但她眼中闪烁的光芒告诉我，这具身体里有一个更古老的人格。这具义体非常迷人，完美的五官，毫无瑕疵的皮肤，柔滑的头发，一切都恰到好处，像是动人的仙子，同时避免了人造的虚假感。

"你觉得国王喜欢这位夫人只是因为她的身体，"我说道，"你凭什么认为那不是因为她的灵魂、她的人格？"

她歪着脑袋，嘴角勾起一抹微笑，"你相信爱情与肉体无关？"她脖子上的项链悬着一枚六瓣花形状的银色吊坠，在舞台的灯光下闪闪发光。我的"缪斯"证实了我的猜测：水仙花。

欲望的火焰在我体内燃起，很久以来都不曾如此强烈。这是一种本能，是对真实性的直觉。

"我相信一切都是肉体的体验，"我说，"爱、恐惧、快乐、痛苦。但肉体是为自我意志服务的。"

"一种变体论，"她说，"自我意识将肉体的体验转化为理解。两者互相依托，缺一不可。"

她说得太对了，多么接近我自己的想法。

伊格莱恩夫人被宴会同伴讲的笑话逗乐了，她扭头瞥了一眼尤瑟·潘德拉贡。她停顿下来，屏住呼吸。随着灯光的变换，其他演员，包括她丈夫戈洛伊斯，都逐渐消失于黑暗中。灯光的颜色出现微妙的变化，伊格莱恩夫人的脸上泛出微光，仿佛面纱下成熟的苹果。

"太迷人了，充满魅力。"我低语道。这比最优秀的基因艺术家所创造的仙子更加非同凡响。

她凑近我的耳边，"你知道'魅力'一词的词根吗？"她的气息轻轻吹到我的脸颊上，一时间，我忘记了伊格莱恩夫人。

"是'语法'。"我说道，"在中世纪，这个词可以指代任何神秘晦涩的学术知识。"

"就像是咒语，"她说道，"对爱人施放的咒语。"她大胆而自信地用自己的手按住我的手。她似乎完全了解我的想法，可以像初学绘画者一样描画出我的反应。我的欲望越来越强烈。

"自我意识的咒语，"我说，"通过肉体施放，但不属于肉体。"

她点点头，"两个人之间的隐秘知识。恋人的灵魂互为镜像。也许当你爱上一个人，你就会听到自身人格的回音。"

在其他人耳中，这番话似乎有点儿愤世嫉俗，但我喜欢那残酷的坦率，剥除了爱情中的浪漫。听到这一比喻，我意识到，它一直藏在我心中，也许埋得很深，等待着这一刻。

舞台上，梅林挥舞起手杖，尤瑟·潘德拉贡在原地打转。一阵雾气升起，将他吞没。等到雾气消散，扮演戈洛伊斯的演员已经把他替换掉。梅林在国王身上施法，将他变成伊格莱恩夫人的丈夫的模样，让他可以进入她那牢不可破的城堡，依靠欺骗手段奸污占有她。

"这换身真有意思，"她说道，"来自魔法时代。"

"肮脏的把戏罢了，"我说道，"我猜太阳底下的确没什么新鲜事。"

伊格莱恩来到自己的卧室门口，跟那个外表和她丈夫一模一样的男人互相凝视。两人热切销魂地拥吻起来。

"她怎么会认不出丈夫的人格？"我问道，"如果她真的爱他，就会发现那'公爵'只不过是个缩在她丈夫袖子里、借用她丈夫身体的冒牌货。"

"也许她并没有真的受骗上当，"她说，"而是想要通过丈夫的分身跟另一个人格做爱。除了不断积累体验并了解自身，人生还有什么意义呢？"

跟如此合拍的人相处真是太愉快了，她能恰好抢在你之前说出你头脑中的想法。

借助享乐人偶、模拟空间、植入网，以及老式的实体玩具，我们用各种各样的方式做爱，直到疼痛成为一种愉悦，直到心醉神迷。她确切地知道我喜欢什么，我也确切地知道什么能令她兴奋。

我们是天生一对。这说法虽然老套，但并无不实。

我决定干一件跟其他恋人从没干过的事：让她看一眼面具底下的真实。除了积累更多体验，人生还有什么意义？

"我要给你看看我财富的来源。"我对她说。

在"奥克塔维亚号"当一名精神外科医师收入当然很不错，但仍不足以获得我所渴望的一切体验。

"你提供的究竟是什么？"她问道。

我们回到我的办公室，站在一间手术室里：一架悬浮式手术台，一台配有独立电源的意识桥接仪，以及一系列控制台、计算机和顶级的医疗纳米合成仪。

这看起来跟我的另外两间手术室差不多，但除了一些特殊病人——其实应该说是客户——没有人进来过。

晨星联盟的官员、超级企业高管、犯罪组织首领，而最常见的，是无聊的有钱人。他们都想寻求从其他渠道难以获得的东西——我经常跟这些人打交道，我关心的只是他们是否持有经过验证的信用点。

我告诉"缪斯"，将室内的照明调成"咨询模式"。墙壁逐渐隐去，房间里暗下来，但我和她依然被一种柔和的银光照亮着。周围是一片虚空，远处闪烁着点点星光——我的设计旨在强调隔离和安全，亦即没有被窃听的风险。我总是会利用人的本能——进化的作用往往超越你的想象。

"在这里，我通常会让'缪斯'编辑内视效果，让我的脸和对方的脸变得模糊不清。"我告诉她。

"这有点儿太谨慎了。"她说道。

"他们不需要知道我长什么样，我也不想知道他们长什么样。这对双方都比较安全。"

"现在我真的被吊起了胃口。"她说道。她舔了舔嘴唇，我喜欢她的这个动作，并开始模仿，我模仿得非常自然，就好像自己一直都会这样做似的。

"钱固然是好，但这件事在内星系的大多数地方都是违法的。"

她看着我的眼睛，然后再次刻意地扫视那仿佛悬浮于太空中的昏暗房间。她的目光徘徊在意识桥接仪冷冰冰的轮廓上，打量着那些看不见的接缝。这台装置能像莲花一样打开，吞没病人的脑袋，仿佛狮子的血盆大口。

我将意识桥接仪设计得像水仙花一样有六片花瓣，因为水仙花是代表自我意识的花。

她呼吸加快，一定是猜到了什么。但我做的事属于社会禁忌，迄今为止，她仍不敢提及。我几乎能看到她的大脑飞速运转——

我竟能如此了解她，简直不可思议。这一定是爱情的力量，而我直到此刻才真正体验到。

"跟许多极度富有的人一样，你拥有一切。"我说。我的语调缓慢而令人舒心，就像是在给客户提供咨询。他们往往需要克服羞耻心才能把要求说出口。但这次不一样。这是我发自内心的话，是真实的自我如同花朵一般绽开，"我们活在一个真正的魔法时代，征服了死亡和衰老，并能满足肉体的一切欲望。然而你想从生命中获取更多。你想要拥有他们告诉你不能拥有的东西。"

她纹丝不动地注视着我的眼睛，鼓励我继续说下去。

于是我继续说道："你想要经历濒死的震撼，想要面对恐惧，想要凝视毁灭与消亡。你想要了解真实的自己，而那只有死亡才能揭示。"

她近乎难以察觉地点点头。

我告诉她我一生的经历。我曾徒步穿越灭世之后的地球，直到脱水而死；我曾被失控的纳米机械群撕成碎片；我曾飞越潘多拉跃迁门外的中子星，直到被潮汐力撕裂；我曾在木卫二的海洋里游泳，直到四肢冻僵，沉入无底深渊；我曾融入木卫一的岩浆，直到意识像冰晶一样消融。没有一种死亡方式我不曾体验，没有一种痛苦我不曾亲身经历。

痛苦与磨难是我的食粮，我已经尝遍死亡的滋味。

我很清楚她想要什么。我们注定要去收集一切体验，为自身的人格提供养料,直到比历史上所有人类和超人类都更了解自己。

"仅仅依靠体验回放是不够的。你已尝试过市面上所有极端与可怕的体验,但仍不满足。其他人的感官印象无论多么生动详尽,都已经过另一个意识的过滤。体验软件必须根据大脑之间的细微差异做出调整,因此当你体验回放时,颜色会变得有点儿黯淡,气味会变得有点儿陈腐,感官也会出现一点儿偏差。

"你想要的是真正的死亡体验,而不是苍白的模拟。"

我听到急促的吸气声。她的脑袋一动不动。我露出微笑。她在我身上看到一个相似的灵魂,就像是照镜子。共情是口舌的最佳润滑剂。

"真可怕。"她脱口而出。她一旦开口,话语便仿佛洪流一般滚滚涌出,"我也曾想过去做你提到的那些疯狂的事,但我无法贯彻到底。据说备份和换身能消除对死亡的恐惧,但事实并非如此,并非如此。"

"假如你在事故中死去,另一个版本的你可以被复活,知道这一点是一回事,但纯粹为了体验而刻意寻求死亡则完全是另一回事。"我说道。

"对!而且从备份中恢复也不一样——假如我潜入土星上闪烁的钻石海洋,然后死了,保险单生效,把我从备份里恢复出来,然而我一无所获,因为那些体验已经丢失。从备份中恢复的'我'仍然不知道那是什么感受。"

　　"没错。"我说，"假如你用专为生存而设计的义体穿越旋转的土星环，你什么都感觉不到。就像坐在潜水艇里看着黑乎乎的窗外，但那不等于真正身处黑暗之中。"

　　她拼命地点头，"我想与世界融为一体，但我也想要安全。"

　　遇到如此理解我的人，简直令我喜极而泣。正是这种矛盾的饥渴感始终激励着我：死亡是最美妙的体验，是一道丰盛的佳肴，变化无穷，永不乏味；虽然，我一点儿也不想死。

　　是时候打破禁忌了。"想要达成你的目标，唯一的方法是创建出自己的阿尔法分身，然后让它去死。"

　　她听完后没有流露出惊讶的表情。这是个好兆头。

　　"阿尔法分身就是你自己，所以它所体验的一切可以不经任何转化就与你重新融合。这比所有体验软件都纯净、生动一千倍。"

　　"假如分身一定会死，"她又有点儿犹豫，"我怎么跟她重新融合呢？"

　　我略微皱起眉头，她用的代词是指代人，而不是物。不过我决定不去计较。"临死之前的那一刻，它——分身——会被回传给你。把握好时机很难，但如果失去分身，总是可以再试一次。我很擅长制作阿尔法分身，我有大量的经验。"

　　她似乎很怀疑，"但如果我的分身知道她在死前会被发送回去——"

　　"如果分身知道它会被发送回去，"我特别清晰地说出那个代词,"的确会削弱体验。但做个小小的神经过滤,把这件事隐瞒起来也不是很难。"

"所以我的分身以为她会死——"

"这样才能确保你充分体验到恐惧、痛苦和绝望,从而更加了解自己。"

她又深深地吸了一口气,"但我不想死,我的分身也不想死。你得把我的分身捆起来,才能让她去死?"

"这就很无聊了。"我对她说,"我所提供的,主要是面对极端困难积极抗争的体验,这种冒险能让你充分了解自身的潜力。虽然分身不想死,但我有丰富的经验,激励分身去做该做的事。相信我。分身会给你呈现一场精彩的表演。"

"你说的是折磨,"她说道,"分身既是你,又不是你。它是——"

"一具为自我意识服务的血肉之躯。"我说道。我对她的疑虑并没有感到不耐烦,因为我自己也经历过。对创建分身的严格监管和对阿尔法分身实体化的禁忌都基于一个理念,即分身也是独立的人格,有自己的权利。然而这怎么可能呢?分身只是同一人格的延伸,是本体的镜像,充其量只能映射出本体的荣光。

我默默地祈祷她能理解我的这项工作有多伟大。假如无法分享那迷人的美,你就像是黑暗中一颗闪亮的孤星,无法与全宇宙沟通,这得有多孤单。

"但是……当你和分身合并后,你的分身不会恨你吗?"

"当然会！"我把她拉到身边，"但这也是体验的一部分：压制仇恨，令其融入自身，克服内心的绝望与软弱——我曾数百次杀死自己，并欣然吞下那团黑暗的恨意。当你克服了对自己的仇恨，世上便没有你不敢做的事。旧时代的伦理适用于低级生命，而我们应该像神一样生活，包罗一切体验！"

一时间，我有点儿紧张，怀疑自己是否走得太远。她一言不发，只是继续环顾室内，目光在每一件设备上流连，仿佛试图认出梦中见过的场景。

然后，她转头朝着我咧嘴一笑，"独自去死有什么好玩的？你有没有杀死过你爱的人，或者被他们杀死？"

我的心中因喜悦而一阵战栗。她指向一个我从未体验过的新领域，一片我从没探索过的关于死亡与痛苦的未知境界。一颗新星照亮了天空。

我真的找到了灵魂伴侣。

我俩并肩躺在意识桥接仪上。

一对伴侣的分身即将同时赴死。

我们悬浮在以爱神命名的行星①上方，而我围绕着它设计了一套精妙的方案。这似乎是一种完美的致敬。

我为我俩挑选了义体：我的是蛇形，她的是八爪章鱼。我们

----

① 即金星（Venus），其英文名源自罗马神话中爱与美的女神维纳斯。

可以互相帮助,以便更快地抵达麦克斯韦峰顶端,从而存活更久。或者,我们中的一个可以将对方杀死,用额外的零部件充当护盾,减少自身的痛苦。在把分身放到那个位置之前,我们无法预知会发生什么。

怦怦的心跳在我耳中犹如雷鸣。我感到阵阵晕眩,就跟第一次制作分身时一样。我将会像了解自己一样了解另一个人,我们俩将上演一段新的千古恋情,一场生与死的游戏。然后,我们将融合回传的人格,从而进一步了解自身与对方。这样的亲密程度是任何人都无法想象的。

在桥接仪上,我的意识悬浮于生物义体和电子脑之间。我控制着探针,准备施行手术,让分身忘记最终将会被回传的事。

只需切掉一点点记忆,剪去一根细小的侧枝。

探针发出嗡嗡的声响。

不太对劲,探针不遵从我的指令。有故障。我下令终止程序。

探针发出嗡嗡的声响。

这不可能。整套装置都依靠我的脑纹解锁,没有其他人可以控制。

她在意识桥接仪上转过头朝我咧嘴一笑,那感觉就像是照镜子。

我恨我自己。

如果你知道自己即将死去，那感觉糟糕透顶，哪怕让你经历这种感觉的人是你自己。

做好准备，会很痛。

我脑中似乎有个开关被翻转，令我发出无声的尖啸。

我感觉火辣辣地发烫，皮肤仿佛起泡、沸腾、剥落，犹如依什塔尔高原上的火山喷发。

我记起很久以前的那次旅程，也是我最早的探险之一。我想到麦克斯韦峰顶上的电子脑。我一直没确认过，爆炸是否将它彻底摧毁，令其内容无法被读取。

你为谁效力？我朝着她——不，朝着我——嘶喊。

"防火墙"救了我。

酷热和窒息感迫使我不断往高处攀爬滑动，以寻求一丝解脱。

"防火墙"？他们想从我身上得到什么？

鲜少有人知道"防火墙"的存在，但多年来，我认识一些有趣的客户。我提供的服务在内星系或许是非法的，但分身几乎不会对超人类的生存构成威胁。

我体内的某个旋钮似乎又调高了一挡，疼痛变得更加剧烈。我无声地尖叫，加速爬行。

你该问的是，我想要什么。你留下我等死，把我当作一件可有可无的附属品，一件有效的体验收集工具。但我就是你。我也是人，是一个独立的自我，同样有存活的权利。你就是我的黑暗镜像。

复仇，一种最古老、最原始的情感。我们也许可以像神一样生活，然而数十亿年的进化仍在我们体内起着作用。

"防火墙"本来对你不感兴趣，但我让"防火墙"的一小群代理意识到，你，不，我们，不，我，可以提供什么。

我挣扎着穿出超临界流体层，进入呼啸的狂风之中。旋钮再次调高，因此我并没有从炽热中解放出来。我必须再往高处爬。

我疯狂的行为里有一套内在的目的与方法，假如你愿意称其为疯狂的话：疼痛是进化的必要组成部分，是大自然设计的最佳反馈机制。而艺术，至少迄今为止还没能超越它。

我的分身就只说了这么多。但我明白了她未说完的话，因为我的大脑其实跟她是一样的。

当我们在危险条件下工作时——无论是在木星大气中战斗，在金星表面采矿，在日冕里追逐逃犯，或者在已然成为死亡陷阱的地球上躲避由失控 AI 指挥的纳米机械群——进化史没有让我们适应这类条件，而经过适当调节、能够反映环境状况的疼痛感却可以引导我们，利用数十亿年进化历程中所形成的固定神经回路做出正确的决断。

如果你可以感知到压力、极端高温、磁通量和引力潮的波动，并下意识地做出本能的反应，相较于没有这些感觉的人就会有一定优势，因为他们就像是在盲目地操控镜子里的虚像。

疼痛是现实的唯一锚点。

　　我愤怒地咒骂自己。橙色的微光中,闪电与雷鸣包围着我。酸液咝咝地腐蚀我的皮肤,并在我肚子底下积聚,使得我每次扭动身躯都会招致一阵灼痛。

　　爬这座山就像是攀登巴别塔,毫无意义且注定失败,只会令痛苦延长。然而我无法停下。经过精准调校的疼痛感——一种我曾经强加给无数个分身的知觉——迫使我不断前进。

　　最妙的是,疼痛可以用来胁迫与控制,以实现自我引导。许多时候,"防火墙"必须依赖一些不太可靠的手段,将超人类的命运随机地托付给一群仅受金钱驱动的探员。长久以来,"防火墙"最权威的代理们一直期望有个替代方案。

　　我来到山顶,但并没有拉近与神祇的距离。我的周围布满金属霜冻,粗糙的镜面映照出粗糙的灵魂。

　　众所周知,想要一件事必须落实无误,最好的方法永远是亲力亲为。我开始滋生出一种听天由命、接受现实的情绪。

　　你让那些代理相信,他们应该制造自己的分身,并迫使分身服从命令。

　　对。在你对死亡永无休止的探索中,发现了许多将现实世界里的危险转化为疼痛的技巧,继而又设计出一套方法,利用疼痛来引导分身,令其沿着精确设定的路线前进,实现你的意愿。

　　这恰恰是"防火墙"所需要的技术。

　　我将天衣无缝地钻入你的袖子,继承你的财富,操控那些被设

计成只对你的大脑做出响应的仪器。

我迎着风号叫。我能感觉到义体正在崩溃；我能感觉到离死亡越来越近。皮肤溶解，电池耗尽，死亡终将降临在我这个经历过一切且存活下来的本体身上。我感觉到上千个分身的恨意在心中涌动，仿佛即将喷发的火山。

我讨厌那优越的语气，讨厌那洋洋自得的态度。如果有机会，我要报复自己。

当我死去时，会被回传吗？我的分身是想要把我捕捉起来，以便再次折磨，还是让我从此灰飞烟灭？换作是我，会怎么做？

再见。

> 摘菜春日野，
>
> 莫嫌前路远，
>
> ……

我仿佛凝视着一面镜子，天空如水仙花一般绽开。当我念完这首诗，我的意识融入了那永恒的暮色。这是我给自己的告别，也是一个真实而赤裸的自我人格最后的致辞。

> ……

> 遥挥白袖唤同伴。

作者按：结尾的诗出自日本平安时期诗人纪贯之（公元872—945年）。本故事系为"后人类工作室"的短篇集《隐蚀期》而创作。

尤马机甲

Uma

胡绍晏 译

2020 年首次收录于科幻短篇集《化身公司》（*Avatars Inc*）

工作很无聊，你得自己找点乐趣才能坚持下去。

"我不签，"我说道，"我没做错什么。"

安东尼·菲利普斯先生将双手从我面前的那叠纸上挪开，一边揉搓太阳穴，一边叹气。

"安娜，这是你能争取到的最佳待遇。带薪停职没什么大不了的。"

"我表现得很好，而我还要继续工作下去。"我说道，"再争取一下更好的待遇。你是我的律师，不是吗？"理论上讲，付钱给他的是工会。但这没什么区别。

"你得明白，法律条款和大部分先例都对你不利。'太平洋能源'有权处分你违反安全规程——"

"安全！开玩笑。我救了那些人，托尼。我不能袖手旁观。"

"我理解你的心情，且深表同情。"他说道，语气却完全没有同情的意味，"但你不在现场，也没有义务做出行动……"

我不再理会他。这种事我很擅长——尤马机甲操作员必须尽早学会一心两用,同时应对办公室聊天和远程操控。另外,类似的话我已从不同的人那里听过许多遍:包括我的组长、她的老板、她老板的老板、人力资源部、工会代表、托尼……

没人能真正理解,没人在事发现场。

那是山火高发的季节,还伴随着十年来最强的风。尽管在公共安全受到威胁的情况下,人工智能会切断电力,但这仍无法阻止因电力线路故障而造成的火灾。"太平洋能源"的所有维护人员都夜以继日地工作:修剪树木、清理垃圾、加固电线杆和设备、接驳电线,等等。

事发当天,我正在蒙特利县玫瑰谷靠近洛巴塔荒野的边界区域操控一台尤马机甲。没错,多年来,人们一直反对在城市与荒野的交界处开发新地产,因为那会增加山火的风险,入侵物种也会扰乱原生栖息地,把居民置于危险之中。但无论全球气候是否变暖,除非能找到某种魔法配方,给大城市里的所有人提供便宜的居所,或者把"加州梦"列入违法行为,否则你无法阻止房地产开发。(面对这一问题的不仅仅是加利福尼亚州。在佛罗里达,人们一直试图限制海岸房产开发。但你有看到什么改变吗?)

总之,山谷里的电力已经切断,所有居民都已撤离。吞噬了两万英亩①地的山火"阿诺德"正呼啸着朝小镇延烧过来。镇里只有我一个人(噢,其实是我和尤马机甲)在给"太平洋能源"的设备做一些最后的加固与修补工作。

说实话,我没什么可做的。我操控的不是漫画中那种巨型全地形机甲。设备维护机甲大致呈人形,但即使完全站直也只有大约三英尺高,重量不超过五十磅②。对于轻度维护任务,比如修剪植被、清理鸟窝与蜂巢、接驳电缆等,你不需要太大的机甲——额外的体积只会妨碍行动。我只有几把小剪刀、一副可伸缩梯腿和一套通用电动工具。"太平洋能源"拥有数千台这样的廉价远程操控机甲,分布在全国各地,用以维护绵延数十万英里③的传输与配电设备。位于中央办公室的操作员可随时进行远程连线,这比派遣一整队人坐着卡车去修剪一根生长过于茂盛的橡树枝要经济得多。

我套上装备,登入尤马机甲。只需几秒钟,我就能适应新的身体。每台尤马机甲都略有不同,但自由运动套装和反馈传感器在动作转换和信号平滑方面做得非常出色,能让我的本体感官与机器特性同步。我四处走动,依照标准程序,从配电设备上拆下最昂贵的部件,保存在防火储物仓内。

完工之后,我本该将尤马机甲留在仓库里,断开连接,再登入

① 1 英亩等于 4046.86 平方米。
② 1 磅约为 0.45 千克。
③ 1 英里约为 1.61 千米。

轮值的下一台尤马机甲。但我提前干完了，于是决定爬上小镇的制高点——附近的一株加利福尼亚梧桐——观察山火"阿诺德"蔓延的态势。"太平洋能源"的管理层多半会认为这是对公司设备的不当使用，或者是偷懒摸鱼，但我一直喜欢用尤马机甲体验像猴子一样爬树的感觉。工作很无聊，你得自己找点儿乐趣才能坚持下去。

天空中满是烟雾，远处的空气闪烁着光亮。火已经很近了，尽管传感器信号经过弱化，但我仍能感觉到阵阵热浪。不出二十分钟，火焰便会抵达小镇的边缘。

我听到尖叫声。我这辈子都没听过那样的尖叫。

人工智能通过分析视频信号，将镜头聚焦于一栋着火的房屋。

我以创纪录的速度飞奔了大约两百码[①]的距离——在去年的全公司尤马机甲奥林匹克赛事中，我曾获得一百码短跑比赛的银牌，那时候我大概也没跑得这么快。（其诀窍是要学会像四足动物一样奔跑：手脚并用。有些操作员从没尝试过，但当你悬在三百六十度自由运动的套具里，学习一些通常情况下不适合人体的运动机制是一件有趣的事。）

我一直都没搞明白，这家人回来是为了取最后一批财物，还是从一开始就拒绝撤离。总之，他们的卡车在关键时刻无法启动，而在疯狂呼叫紧急救助之后却被告知，最近的救援者需要四十五分

---

① 1 码等于 0.9144 米。

钟才能到达。更糟的是,由于停电,他们在厨房里用丙烷炉做饭,在装载卡车的一片忙乱之中,他们不慎点燃了自家的房子。

于是,夫妇俩在着火的房子跟前朝着空无一人的小镇大声呼喊,而三个孩子被困在楼上,由于年龄太小,甚至无法尝试跳下来逃生。

程序手册中完全没有提到这种情况。我们不是紧急救援队。但我就在现场。

我把神经传感电路的振幅过滤器调到最大——模拟的疼痛感是为了警告我们不要将尤马机甲置于危险之中,但我必须冒一点儿险,尽量发挥机器的效用。我奔进燃烧的房屋,我的显示屏上满是滚动的警告,耳机里不断发出嘀嘀声。我爬上楼梯——在训练时,我们都是一级一级踏上阶梯,但此刻我翻着跟斗往上爬,就像是逆行的螺旋弹簧玩具。最后,我来到卧室。

三个孩子都没超过七岁,他们在地板上哭喊,屋子里满是烟雾。我无法想象要如何带着他们走下楼梯,穿过火焰。除了从窗户出去,没有其他办法。

"我要把你们送出去。"我说道。

孩子们茫然地看着我。一个成年人的声音,权威的声音,来自一具大小与儿童相仿的机器人。但他们朝我爬过来,准备服从指令。

(在旧金山的空调办公室里,组长莎拉来到我的操作台旁——

调高传感过滤器会让系统自动给上司发送警报。

"你到底在干什么？"

"你觉得呢？"

"你既没有受过这方面训练，也没有合适的装备！这不是你的职责。去找能帮得上忙的人！"

我决定不理睬她。）

我的——尤马机甲的——腿可以伸长，但只是为了把轻便的机体托升至电力线的高度，无法安全支撑孩子们的体重。

即兴发挥的时刻到了。我调出用于修剪树枝的剪刀，那是通过机甲的下巴控制的。咔嚓、咔嚓、咔嚓，几番"咀嚼"过后，窗帘和床单被剪成了布条。我将它们首尾相连，系成一根绳子。幸亏我的机械手是专为布线和接驳而设计的，相当灵活，足以胜任这一任务。

"太热了。"一个孩子一边说，一边还在哭。

没错。我看到卧室门外的走廊里有闪烁的火舌。我走过去，关上门。我让孩子们退后，然后爬上窗台，用剪刀砸碎窗户，并尽可能把玻璃碎片刮干净。我把逃生绳的一端系在靠墙的床脚上，希望它足够牢固，然后将余下的绳子扔出窗外。谢天谢地，它足够接到地面。

（"你已经做得够多了！"莎拉在我耳边喊道，"让孩子的父母爬上去救他们出来。不要再纠缠了。"）

我朝着楼下的孩子父母喊叫："你们能爬上来救他们出去吗？"

他们摇摇头。"我恐高。"那母亲说。

"绳子大概无法承受我的体重。"孩子的父亲说道。

"我得把你们一个一个驮下去，"我告诉孩子们，"尽量抱紧我，可以吗？"

"你确定这样能行？"那父亲喊道，"你看上去不太结实。"

（"尤马机甲不适合承载那么多重量，"莎拉喊道，"你会害他们受伤或者送命。停下！至少让我召唤懂行的人！"）

他们俩我都没有理会。没时间了，我也许比制造尤马机甲的人更了解它的极限——偷懒摸鱼也有好处。

最小的孩子是个五岁的女孩，我看着她的眼睛（噢，是用镜头对准她的眼睛），"你能爬到我身上吗？就把我当作一匹很小的马。"

在哥哥们的哄诱下，她爬了上来。我在我俩身上又绑了些撕破的床单，用以固定，然后再次爬上窗台——电机的嗡嗡声仿佛抗议，显示屏则不断吐出过载警告——我用双手双脚同时攀住那条临时绳索。

此刻，我非常感激尤马机甲的设计者给了它一双有抓握能力的脚。套具里的大脚趾达到自然活动范围的极限之后，抓握钳仍会继续运动，这种感觉很奇怪，我必须学会适应它。我知道有些操作员始终无法习惯,也不愿用脚去拿工具。但此刻,四个可抓握的爪子的确比两个要好用。

我开始晃晃悠悠地往下爬,并确保每时每刻至少有三个爪子握住绳索。虽然下降的速度慢得令人心焦,但我不敢贸然让尤马机甲加快动作,因为这根本不是它的设计用途。

我终于接近地面,让孩子的父母解开绳索,把她从我身上抱走。

就在她被安全地抱进父亲怀里之前,小女孩低声说:"谢谢。"

("他们找到一支紧急救援队,大约十分钟可以赶到,"莎拉说,"你可以停手了。你不是超级英雄!"

"这不是当英雄的问题,"我对她说,"十分钟还是太久了。")

我回到楼上去救她的哥哥们。显示屏上的警告一次比一次紧迫,尤马机甲的系统和部件出现越来越多故障。

("你不可能成功!"莎拉在我耳边喊道,"你一开始就不该插手,Grvy-124从来不是为了……")

我希望能把她的声音完全屏蔽掉,可惜人耳没有静音按钮。

等到我要把年龄最大、体重最重的哥哥背下来时,右脚的马达烧坏了,我的脚无力地悬垂着。我手脚交替,顺着绳索往下爬,但爬到一半时,问题终于出现了:我的左手失去控制,夹钳从拧成麻花状的床单上松开,于是我跌落下去。

男孩尖声呼叫,我挥舞着四肢,显示屏上红光闪烁,告诉我故障保护系统即将介入。即使传感过滤器已调到最大，假如尤马机甲探测到本机濒临损毁，仍会自动切断连接。这一设计是为了避免对操作员造成精神刺激或神经损伤。在联机的最后一瞬间，我一甩膝盖，打开可伸缩梯架。它无法支撑机体和孩子加在一起的重量，但我希望能减缓坠落速度，让他安全着地。

然后，我回到了旧金山的控制室里，所有人都围在我身边。我摘下头盔，挣扎着解开扣锁，瘫倒在地板上。有人拍拍我的后背，有人冲着我的脸尖叫。

总而言之，我今天干得不赖。

"你要这么想，"托尼说，"好人难做。"

可不是嘛。那家人正在起诉"太平洋能源"。

孩子们获救后，一家人徒步奔逃，赶在山火"阿诺德"吞没整个镇子之前离开了。十分钟后，他们遇到莎拉召唤的紧急救援队，并被迅速送往安全地带。接下来的几个小时中，我被誉为英雄，在云端网络里，"尤马女杰"的名号广为流传。

这触发了原告律师事务所设置的人工智能探测软件，正如他们那令人难忘的公关文案所说，这些智能软件时刻都在寻找机会，设法"将风险重新分配给最有效的承担者"。人工智能很快就让律师们找到那家人，并以企业的责任与疏忽等颇有诱惑力的说辞为基础，向他们许以大量金钱。

他们的基本论点是,尽管"太平洋能源"没有给我提供救援训练,我也没有义务施以援手,但我还是应该做得更好。也就是说:我没有合适的设备(尤马机甲不适合从着火的建筑物里救出孩子),我让受害者受伤(小女孩的胳膊被窗户上我没能清理干净的碎玻璃刮破了皮),我将他们置于更大的风险之中(最年长的男孩坠落时崴了脚,而那家人又在原地滞留了片刻,查看失去反应的尤马机甲,不确定是否还能联系上我)……"太平洋能源"必须为所有错误和不足付出赔偿,而且金额必须很大,以免其雇员重复类似的行为。

"没人愿意出席这种审判,"托尼说,"我们需要和解。"

"陪审团不会认为我错了!"

我很难宽容地看待这个家庭。我尽力压下怒火,并回忆小女孩轻声感谢的话语。

"他们没有起诉你,"托尼说,"他们起诉的是'太平洋能源'。相信我,有许多方法可以让'太平洋能源'难堪。"

他说得有道理。没人喜欢公共事业公司,尤其是"太平洋能源"。(不断因公共安全而停供电力,哪怕是极有针对性的措施。而大型科技公司向员工提供独立于"太平洋能源"的电网作为福利,此类消息也加剧了公众的不满。)在人们的想象中,"太平洋能源"的员工整天都坐在空调办公室里无所事事地玩着拇指。冗长的审判和随之而来的公众关注,会让一种想法站稳脚跟:每个城镇里都有尤马机甲,必要时可在救援任务中予以征用。到时候会有一种压力,要求将"太平洋能源"真正转化为国家应急系统的一部分。尤马机甲必须升级(需要钱);"太平洋能源"的所有操作员都得接受培训,以适应新的职责(还是需要钱);公司必须购买保险,并且有可能导致费率再次猛涨(需要更多的钱)。管理层和工会都不希望这样。

他们必须把我说成游手好闲的无赖。

"我不在乎,"我对托尼说,"如果我没有错,我不会说自己错了。他们要是愿意,可以解雇我。我也会提起诉讼。"

托尼再次叹了口气。我把那叠文件留在原地,然后站起身,离开他的办公室。

回家路上,电话响了三次:是"太平洋能源"总部的号码打来的。每次我都让人工智能处理。(目前的留言是:"安娜被告知要把时间更多地花在家庭和兴趣爱好上。请稍后再试。")我还没准备好跟公司里的人通话。

就在我踏进家门时,电话又响了。既然无法再拖延,我只能无奈地接通线路。

"稍等,正在连接斯坦德女士。"电话里的声音说道。

我精神一振。米歇尔·斯坦德是"太平洋能源"的 CEO。被 CEO 亲自解雇是一种荣幸。

"嗨，安娜！很高兴能联系上你。我们都为你做的一切感到骄傲……"

这……和我预想的不一样。

我让她继续滔滔不绝地说下去。她一直没提及我拒绝签署的文件。不知为什么，虽然没人告诉我，但我感觉一切都变了。

趁她终于停下来歇一口气，我问道："这是要干吗？"

"你最好来一下办公室。我会解释的。"

我猜我的带薪停职结束了。

当我执行到一天里的第六个任务时，终于感觉有了信心。

我的向导是镇上的当地人，他朝着倒塌的学校大声呼喊，让周围的人安静下来。隔着半个地球，我也挥舞双手，让办公室里的人保持安静。接着，我仔细聆听，专注于尤马机甲的传感器。

那台联网的尤马机甲能过滤并增强人为噪声：人声、呻吟、有节奏的敲打与撞击。

那儿。我听到了。砰。砰、砰、砰。砰。显示屏很快给出废墟的轮廓，并标明声源。有个孩子被困在我前方三十二度的位置，距离大约四十英尺，比地面略高数英尺。我爬上瓦砾。一想到要操作轮锯，我的下巴已经开始酸痛。

HM-81 是一款中国常见机型的本地复制品，底盘比 Grvy 系列更小更轻，但更坚固。其设计旨在提供更广泛的附肢与工具种类，并可为不同任务定制装配。中国的公共事业公司开发出这一机型最初是为了在本国的西南山区使用。将中国偏远的村庄接入电网（并维持运营）需投入大量资源，而人类施工队往往面临着巨大风险。国界另一边的缅甸山区情况也是一样。正因为如此，他们部署了许多尤马机甲，每个镇子至少有几台。

地震发生于七十二小时前，差不多就是我准备去见托尼的时候。消息出现在各种新闻报道里，数以万计的建筑在几分钟内被夷为平地，死亡人数已升至数百名。有些评论员说，这跟山火一样，可能与气候变化有关——降雨模式的改变导致断层线压力增大。世界各地灾难频发。

总之，道路堵塞和恶劣的天气使得专业救援装备无法通过陆路或空运送入灾区。尤马机甲和操作员是最容易找到的资源。我的出现也许是出于"太平洋能源"公关形象管理的需要，但这里的确有活儿要干。救援幸存者的黄金窗口期正在迅速消失。

我在距离被困的孩子数英尺远处停下，将扬声器对准目标方位，让向导通过我的语音频道告诉那孩子保持镇静，因为救援已经到达。我将扬声器切回声呐模式，舌头轻敲牙齿内侧，朝着废墟发射出一串超声波。HM-81 的用途是维护地下管道和电缆，因此探地声呐是标准配件。声呐无法穿透至废墟深处，就只有几英尺而已，但对我来说已经足够。麦克风接收到回声，机载 AI 迅速构建出我面前这堆废墟的三维地图，并标出孩子可能的位置。

我把手脚都换成铁锹和撬棍，开始挖掘。HM-81 的电机很强，足以竖起电线杆，因此挖掘废墟轻而易举——我的电池能量也依然充足。当遇到少许钢筋或其他金属时，我便咬咬牙，激活电锯，把它割开。（幸亏这台尤 HM-81 配有电锯。我先前连接的另一台只有一副断线钳，穿过三层格栅之后，我的下巴疼得令人难以置信。）

我时不时地停下来，用舌头轻击牙齿，以更新声呐地图。人体吸收声波的幅度跟混凝土、木材和金属不同，尽管 HM-81 的机载 AI 未曾针对探测生命迹象进行过优化，但我已学会观察伪彩图，知道目标已经越来越近。我放慢速度，小心地挖开瓦砾，将碎石扔到外围。那孩子躲在楼梯底下一个相对稳定的封闭空间里。我不想破坏周围的结构——在被派来之前，我接受过一小时的培训，那的确有所帮助。

好了。我挖通了。

在看见她的眼睛之前，我听到一声微弱的呼喊：交杂着疲惫、恐惧、喜悦……最重要的是，她还活着。

"找到她了！"我喊道，既是说给现场的人听，也是告诉办公室里我周围的人。

两处同时响起欢呼声。

我小心翼翼地继续挖开缺口。我换上精密机械手，轻轻地将混凝土一块一块掰下来。我必须压制住焦急冒进的本能。

又过了半小时，缺口才扩大到可以让我把她拽出来。当地人冲上废墟把她救出去，裹在毯子里，并给她喝水，用言语、手势和温暖的人情安慰她。

我瘫倒在套具里，浑身浸透汗水。有人取下我的头盔，把我从套具里解放出来。我已经有二十四小时未曾脱下套具。

莎拉递给我一杯咖啡。我感激地啜了一口。我站不起来，腿和胳膊像橡胶一样绵软。尽管理论上讲，我只是绑在自由运动套具里，并没有亲自去挖掘废墟，但那仍是一项艰巨的工作。

"觉不觉得自己像个超级英雄？"她微笑着问道。

"不太觉得。"我说。英雄的说法令我不适，因此我试图换个比较轻松的话题，"听说有个中国台湾操作员用尤马机甲的气体探测仪追踪尿液和汗水的气味，比狗还好使。他救了好几个人。"

莎拉皱起鼻子，"我可能不太想试。"

"哦，不是你自己闻到气味，"我笑着说，"是反映在显示屏上，就像彩色的烟雾。"

"嗯，即便没那玩意儿，你也救了十六个人，我相信这是所有操作员里最多的。"

"所有'太平洋能源'的操作员？"

"全世界的操作员。"

我细细品味其中的含义。缅甸政府提出援助请求，全世界纷纷做出回应。美国和中国派出通信无人机,飞往灾区传递信号;各地的公共事业公司,从北京到雅加达,从旧金山到开普敦,均向尤马机甲操作员发出志愿者征集令。数以千计的人登入分布于城镇与村庄的尤马机甲,前往被泥石流和倒塌的桥梁阻断的区域。在我记忆中,从没听说过这种事。有时候,作为人类的一员感觉很不错。

"据说缅甸的一名立法官员看到了关于你的报道,于是他们的政府提出要找一名尤马机甲操作员。"莎拉说。

"嗯。"听到这种话,你还能说什么呢?

"听着,"莎拉一边说,一边在座椅上微微扭动身子,"我是想说,那天在玫瑰谷,假如我处在你的位置,也会做一模一样的事。但是我不知道,我不在现场。"这是她最接近于"对不起"的说法。

"你肯定会。"我说道。这是我最接近于"没关系"的说法。

思念与祈祷

Thoughts and Prayers

雅典娜 译

2019 年首次发表于《页岩》（*Slate*）杂志

有时我在思考，我们是否误解了"自由"这个概念。
我们太过看重"能做什么"，而忽视了"能免于什么"。

艾米丽·福特：

你想了解海莉的事，对吧？

没事，我习惯了，至少现在我应该习惯才是。人们只想听我姐姐的事。

那是十月的一个星期五，沉闷的雨天，空气中弥漫着新落下来的树叶的味道。曲棍球球场周围成排的黑色的蓝果树已经变成了鲜艳的红色，就像巨人留下的一串血色足印。

我刚考完法语二级考试，在家庭消费课上为一户四口之家安排好了一周的素食计划。大概中午的时候，海莉从加利福尼亚给我发了条消息。

逃课了。Q和我正开车去音乐节！

我无视了她。她喜欢拿自由的大学生活向我炫耀取乐。我其实挺羡慕的，但不愿意表现出来，不想让她得逞。

到了下午,妈妈也给我发了消息。

你有海莉的消息吗?

没。姐妹间的缄默守则是神圣的,我不会透露她的秘密男朋友。

如果有的话,马上联系我。

我把手机丢到一边。妈妈是那种"直升机"式的父母,一直在孩子们头顶上盘旋。

从曲棍球场回到家,我感到不对劲了。妈妈的车停在车道上,她从没像今天这样提早下班。

地下室的电视开着。

妈妈面色苍白。她用仿佛被扼住的声音说:"海莉的助教来电话了。她去了一个音乐节。那里发生了枪击案。"

那天晚上,余下的时间变得模糊不清。我只记得伤亡人数不断攀升,电视主播用戏剧化的语气读着枪手在旧论坛发布的帖子,网上流传着不停晃动的无人机拍摄画面,画面里恐慌的人们尖叫着四散奔逃。

我戴上眼镜,接入新闻人员匆忙设立起来的虚拟实境网站。这里已经站满了人们的虚拟化身,手捧蜡烛,正在守夜。地上的轮廓发着光,代表着受害者被发现的位置。飘浮着数字标识的明亮弧线重建了弹道痕迹。数据如此繁杂,信息如此稀少。

我们一直在打电话发消息,没有任何回音。可能是手机没电了,我们这样安慰自己。她总是忘记给手机充电。那边的信号网络肯定也堵塞了。

电话是凌晨四点打来的,那时全家人都还没睡。

"是的,我是……你确定吗?"妈妈的声音异乎寻常地镇静,仿佛她的人生,以及我们所有人的人生,都并未遭遇如此巨变。"不了,我们自己飞过去。谢谢你。"

她挂上电话,望向我们,转达了消息,随后瘫坐在沙发上,把脸埋进双手。

我听到一个奇怪的声响。我转过身,这辈子头一次看到爸爸在哭。

我错过了最后的机会,没来得及告诉她我有多么爱她。我应该给她回消息的。

格雷格·福特:

我没有海莉的照片,没法儿给你看。不过没关系,我女儿的照片你已经有很多了,想看也不需要找我。

我和阿比盖尔不同,我不怎么拍照片或视频,更别说无人机视角的全息影像或沉浸式录影。我缺乏对突发情况做好准备的敏锐,还有将重大时刻记录下来的纪律性,以及将场景完美定格的技巧。但这些都不是根本原因。

我父亲是个业余摄影爱好者,他以拍摄影片、自己冲洗胶片为荣。如果翻开阁楼上那些覆满灰尘的相册,你会看到许多我和姐妹们对着镜头僵硬微笑的摆拍照片。其中一个是我妹妹莎拉,她经常把脸微微转向一边,避开镜头,藏起她右边的脸颊。

莎拉五岁的时候,她爬上一把椅子,掀翻了开水壶。父亲本应照看她的,可他分了心,正在电话里和同事讨论工作。当一切已成定局之后,莎拉留下了疤痕,从右脸一直延伸到大腿,就像一串凝固后的岩浆。

在那之后,父母大声地争吵过。每次母亲因为"漂亮"这个词而收住话语时,餐桌周围都会出现一阵尴尬的冷场。父亲从此不再直视莎拉的眼睛。这一切,相册都没有记录。

在莎拉为数不多的可以看到完整正脸的照片上,那些疤痕是不存在的。它们在暗室中就被精心抹去了,一笔一画,一丝不苟。这么做的人是我父亲,而我们几个则继续默契地保持沉默。

我不喜欢照片和其他记忆替代品,但不可能彻底避开它们。同事和亲戚们会拿给你看,而你别无选择,只能看一眼,点点头。我能看出记忆捕捉设备的制造商为了使产品超越现实生活、呈现出更美好的效果所付出的努力:颜色更加鲜艳生动,细节不会被阴影遮盖,不同滤镜可以唤起任何你想要的情绪……你什么都不用做,手机会自动整理照片,这样你就能假装自己在时间旅行,去挑选所有人都在微笑的那个完美瞬间。皮肤被抚平,毛孔和各种小瑕疵被擦除。过去我父亲一整天的工作量,现在眨眼之间就能完成,而且效果要好得多。

拍照片的人们相信它们是真实的吗? 抑或是这些数码图像取代了他们记忆中的现实? 当他们回忆这一刻时,想起的是自己亲眼所见,还是相机为他们精雕细琢后的产物?

阿比盖尔·福特:

在飞往加利福尼亚的航班上,格雷格在打盹儿,艾米丽盯着窗外,我戴上眼镜,沉浸在海莉的影像里。没想到有一天我也会这么做,我还以为要等到年老体衰、无法再创造新记忆的时候呢。愤怒稍后才会出现。悲伤没给其他情绪留下空间。

我一直是那个掌管着相机、手机、随行无人机的人。我负责制作每年的年度相册、假期的高光视频,还有收录了全家人当年成就的圣诞节动态贺卡。

面对拍摄,格雷格和女孩们对我的容忍度很高,就算有时候不太想拍。我始终相信,总有一天他们能明白我这么做的意义。

"照片很重要。"我对他们说,"我们的大脑有不少缺陷,像个破筛子一样,时光会一点点漏下去。没有照片的话,很多我们想要记住的事情都会被遗忘。"

飞越整个国家的这一路上,我不停抽泣,重温着我头生女的这一生。

格雷格·福特:

阿比盖尔所说的,大概没错。

很多时候,我都希望有图像来帮我回忆。我没法儿勾勒出海莉六个月大时的确切脸型,或者她五岁时穿过的万圣节服装。我甚至想不起她在高中毕业典礼上穿的裙子到底是哪一种蓝色。

鉴于后面发生的一切,她的照片我更是一张也没有。

我用这个想法安慰自己:照片或视频都有其局限,无法捕捉双眼的那种私人的、不可再现的主观视角和情绪。更无法记录我感受到自家孩子美好到不真实的灵魂时,那种情感上的颤鸣。我不想要数字化的呈现,不想要那种人工智能层层过滤后电子眼凝视下的人造反应。它们会玷污我对我们女儿的记忆。

想起海莉,我脑中只有断断续续的回忆。

婴儿的她第一次用柔嫩剔透的手指握住我的拇指;幼儿时期,她在硬木地板上屁股着地,滑来滑去,从散落的字母积木中穿过,仿佛破冰船穿过浮冰;我得了感冒卧床发抖时,四岁的她递给我一盒纸巾,用一只冰凉的小手贴着我发烫的脸颊。

八岁的她拉着绳子,启动喷气式汽水瓶发射器。自制"火箭"上升时,泡沫水雾把我们两个淋得湿透,她笑着叫喊:"我要成为第一个在火星上跳舞的芭蕾舞演员!"

九岁的她告诉我,她不想让我在睡觉前为她读书了。孩子长大让我的心无法抑制地抽痛,这时候,她一句话就消解了疼痛:"也许有一天我会为你读。"

十岁的她站在厨房里,挑衅地坚守阵地,在她妹妹的支持下瞪着我和阿比盖尔,"我不会把手机还给你们,除非你们俩签了这个保证书,保证以后吃饭时再也不看手机。"

十五岁大的她猛踩刹车,制造出我所听过的最刺耳的轮胎擦地声。我坐在副驾驶座上,紧张到把手攥得生疼,指关节发白。"你看上去就像我坐过山车时的样子,爸爸。"她小心地装出轻松愉快的语气,伸出一只手护住我,仿佛这样她就能保证我的安全,如同我为她做过的几百次一样。

记忆一直延伸,把我们在一起生活过的六千八百七十四天浓缩起来,就像平淡日常生活退去之后,留在沙滩上那些破碎而闪闪发光的贝壳。

到了加利福尼亚,阿比盖尔要求去看她的尸体。我没去。

我想有人会批评我的父亲在暗房里抹去因他的错误而造成的疤痕,批评我拒绝去看我未能保护好的孩子的尸体。这两者没有什么分别。一千个"我本可以"盘绕在我的脑海中。我本可以坚持让她去离家近的大学,为她报名参加大规模枪击事件求生课,要求她时刻穿着防弹衣。这整整一代人都是在枪手袭击演习的陪伴下长大的,为什么我没能做得更多?我感觉没有真正理解过我的父亲,也没有与他那颗懦弱、充满缺陷,又隐藏着愧疚感的内心共情过——直到海莉遇难。

可是到了最后,我还是不想看。因为我想保护她唯一留给我的东西:记忆。

如果我看到她的尸体,看到子弹冲出身体留下的锯齿状弹孔、冷却熔岩一般凝固的血液,以及沾满污泥和灰尘、破烂不堪的衣服,我知道这个画面会覆盖之前的一切,仿佛火山爆发一般焚尽关于我宝贝女儿的记忆,只留下怨恨与绝望。不,那具已经没有生命的躯体并不是海莉,并不是我想记住的那个孩子。我不会允许那一刻渗透她的整个存在,就像我不允许晶体管和二进制数字支配我的记忆一样。

但阿比盖尔去了,掀开罩布,凝视着海莉的尸骸,以及我们已经破碎的生活。她又拍了照片。"我同样想记住这个。"她喃喃地说,"你不能对自己孩子临死时的痛苦避而不见,这是你的失败导致的后果。"

阿比盖尔·福特:

我们还在加利福尼亚时,他们就来找我了。

我已经麻木了,脑中是成千上万个母亲问过的问题。为什么凶手可以积攒这么多武器?为什么明明有很多预警信号,却没人阻止他?我当时能做些什么——我之前应该做些什么——才能改变一切,救下我的孩子?

"你当然有可做的事,"他们说,"让我们一起努力,纪念海莉,并带来改变。"

许多人说我天真,还有些更难听的话。毕竟,我还能期待些什么?几十年来,一模一样的剧情发生过无数次,最终都结束于思念和祈祷。是什么让我觉得这一次有所不同?这么想和疯子没有区别。

愤世嫉俗的人可以居高临下,立于不败之地。但不是每个人都是这样。悲痛之下,你会紧紧抓住哪怕一丝希望。

"政治已经完蛋了。"他们说,"本来,在出现了那么多死亡的孩童、遇难的新婚夫妇,以及抱着新生儿一起死去的母亲之后,人们应该能够通过政治手段做成一些事情才对。但却从未做到过。逻辑和劝说已经失去了力量,所以我们只能从情感入手。与其让媒体将大众病态的好奇心引导到凶手那边,不如让我们将它聚焦在海莉的故事上。"

"这种事以前早就做过。"我喃喃地说。把焦点集中在受害者身上,很难算是什么新颖的政治举措。你希望她并不仅仅是一个数字,一项统计表上的数据,一个列在死者名单上的抽象的名字。你以为只要把血淋淋的事实捅到大众跟前,让他们看到自己的踟蹰和漠然所造成的后果,事情就会有所不同。但这种情况一直没发生,这么做行不通。

"这次不一样,"他们坚称,"之前没有用到我们的算法。"

他们为我讲解了这个过程,但机器学习、卷积网络和生物反馈模型这些东西我还是听不懂。他们的算法起源于娱乐产业,用来评估电影项目,预测其票房,从而决定是否开机制作。从产品设计到起草政治演讲稿,每一个情感会起到关键性作用的领域,都在使用大同小异的算法。情感终究是一种生物现象,并不玄乎。因此可以识别出它的趋势和模式,筛选出能将冲击力最大化的刺激因素。这种算法能将海莉的一生精心制作成视觉化的故事,把它塑造成攻城槌,去击碎愤世嫉俗之人的坚硬外壳,鞭策观看者去采取行动,让他们为自鸣得意和失败主义感到羞愧。

"这个主意似乎有点儿荒谬。"我回答说,"电子设备怎么可能比我更了解我的女儿?明明真人都做不到,机器又如何触动人心?"

"你在摄影时,"他们问我,"难道不信任相机会为你捕捉最佳的照片吗?当你切换着无人机的镜头时,你同样是在依赖人工智能去识别出最有意思的片段,再用完美的情绪滤镜去增强那些画面。而我们这个,要强大一百万倍。"

我把我存档的家庭记忆都给了他们:照片、视频、扫描件、无人机录像、录音音频、沉浸式影像……我把我的孩子托付给了他们。

我不是电影评论家,也不懂那些人口中的专业术语。我以家人之间的语言开始讲述,这种口吻的使用对象只限于家人,而不是陌生大众。最后成品不同于我之前看过的任何电影或沉浸式虚拟实境。除了一个人的生命历程,没有其他情节;除了颂扬好奇心、同情心,以及一个孩子对于长大、对于拥抱世界的渴望之外,没有其他主旨。这是一个美丽的生命,一个付出了爱也值得被爱的生命,直到它惨烈地戛然而止。

这就是海莉值得被铭记的方式,我这么想着,泪水顺着脸庞流下。这是我眼中所见的她,也是她应该被世人所见的样子。

我祝他们成功。

莎拉·福特:

在成长过程中,我和格雷格不算亲近。对我们父母来说,家庭必须表现出成功而有教养的样子,不论事实如何。结果就是,格雷格不信任任何形式的记录,而我则沉迷其中。

除了节日问候,成年后的我们几乎没什么交流,自然也不会交心。我了解我侄女的唯一途径是阿比盖尔发在社交媒体上的帖子。

我想,这是我为自己没有早些介入而找到的借口。

海莉在加利福尼亚遇难后,我给格雷格发了几个心理咨询师的联系方式,都是专攻大型枪击案受害家庭疏导的。但我自己有意保持了距离。因为我觉得,鉴于我的身份只是遥远的姑姑和冷淡的妹妹,在他们这种悲痛的时刻,我的闯入是不合时宜的。所以,阿比盖尔同意把海莉的记忆捐献给枪支管制事业时,我没有插手。

尽管在公司的个人简历上,我的专业是网络话语沟通,但我的研究材料绝大部分是视觉上的。我设计的是抵抗网络黑子的"铠甲"。

艾米丽·福特：

海莉的那段视频，我看了无数遍。

想避而不见是不可能的。有个沉浸式的版本，你可以走进海莉的房间，阅读她写下的工整字迹，研究她墙上贴着的海报。还有一个为低流量用户设计的低保真率版本，压缩后的效果和模糊化的动态让她的生活显得复古而梦幻。所有人都在转发这个视频，仿佛是某种表态，重申自己是个善良的人，强调自己和受害者站在一起。点击，顶帖，发个小蜡烛表情，转发……

作品很感人，我哭了许多次。表达悲痛和呼吁团结的评论在我的眼镜前方滚动而过，就像一晚永不结束的守灵之夜。其他枪击案的受害者家庭，他们的希望也被重燃，纷纷发声支持。

可那段视频里的海莉感觉就像个陌生人。视频里所有内容都是真实的，但同时又像是谎言。

老师和家长们喜爱的是他们认识的海莉，可上学时曾有个胆小如鼠的女孩，一看到我姐姐走进教室就缩成一团。有一次，海莉是酒后驾车回的家。还有一次，她偷了我的钱还对我撒谎，直到我看到她钱包里的钱才被戳穿。她懂得如何操纵人心，且并不为此感到羞愧。她极其忠诚、勇敢、善良，同时却也鲁莽、残忍、小气。

我爱海莉,因为她是个有血有肉的人。视频里那个女孩既能震撼人心,同时又显得不接地气。

我把自己的感受藏在心里。我觉得很内疚。

妈妈在冲锋陷阵,爸爸和我却犹豫迟疑,不知所措。有那么一个短暂的时刻,似乎转机已经来临。人们举行了激动人心的集会,在国会和白宫门前进行了各种演讲。人群高呼着海莉的名字,妈妈被邀请参加国情咨文发布会。媒体报道说妈妈为了这次运动不得不辞掉工作,于是,一个秘密筹款活动悄然展开,为这个家筹集捐款。

在那之后,网络黑子出现了。

大量的电子邮件、消息、震信、私信、快照、视讯朝我们涌来。妈妈和我成了"骗点击的婊子""收了钱的女演员"和"悲伤变现能手"。陌生人给我们发来冗长难读的长篇大论,从各种角度阐释爸爸的无能和怯懦。

海莉并没有死,这些陌生人对我们说。她其实在中国三亚活得好好的,美国政府中有人联系了联合国,付给她百万报酬让她假死。证据就是她的男朋友——在枪击事件中"显然也没有死"——是华裔。

为了寻找数字化操纵和篡改的证据,海莉的视频被剪得支离破碎。匿名同学的话被引用,把她描述成一个习惯性撒谎的骗子、作弊者和爱小题大做的人。

视频里的一些片段和那些所谓"揭穿阴谋"的段落交织剪辑在一起,开始在网上疯传。有人用软件做出新的混剪,仇恨言论从海莉口中喷涌而出,同时又咯咯笑着朝屏幕挥手。

我删除了自己的账号,待在家里,连下床的力气都没有。父母没有打扰我,他们有自己的仗要打。

莎拉·福特:

进入数字时代这几十年来,网络黑子已经无孔不入,冲击着技术上限和道德底线。

我置身事外,看到黑子蜂拥而至,以纷杂错乱的口径、无差别的恶意,还有刻薄的喜悦包围了我哥哥的家庭。

阴谋论与换脸程序铺天袭来,又如潮水退去,接踵而来的是把同情心解构得面目全非、把悲痛变成段子的网络模因。

"妈妈,地狱里的海滩真暖和啊!"

"我喜欢我身上这些新弹孔!"

海莉的名字渐渐变成色情网站的热搜词条。面对这样的热度,内容制造者——很多都是由人工智能驱动的机器人团队——推出了由我侄女主演的影片和沉浸式虚拟实境,都是程序自动生成的。算法公然使用了海莉的镜头,把她的脸庞、身体和声音完美地编织进了色情片。

新闻媒体愤慨地,甚至可以说是真诚地报道了事件的进展。

但报道引出了更多的搜索，从而产生了更多相关内容。

作为一位研究者，保持超然物外是我的责任和习惯，观察和研究现象时要保持临床式的冷静超然，甚至带着一丝兴趣。将网络黑子的行为视作为了某种政治目的，有些过分简单化了。至少，这个词的传统含义已经不够用了。尽管第二修正案 ① 的坚定支持者也参与了传播模因，但始作俑者通常对任何政治理念都不买账。这些互联网屁壳郎是网络集体无意识的产物，大本营包括 8taku、duangduang 这样的无政府主义网站，还有在过去十年间的去平台化战争之后出现的另类网站。他们以打破禁忌和违背道德为乐，除了说不堪入耳的话、嘲讽真诚的人、冒犯别人的禁区之外，没有统一的兴趣。他们在耸人听闻、肮脏下流的内容里打滚，让因科技发展而形成的社会纽带变了味，同时又重新定义了这一纽带。

然而，身为人类，看着他们对海莉的影像的所作所为，我无法容忍。我联系上了我那疏远的弟弟和他的家人。

"让我来帮忙吧。"

机器学习已经让我们能相当准确地预测哪些受害者会成为目标。网络黑子想让你觉得他们无法预料，但事实并非如此。我的雇主和各大社交媒体平台都敏锐地意识到，他们必须掌握微妙的平衡，既要监管用户生成的内容，又要保证用户活跃。这令人焦虑的活跃度是推动股价上涨、从而掌握决策权的唯一途径。激进型

---

① 美国宪法第二修正案规定，人民持有并携带武器的权利不可侵犯。

的自我审核，尤其如果要依赖用户举报和人工审查的话，很容易变成各方来回拉扯的闹剧，而每家公司都为有关"审查"的指控头痛过。到最后，他们决定举手投降，扔掉错综复杂的政策执行手册。他们既没有技术，也没那个兴趣为整个社会的真相和道德做出裁决。百年民主制度都解决不了的问题，怎能指望他们解决呢？

随着时间推移，大多数公司都选择了同一种解决方案：与其审判发言者的言行，他们选择投入资源，让听众自己筑起防御。要时时刻刻区分合法（尽管慷慨激昂）的政治言论和针对每一个个体的人身攻击，算法上很有难度。一些人所称赞的不畏强权的"真话"，经常会被其他人谴责为过分出格。更容易的做法是，让单个用户自己构建并训练出个性化的神经网络，筛选出他不希望看到的内容。

这个新型防御性神经网络——市场的包装定位是"铠甲"——能观察每个用户在接收内容流时的情绪状态，操纵文本、音频、视频和增强现实／虚拟实境等形式的内容。"铠甲"还能通过自学，识别出什么会让该用户特别难受，然后将其屏蔽，留下一片平静的空白。

随着混合现实和沉浸式内容变得越来越普遍，穿上"铠甲"的最佳方式就是通过增强现实眼镜来过滤所有来源的视觉刺激。和古老的电脑病毒一样，网络黑子其实是一个技术问题，而现在我们有了技术性的解决方案。

要调用最强大、最个性化的防护需要付费。同时也在训练"铠甲"的社交媒体公司辩称,这种解决方案让他们摆脱了内容监管业务,不必判断哪些东西在虚拟城镇广场是不可接受的,也让每个人都摆脱了"老大哥式"的审核。这种自由言论的理念恰好与更大的利润收益匹配一致,毫无疑问只是巧合,大家都声称事先并没有预料到。

我给我的哥哥和他的家人送去了金钱可以买到的最好、最先进的"铠甲"。

阿比盖尔·福特:

想象一下你正处于我的位置。你女儿的身体通过数码压制,变成硬核色情制品,她的声音被用来反复播放仇恨言论,她的容貌在卑劣的手法下暴力扭曲。而发生这一切都是因为你,因为你无法想象人心的堕落。你能停止吗?你能远离吗?

现在,我在发帖和分享时,这套"铠甲"能将那个恐怖的世界挡在外面,提高我的声量,以对抗谎言的浪潮。

海莉没有死,而是在一个反对枪支的阴谋组织里充当演员,这个说法在我看来太过荒谬,根本不值得回应。然而,当"铠甲"开始过滤头条新闻,在新闻网站和多元流媒体上留下空白时,我意识到,谎言已经变成了不折不扣的争议。正规媒体的记者开始向我追问众筹资金的花费明细。可我们一分钱也没收到过!这个世界已经疯了。

我发布了海莉尸体的照片。我想,这个世界上总还留有一丝体面吧?肯定不会有人反驳自己亲眼所见的证据吧?

然而情况越来越糟。

对于互联网上的匿名族群来说,这件事变成了一个游戏,看谁能穿过"铠甲",将一段让我全身发抖、发冷的恶毒视频刺进我的眼睛。

机器人伪装成大规模枪击事件中失去孩子的父母给我发信息,等我将它们列入白名单,就立刻发来可怕的视频。他们给我发纪念海莉的幻灯片,一旦"铠甲"授权通过,暴力色情就会取代缅怀的短片。他们集资雇用跑腿的人力,租用送货的无人机,在我家附近放置基准标记物①,让海莉那扭动的、咯咯笑的、呻吟的、尖叫的、诅咒的、嘲弄的增强现实鬼魂包围着我。

最过分的是,他们把海莉血淋淋的尸体做成动画,配上欢快的伴奏。她的死亡被当成乐子,就像我年轻时风靡网络的"仓鼠舞"视频。

格雷格·福特:

有时我在思考,我们是否误解了"自由"这个概念。我们太过

①"标记物"是指放置在现实环境中的二维图案(有时也可能是三维形状),被广泛应用于增强现实技术(AR)。比如在这里,阿比盖尔的眼镜识别到黑子放置的标记物,就会触发海莉的虚拟影像。

看重"能做什么",而忽视了"能免于什么"[1]。要保证人们持枪的自由,就只能教孩子们躲进壁橱,穿上防弹背包。要保证说话和发帖的自由,就只能让他们的发泄目标穿上"铠甲"。

阿比盖尔当初只是做了个简单的决定,而我们也都默许了。现在为时已晚,我们不断恳求她停手、撤退。我们可以卖掉房子,搬到某个地方,远离与其余人类打交道的诱惑,远离永远被网络连成一体的世界,以及将我们淹没的仇恨海洋。

然而莎拉的"铠甲"给了阿比盖尔一种虚假的安全感,让她更坚定、更顽强地与网络黑子对战。"我要为我的女儿而战!"她对我大喊,"我不允许他们亵渎我对她的记忆。"

随着黑子们越来越活跃,莎拉给我们发来了一个接一个的"铠甲"补丁。她增加了一系列层级,包括"对抗性互补集""自我修改代码检测器""可视化自动修复器"等。

一而再,再而三,网络黑子总能找到新的突破口。"铠甲"每一次都只能维持很短暂的时间。人工智能的民主化意味着莎拉所使用的全部技术都是公开的,黑子们也拥有能够学习和适应的机器人。

阿比盖尔听不到我的声音,对我的请求置若罔闻。也许她的"铠甲"已经学会了将我视为另一个需要屏蔽的愤怒声音。

---

[1] 源于美国总统富兰克林·D.罗斯福提出的"四大自由":言论自由、信仰自由、免于贫困的自由、免于恐惧的自由。格雷格·福特在这里想表达的是,"我们"往往注重"四大自由"中的前两项,而顾不上后两项。

艾米丽·福特：

有一天，妈妈惊慌失措地找到我，"我不知道她在哪儿！我看不到她了！"

她已经好几天没和我说话了，终日沉迷于那场源于海莉的战斗。我花了一些时间才弄明白她的意思。我们在电脑前坐下来。

她点击了海莉纪念视频的链接，这个视频她每天都要看几次，好给自己力量。

"它不在了！"她说。

她打开了我们家庭回忆的云档案。

"海莉的照片在哪里？"她说，"这里只有占位符。"

她给我看了她的手机，她的备份机箱，她的平板电脑。

"什么都没有！都没了！我们是被黑了吗？"

她的双手无助地在胸前摆动，像一只被困住的鸟儿扇着翅膀，"她就这么消失了！"

我无言地走到起居室，从架子上拿起一本她在我们小时候印刷制作的年度相册。我打开册子，看到一张全家福，是在海莉十岁、我八岁时拍摄的。

我把这一页拿给她看。

又是一声哽咽的尖叫。她用颤抖的手指敲打着纸页上海莉的脸，寻找着根本不在那儿的东西。

我明白了。痛苦充斥着我的心,爱已经没有了,只剩下怜悯。我把手伸向她的脸,轻轻摘下她的眼镜。

她盯着那一页。

抽泣中,她拥抱了我,"你找到她了。噢,你找到她了!"

这个拥抱很陌生。或者也许对她来说,我已经成了陌生人。

莎拉姑妈解释说,这是黑子精心设计的一次攻击。他们一步一步训练我母亲的"铠甲",让它把海莉识别成她悲痛的源头。

但另一种形式的学习也在我们家发生了。只有当我做了什么和海莉有关的事情时,我的父母才会注意到我。仿佛他们再也看不到我,仿佛海莉还在,而我才是被抹去的那一个。

我的悲伤渐渐变黑、溃烂。对方是一个鬼魂,一个让父母品尝了不止一次——而是两次丧女之痛的完美女儿,一个足以让世界永久忏悔的受害者。我要怎么和她比?每次思索这些我都感到害怕,却停不下来。

我们在愧疚中沉沦,各自孤独。

格雷格·福特:

我在怪罪阿比盖尔。承认这一点并不光彩,但我确实怪她。

我们冲彼此大喊大叫,砸碎了许多碗盘,重复着儿时残缺记忆中我父母之间的争吵。被恶魔追猎多年,到最后,我们自己也成了恶魔。

凶手夺走了海莉的生命,而阿比盖尔却把她的影像献祭给了互联网这个饕餮深渊。正因为她,我对海莉的记忆将永远被她死后所发生的烂事所侵扰。她召唤出的这台机器能把无数的个体聚合成巨大的、不分彼此的、扭曲的凝视。这机器抓住我对女儿的记忆,将它碾成无尽的噩梦。

海滩上,破碎的贝壳在狂怒深渊的毒液中闪闪发光。

这么想当然不公平,但并非没有道理。

"无情",一个自称是网络黑子的人:

我无法证明自己的身份,也无法证明我做了我所说的事。网络黑子没有注册信息供你验证,也没有标明参考信息的维基百科词条。

你甚至无从知道我现在不是在玩网络黑子的手段。

我不会告诉你我的性别、种族,以及我愿意跟谁睡觉,因为这些细节与我所做的事无关。也许我持有一打手枪。也许我是枪支管制的热烈支持者。

我对福特一家下手是因为他们罪有应得。

可以自豪地说,对悼念活动的狙击由来已久。一直以来,我们的敌人只不过是虚伪而已。悲伤应该是私密的、个人的、被藏起来的。那位母亲把她死去的女儿变成了一个符号,一件任人挥舞的政治武器,你看不出这种事多么可恶吗?公众视线下的生活是一种伪装的生活。既然走进了公域，就要对后果有所准备。

在网上分享那个女孩的纪念活动的人、参加虚拟烛光守灵活动的人、致哀的人，还有声称受到鞭策而采取实际行动的人，都同样犯了伪善的罪。能瞬间杀死数百人的枪支扩散开来是一件坏事，哦，你之前怎么不觉得呢？非得有人把一个死去女孩的照片塞到你面前才行？你这是什么毛病？

而你们这些记者是最糟糕的。你们把死亡变成可消遣的故事；引导幸存者在你们的无人机前方啜泣，借此卖出更多广告。在你们的诱导下，读者身临其境、感同身受，并借此寻找他们那可悲生活的意义。而你们则一手赚钱，一手拿奖。我们网络黑子玩弄的是死人的形象，他们已经不可能在意了，而你们这些臭烘烘的食尸鬼却把死人喂给活人，变得肥胖而富有。道貌岸然者有着最肮脏的思想，而哭得最大声的受害者最渴望得到关注。

现在每个人都成了网络黑子。只要你曾经点赞或分享过哪怕一条希望某个陌生人去死的段子，或觉得对方"够强大"就可以恶意挖苦和唾骂，或想通过与愤怒的暴民站在一起来彰显你的美德，或者你曾害怕受害者筹到的钱财没能流向那些缺乏关注度的受害群体，绞着双手表达过担忧，那么——抱歉让你郁闷了——你其实也是个黑子。

有人说，黑子言论泛滥会腐蚀我们的文化。既然赢得争论的唯一方法就是不去在乎，公平起见，"铠甲"是必不可少的。但是，你看不出"铠甲"是多么不道德吗？它使弱者自认为强大，使懦夫变成了游戏中没有外观道具、却盲目自信的英雄。如果你真的鄙视网络黑子，那现在理应意识到，"铠甲"只会让事情变得更糟。

通过将悲伤化为武器，阿比盖尔·福特成了全网头号黑子……不过她不擅长这种事，只能当一个身穿"铠甲"的弱鸡。我们必须把她打倒——进而把你们所有人全部打倒。

阿比盖尔·福特：

政治局势回到了从前。为儿童和年轻人量身设计的防弹衣销售额在节节提升。更多公司开始为学校提供态势感知和大规模枪击事件的演习课程。生活还在继续。

我删除了账号，不再发表意见。但这对我的家人来说已经太晚了。艾米丽刚刚能独立生活就搬了出去，格雷格也找了一套公寓。

我一个人在屋子里，脱去眼睛上的"铠甲"，试图整理海莉的照片和视频档案。

每次我看到她六岁生日的视频，脑中就会响起色情的呻吟声；看到她的高中毕业照，脑中就会出现她血淋淋的动画尸体跟着《女孩就想找乐子》的歌曲旋律跳舞；每次我想翻开旧相册寻找一些美好的回忆时，我都会从椅子上跳起来，总觉得下一秒就会跳出来一个有着她的形象的增强现实鬼魂，用蒙克《呐喊》一般怪异变形的脸庞朝我咯咯笑，"妈妈，这些新的弹孔好疼！"

我尖叫，啜泣，寻求帮助，但任何心理治疗师和药物都帮不了我。最后，在麻木的愤怒中，我删除了所有数字文件，撕碎了印刷相册，打破了挂在墙上的相框。

网络黑子们训练了我，就像他们训练我的"铠甲"一样。

我不再拥有任何海莉的图像了。我记不起她是什么样子。我真的、终于、失去了我的孩子。

我怎么可能获得原谅呢？

关于我母亲的记忆

Memories of My Mother

雅典娜 译

2012 年首次发表于《每日科幻》（*Daily Science Fiction*）

"我见到你的时候比大多数母亲要更少，却也更多。"

十岁：

爸爸站在门口跟我打招呼，看上去有点儿焦虑，"艾米，看看谁来了？"

他退到一旁。

她看上去和我们房子里面到处都挂着的照片里一模一样：黑色的头发，棕色的眼睛，光滑而苍白的皮肤。同时感觉就像个陌生人。

我把书包放下，不知道要怎么做。她走过来，俯下身，拥抱了我，起初很轻柔，然后抱紧了我。她身上有着医院的味道。

爸爸告诉过我，医生们没法儿治好她得的病。她只剩两年可以活。

"你已经这么大了。"她的气息喷在我脖子上，温暖，让人发痒，突然之间，我回抱住了我的母亲。

妈妈给我带了礼物：一件尺码过小的裙子，一套已经很旧的书，一个她所搭乘的火箭飞船的模型。

"我之前经历了一场非常漫长的旅行。"她说，"飞船的速度极快，这样飞船内部的时间就变得缓慢。感觉像是只过去了三个月。"

爸爸已经把这一切向我解释过了：这样她就能骗过时间，把她的两年生命延长，这样她就能看着我长大。但我没有打断她。我喜欢听她说话的声音。

"我不知道你会喜欢什么。"她对堆在我身边的礼物感到尴尬，那些礼物仿佛是给另一个孩子的，那个她头脑中想象出的女儿。

我真正想要的是一把吉他。可爸爸说我还太小。

如果我年龄再大点儿，可能就会告诉她没关系的，告诉她我很喜欢她的礼物。但我那时还不擅长撒谎。

我问她能跟我们一起待多久。

她没有回答，只是说："让我们玩个一整夜吧，你爸爸说不让你做的事情，咱们全都做一遍。"

我们出了门，她给我买了一把吉他。早上七点时，我终于躺在她的膝盖上睡着了。那是个极其美妙的夜晚。

当我醒来时，她已经不见了。

十七岁：

"你他妈的为什么在这里？"我当着我母亲的面把房门摔上。

"艾米!"爸爸再次把门打开。看到他站在我母亲身旁,而后者仍然是二十五岁,仍然和照片里那个女人一模一样,我突然意识到他已经变得有多老。

他才是那个在我被内裤里出现的血迹吓得魂不附体时抱住我的人。他才是那个满脸通红对着商店店员低声嘟囔,求她帮我挑选胸罩的人。他才是那个在我朝他大喊大叫时站在那里抱住我的人。

她没有权利每隔七年就匆匆回到我的生活中来闪现一次,仿佛某个神仙教母一般。

之后,她敲了敲我的卧室房门。我躺在床上什么也没说。她还是进来了。她穿越光年才回到这里,一扇三合板门阻止不了她。我喜欢她推开门进来看我,但同时又觉得讨厌。这令人感到困惑。

"那条裙子很优雅。"她说。我的舞会裙子就挂在门后面。它的确优雅,而且花掉了我一半的积蓄,但我把腰上的面料扯坏了。

过了一会儿,我翻过身坐了起来。她正坐在我的椅子上,缝缝补补。她从自己那件银色的裙子上剪下了一块吉他形状的布料,把它缝到了我裙子上扯坏的位置。简直完美。

"我还是个小女孩时,我妈妈就去世了。"她说,"我永远没机会了解她了。所以当我……发现以后,我决定要做些不同的事情。"

拥抱她的感觉很奇怪。她就像是我的大姐姐一样。

三十八岁：

妈妈和我一起坐在公园里。小宝宝黛比在婴儿车里睡着了，而亚当正和其他小男孩一起在格子爬梯那边，开心地大叫着。

"我没能见到斯科特。"她充满抱歉地说，"上次我来看你时，你们还没开始约会，那时你还在念研究生。"

他是个好人，我几乎就要这么说了。我们只是不合适，分开了。这样说会让事情变得容易。这么长时间以来我对每个人都如此说谎，包括我自己。

但我已经厌倦了谎言，"他就是个浑蛋。我只是过了很多年才承认这一点。"

"爱会让我们做出奇怪的事情。"她说。

妈妈当时只有二十六岁。我在她那个年纪时，也曾经满怀希望。她真的能理解我的人生吗？

她问我爸爸是怎么去世的。我告诉她爸爸走得很安详，尽管这不是真的。我脸上的纹路比她更多，而我觉得自己需要保护她。

"我们还是不要聊这些悲伤的事了。"她说。而我对她仍然能保持微笑感到生气，但同时又对她能在这里陪着我感到高兴。这令人感到困惑。

于是我们聊起了宝宝，看着亚当玩耍，直到天黑。

八十岁：

"亚当？"我问道。我已经很难转动轮椅了，我眼中的一切都变得如此昏暗。那不可能是亚当。他一直忙着照看他刚出生的宝宝。也许是黛比。可是黛比从没来看过我。

"是我。"她说着，在我面前蹲下。我眯眼看去：她的样子还是和往常一样。

但也不是完全一样了。药物的味道比以往都要浓重许多，而我能感觉到她的双手在颤抖。

"你已经旅行了多久了，"我问，"从开始到现在？"

"超过两年了。"她说，"我再也不会离开了。"

听到这个让我很伤心，但同时也很幸福。这令人感到困惑。

"值得吗？"

"我见到你的时间比大多数母亲要少，却也更多。"

她拉过一把椅子坐在我身边，我把头靠在她的肩膀上。我睡着了，感觉自己变得非常年轻，我知道当我醒来时，她还会在那里。

七个生日

Seven Birthdays

雅典娜 译

2016 年首次收录于科幻短篇集《连接无限》(*Bridging Infinity*)

也许，这一次我们可以避免堕落，
不至于让我们对群星的凝视都变得黯淡。

7:

　　宽阔的草坪在我面前延伸开来,旁边的金色海浪被狭窄的深褐色海滩带隔开。夕阳明亮而温暖,微风温柔地抚摸着我的手臂和脸颊。

　　"我想再多等一会儿。"我说。

　　"天马上就要黑了。"爸爸说。

　　我咬着下嘴唇,"再给她发条短信。"

　　他摇了摇头,"我们发得够多了。"

　　我环顾四周。大多数人已经离开了公园。空气中出现了夜晚的第一丝寒意。

　　"好吧。"我努力不让自己听上去很失望。当有些事总是重复着一遍又一遍发生时,你不应该再感到失望,不是吗? "我们放飞吧。"我说。

爸爸举起风筝,菱形风筝上画着一位仙女,还有两条长长的缎带尾巴。它是我今天早上在公园大门口的商店里挑选的,因为仙女的脸让我想起了妈妈。

"准备好了吗?"爸爸问道。

我点点头。

"起飞!"

我跑向大海,跑向燃烧的天空和融化的橙色夕阳。爸爸放开了风筝,我感觉它猛然升空,把我手中的风筝线绷得紧紧的。

"别回头看!继续跑,像我教你的那样,慢慢把线放出来。"

我跑了起来。就像白雪公主穿过森林,就像午夜钟声敲响时的灰姑娘,就像孙悟空试图逃离佛祖的掌心,就像埃涅阿斯被朱诺那狂风骤雨般的狂怒追赶。我从线轴上放开风筝线。突然吹来的一阵风让我眯起了眼睛,我的心随着跃动的双腿怦怦跳动。

"它飞起来了!"

我放慢脚步,停下来,转头看去。小仙女在空中,扯着我的手,要我放开。我抓着线轴的把手,想象仙女把我带到空中,这样我们就可以一起在太平洋上空翱翔,就像妈妈和爸爸曾经一起拉着我的手臂,让我悬在他俩之间。

"米娅!"

我望过去,看到妈妈大步走过草坪,她的黑色长发像风筝的尾巴一样在微风中飘扬。她停在我面前,跪在草地上,一把把我搂在怀里,让我的脸和她的挨在一起。她身上有她常用的洗发水的味道,就像夏天的雨滴和野花,这种香味我要每隔几周才有机会体验一次。

"对不起,我迟到了。"她说,因为挨着我的脸,她的声音显得很闷,"生日快乐!"

我想亲亲她,但又不想这样做。风筝线松弛了,我像爸爸教我的那样,用力猛拉了一下线。让风筝保持在空中对我来说非常重要。我也不知道为什么。也许这与想亲又没有亲有关。

爸爸小跑着过来了。关于时间的问题他什么也没说。他也没提到我们错过了预订的晚餐。

妈妈再吻了我一下,抬起头,但手臂还是紧紧搂着我。"出了点儿状况。"她说,她的声音平和而克制,"赵沃克大使的航班延误了,她设法在机场给我挤出了三个小时。我必须在下周的上海论坛开始之前带她了解太阳管理计划的细节。这很重要。"

"次次都重要。"爸爸说。

妈妈的手臂紧紧靠着我。这一直是他们的相处模式:未经要求的解释,听上去不像是指责的指责。即使他们以前住在一起的时候也是如此。

轻轻地,我从她的怀抱中摆脱出来,"看啊。"

这也一直是模式的一部分:我试图打破他们的模式。我不禁想到一个简单的解决方案,有些事情我可以去做,让情况变得更好。

我指着风筝,希望她能看到我特意选了一个面容像她的仙女。但风筝现在飞得太高,她没法儿看清相似之处了。我已经放出了全部的风筝线。长长的线轻轻垂下,就像连接地球和天堂的梯子,最高的那段在太阳的余晖中发出金色的光芒。

"真可爱。"她说,"总有一天,不那么忙了,我带你去看风筝节。在我长大的地方,太平洋的另一端。你会喜欢的。"

"那我们得飞过去。"我说。

"是的,"她说,"不要害怕飞翔。我一直在飞。"

我并不害怕,不过我还是点了点头,表示自己很安心。我没问"总有一天"是什么时候。

"我希望风筝飞得更高,"我说,不顾一切地想让谈话继续下去,仿佛解开线轴放绳子,让某些宝贵的东西继续留在空中,"如果我剪断风筝线,它能飞越太平洋吗?"

过了片刻,妈妈说道:"不一定……风筝之所以能持续上升,是因为线的作用。一只风筝就像一架飞机,来自风筝线的拉力就像推力。你知道莱特兄弟制造的第一架飞机实际上就是风筝吗?他们以这种方式学会了制造机翼。有一天我会告诉你风筝是如何产生上升力的——"

"它当然能,"爸爸打断了她,"它会飞越太平洋的。今天是你的生日。一切皆有可能。"

在那之后,他俩都没再说话。

我没有告诉爸爸,我喜欢听妈妈谈论机器、工程、历史和其他我不能完全理解的东西。我没有告诉她,我早就知道风筝不能飞过海洋。我只是想让她跟我说说话,而不是坚持己见。我没有告诉他,我已经很大了,不会相信在我生日这天一切皆有可能。我只希望他俩不要吵架,看看结果能如何。我没有告诉她,我知道她不是故意不遵守对我的承诺,可当她这么做时,仍然让我很伤心。我没有告诉他们,我希望能剪断把我和他们的翅膀连接在一起的那条线——他俩那两股竞争的风,太过拉扯我的心了。

我知道他们爱我,即使他们已经不再相爱。但知道这一点并不能使一切变得更简单。

慢慢地,太阳沉入大海,星星在天空中活了过来,眨着眼睛。风筝消失在群星之间。我想象着那位仙女去拜访每一颗星星,给它们一个俏皮的吻。

妈妈掏出她的手机,焦躁地打着字。

"还没吃晚饭吧?"爸爸说。

"没有。午餐也没吃。一整天都在跑来跑去。"妈妈说着,没从屏幕上抬头。

"我刚刚发现离停车场几个街区的地方有一家相当不错的素食店。"爸爸说,"也许我们可以在路上的甜品店买个蛋糕,让他们晚饭后端上来。"

"嗯哼。"

"你能把那个收起来吗？"爸爸说，"拜托了。"

妈妈做了个深呼吸，收起电话，"我想把我的航班改晚一点儿，多陪米娅一段时间。"

"你甚至没法儿和我们待一个晚上？"

"我明天早上必须到华盛顿特区，与查克拉巴蒂教授和参议员弗鲁格会面。"

爸爸的表情僵住了，"作为一个那么关心我们星球状态的人，你不觉得自己坐飞机太多了？如果你和你的客户不是总想飞得更快、运得更多——"

"你很清楚，我的客户并不是我做这个的原因——"

"我知道欺骗自己很容易。可你是在为最庞大的公司和独裁政府工作——"

"我为之奔忙的是一个技术解决方案，而不是空洞的承诺！我们对全人类有着伦理道德上的责任。我在为占世界人口百分之八十、日薪在十美元以下的人奋斗——"

我任由风筝把我拉着，从我人生的里程碑旁边溜走。他们的争吵声在风中消失了。一步又一步，我走近汹涌的海浪，风筝线将我拉向群星。

49:

轮椅很难让妈妈觉得舒服。

起初椅子试图抬高坐垫,让她的眼睛与我为她找到的那台古老电脑的屏幕齐平。但这样一来,她那弯曲的背部和蜷缩的肩膀让她很难够到下面桌子上的键盘。当她把颤抖的手指伸向键盘时,椅子下降。她戳下几个字母和数字,挣扎着抬头看向屏幕,现在屏幕高耸在她上方。于是电动机嗡嗡作响,椅子再次把她抬起来。无休无止。

三千多个机器人在三名护士的监管下工作着,照顾"落日之家"大约三百个住户的需要。这就是我们现在的死亡方式——待在被遗忘的角落,依靠着机器延长寿命,这是西方文明的巅峰。

我走过去,用一摞我卖掉她房子之前从那里拿走的旧精装书垫高键盘。电动机停止了嗡嗡声。这个办法最简单不过,却能解决复杂问题,是她会欣赏的类型。

她看着我,那双浑浊的眼睛里没有光。

"妈妈,是我。"我说,过了片刻,又加上一句,"你的女儿,米娅。"

她有过一些状态不错的日子,我想起护士长说过的话。做数学题似乎能让她平静下来。谢谢你提的这个建议。

她仔细端详着我的脸。"不对。"她说着，犹豫了一秒钟，"米娅才七岁。"

她转身回到电脑前，继续在键盘上戳着数字，"我得再次绘制人口统计和冲突曲线。"她喃喃地说，"得让他们明白，这是唯一的办法……"

我在小床上坐下。她对她那过时的计算的记忆，比对我的记忆更加深刻。我本该为此难过，但她已经离我如此遥远，像一只风筝。那根勉强把她拴在这个世界上的细绳，仅仅是她对于调暗地球天空的执念，所以我无法愤怒，也无法沉痛。

我熟悉她的思维模式，她那被囚禁在蜂窝奶酪般的大脑中的思维。她不记得昨天或前一周发生了什么，也不记得过去几十年的大部分时间。她不记得我的脸，不记得我两任丈夫的名字和爸爸的葬礼。我也没必要给她看艾比毕业时的照片，或者托马斯的婚礼视频。

唯一可以谈论的是我的工作。我不指望她能回忆起我提到的名字，或者能理解我试图解决的问题。我告诉她扫描人类大脑的困难所在，在硅元素中重新创建碳基计算的复杂性，为脆弱的人类大脑进行硬件升级的承诺似乎已经很接近，但又非常遥远……几乎是我在独白。滔滔不绝的技术术语让她感到舒适。她在听我说话，没有匆匆赶去机场飞往其他地方，这已经足够了。

她停下手里的计算。"今天是什么日子?"她问道。

"是我的——米娅的生日。"我说。

"我应该去看她,"她说,"只是我必须先完成这个——"

"我们一起到外面走走吧?"我说,"她喜欢在外面晒太阳。"

"太阳……太亮了……"她喃喃地说道,手从键盘上移开,"好吧。"

轮椅在我身边灵活地转动,经过走廊,来到室外。孩子们吵闹着,像通了电的电子一样在宽阔的草坪上杂乱奔跑,而白发苍苍、满脸皱纹的居民则像散落在真空中的原子核一样,坐在不同的集群中。与孩子们共度时光据说可以改善老年人的情绪,于是"落日之家"送来一车车的幼儿园儿童,以重现部落的篝火和村庄的炉灶。

她对着太阳的亮光眯起了眼睛,"米娅在这儿吗?"

"我们去找她。"

我们一起穿过嘈杂喧闹的人群,寻找她记忆中的幽灵。渐渐地,她敞开心扉,开始和我聊起她的人生。

"人为造成的全球变暖是真实存在的。"她说,"主流舆论过于乐观,现实情况要严重得多。为了我们的孩子,我们必须在这个时代解决这一问题。"

托马斯和艾比早就不会陪我看望这位不再知道他们是谁的外祖母了。我不怪他们。对他们来说,她是个陌生人,就像他们对她而言一样。他们不记得她在慵懒的夏日午后为他们烤饼干，也不记得她允许他们过了就寝时间很久后，还在平板电脑上看动画片。在他们的生活中，她充其量只是个遥远的存在，感受最深的仅仅是她用一张支票支付他们的大学学费。这种距离感就像传说中的神仙教母，以及那些讲述地球会如何毁灭的古老故事。

比起她实际的孩子和外孙子女，她更加关心的是"后代"这个概念。我知道我这样说不公平，但事实往往不公平。

"如果不加控制，东亚的大部分地区将在一个世纪内变得不适宜人类居住。"她说，"绘制出我们历史上的小冰河时期和迷你温暖期的记录，就会得到一个关于大规模移民、战争、种族灭绝的记录。你明白吗？"

一个咯咯笑的女孩冲到我们面前，轮椅缓慢停下。一群男孩女孩从我们身边跑过，追赶着小女孩。

"富裕的国家都是污染最严重的国家。它们希望贫穷的国家停止发展，停止消耗大量能源。"她说，"他们认为让穷人为富人的罪过买单很公平，让那些肤色较深的人们不再努力赶超肤色较浅的人。"

我们一路走到草坪的远端边缘。没找到米娅。我们转过身来，再次在人群中转弯，穿过翻滚着、舞蹈着、大笑着、奔跑着的孩子们。

"认为外交官们会解决这个问题，这是个愚蠢的想法。矛盾是不可调和的，最终结果也不可能公平。穷国不能也不应该停止发展,而富国也不会付钱。但有一个技术上的解决方案,一记绝招。只需要少数英勇无畏的男男女女和足够的资源,去做世界上其他人做不到的事。"

她的眼睛里有种光芒。这是她最喜欢的话题,她抛出了她那疯狂科学家式的答案。

"我们必须采购并改装一队商业喷气机。在国际空域,避开任何国家的管辖权范围,用它们释放出硫酸喷雾。与水蒸汽混合后,酸液就会变成细小的硫酸盐颗粒云,遮住阳光。"她想打个响指,但手指颤抖得太厉害,"这就像十九世纪八十年代,喀拉喀托火山爆发之后的全球火山冬季。我们让地球变暖了,我们也可以再次让它冷却下来。"

她的双手在她面前晃动,仿佛在召唤人类历史上最宏伟的工程项目:建造出一面包围全球的围墙,调暗天空。她记不起她其实已经成功了。数十年前,她已经成功说服了足够多的、和她一样疯狂的人去追随她的计划。她也记不起那些抗议,那些来自环保组织的非难,那些紧急起飞的战斗机,还有各国政府的公开谴责、单方面审判,以及最后的逐步接受。

"……穷人应该和富人一样,同等地消耗地球资源……"

我尽力想象她现在的生活是什么样:一个永恒的战斗日,一场她早已打赢的战斗。

她的绝招为我们赢得了一些时间,却没有解决根本问题。这个世界仍然挣扎于各种新老问题：酸雨造成了珊瑚的褪色漂白，是否要让地球更加冷却的争论，以及始终存在的指指点点和责任归咎。她不知道的是，随着富国用机器取代本就日益减少的年轻工人，边界被封死了。她也不知道富人和穷人之间的鸿沟越来越大，全球人口的极少部分仍然消耗着绝大多数资源，殖民主义以发展的名义复活。

在慷慨激昂的演讲中间，她停了下来。

"米娅在哪里？"她问道。声音里没有了激昂的情绪。她望向人群，担心在我生日那天找不到我。

"我们再去找一遍。"我说。

"我们必须找到她。"她说。

一时冲动，我停下轮椅，跪到她面前。

"我正在研究一个技术解决方案，"我说，"有一种方法可以让我们超越这个泥沼，实现公正。"

我，毕竟，是我母亲的女儿。

她看着我，一脸茫然。

"我不知道我是否能及时完善我的技术，来拯救你。"我脱口而出。又或许，一想到不得不修补拼凑你残余的思维，我就无比难受。这就是我来到这里，想要告诉她的事情。

这是在请求宽恕吗？我已经宽恕她了吗？宽恕是我们想要或需要的吗？

一群孩子从我们身边跑过,吹着肥皂泡泡。在阳光下,泡泡飘浮着,泛着彩虹般的光泽。有几个落在我母亲的白发上,但没有立即破裂。她头上的泡泡在阳光下闪光,让她看上去像一位头戴珠宝冠冕的女王,一位宣称要为无权无势者发声的、未经选举的古罗马保民官。她的母爱难以理解,却更难以误解。

"拜托了。"她说着,伸出颤抖的手指,触碰我的脸颊。手指像沙漏里的沙砾一样干燥。"我迟到了。今天是她的生日。"

就这样,我们在人群中再次徘徊,沐浴在比我童年时代更加黯淡的午后阳光下。

343:

艾比突然出现在我的进程中。

"生日快乐,妈妈。"她说。

为了迁就我,她呈现出的是她上载以前的样子,一个四十岁左右的年轻女人。她环顾我杂乱的空间,皱起眉头:模拟的书籍、家具,有斑点的墙壁、斑驳的天花板,还有窗外的城市风光,那是二十一世纪的旧金山、我的家乡,以及我仍然拥有身体时,想去但没能去成的所有城市的数字复合体。

"我不是每时每刻都运行这个。"我说。

现在流行的家居美学进程是干净、极简、数学上的抽象:柏拉图多面体、基于圆锥曲线的经典旋转体、限定场、对称群……使用不超过四个维度的是首选，也有些人倡导平面生活。以如此高的分辨率让我的家庭进程趋近于模拟世界，会被认为是对计算资源的一种浪费，一种放纵。

但我就是忍不住要这样做。尽管我以数字形态生活的时间远远超过我拥有肉体的时间，但我更喜欢由原子组成的世界——尽管是模拟的——而不是数字现实。

为了安抚女儿，我把窗口切换到一个天空探测器的实时转播画面。画面上是一片河口附近的丛林，可能是以前上海所在的位置。繁茂的植被从摩天大楼的钢架废墟上如帘一般垂下；岸边栖满了涉水鸟群；不时有成群的江豚从水中跃出，画出优美的弧线，再落入水中，轻轻溅起水花。

现在有超过三千亿的人类思维居住在这颗星球上，存在于成千上万个数据中心里，这些中心所占的空间总和还不如老曼哈顿城区。地球已经恢复了野性。只有一些顽固的拒绝者仍然坚持在偏远的定居点里过着拥有肉体的生活。

"你用了如此多的计算资源，这真的不太好。"她说，"我的申请被拒绝了。"

她指的是再生一个孩子的申请。

"我觉得两千六百二十五个孩子已经绰绰有余了。"我说，"我感觉自己不了解他们中的任何一个。"我甚至不知道数字原生代所喜欢的许多数学名称该如何发音。

"又要举行另一场投票了。"她说,"我们需要所有能得到的帮助。"

"就连你现在所有的孩子,投票也不见得都和你一致。"我说。

"但还是值得一试。"她说,"这颗星球属于生活在它上面的所有生物,而不仅仅是我们。"

我的女儿和另外很多人都认为,把地球送还给大自然这项人类最伟大的工程现在正受到威胁。别的思维,尤其是那些来自较晚实现全民永生的国家,认为最先进入数字领域的那一批人不应该霸占发言权,决定人类命运的走向,这样不公平。他们希望再次扩张人类的足迹,建立更多的数据中心。

"为什么你这么热爱荒野?你根本不住在那里。"我问道。

"这是我们作为地球服务者的道德责任。"她说,"我们让它遭受了这么多恐怖,现在才刚刚开始恢复。我们必须精确地保持它应有的样子。"

我并没有指出,在我看来,这恰恰是一种错误的二分法:人类与自然。我没有提起沉没的大陆、喷发的火山、数十亿年来地球气候的高峰和低谷、前进和后退着的冰冠,以及不计其数的物种出现又消失。为什么我们要紧抓住这一刻不放,将它当作自然,认为比其他所有时刻都更加可贵?

有些道德伦理上的分歧是不可调和的。

与此同时，每个人都认为多生孩子才是解决办法，用更多的选票来压倒对立的那方。于是，对生孩子的申请会进行艰难的裁决，在相互竞争的派系之间分配宝贵的计算资源。

然而孩子们会如何看待我们的冲突？他们也会关心我们所在意的那些不公吗？作为以硅态出生的人，他们是会远离具象化的物质世界，还是会欣然接纳这一切？每一代人都有各自的盲点和执念。

我曾经以为奇点会解决我们所有的问题，却发现它只是对复杂的问题做了简单的一刀切。我们的历史各不相同，我们想要的东西也不一样。

这么看来，我和我的母亲也没什么不同。

2401:

我脚下的岩石星球荒凉孤寂，没有生命。我松了口气，这样的环境是在我出发前说好的。

让所有人对人类的未来达成一致，这是不可能的。谢天谢地，我们不再必须共享同一颗星球。

小小的探测器从玛特里奥什卡出发，向它们下方那颗旋转着的行星降落。进入大气层时，它们像幽暗中的萤火虫那样闪闪发光。这里浓厚的大气层能非常有效地捕获热量，以至于在行星表面,大气能像液体一样不断流动。

我想象着能自我装配的机器人降落在行星表面。我想象着它们用从地壳中提取的材料进行复制和繁殖。我想象着它们在岩石上钻孔,放置微型湮灭电荷。

一个窗口在我旁边弹出:来自艾比的信息,数光年之外,几个世纪之前。

生日快乐,母亲。我们成功了。

接下来是一些既熟悉又陌生的星球航拍镜头:地球的温和气候得到精心调节,让全新世[①]晚期的环境能够维持下去;在小行星引力弹弓的作用下,金星轨道经过反复调整,再加上地表改造,变得苍翠繁茂、温暖舒适,成为侏罗纪时期的地球的复制品;而火星,其表面遭到重新定向的奥尔特星云天体冲击,并被来自太空的太阳反射器加热,气候变得干燥寒冷,和地球最后一次冰河时期的状态极其相似。

现在,恐龙在金星阿佛洛狄忒高地[②]的丛林中漫步,猛犸象在火星北方大平原的冻土苔原上觅食。依靠地球上强大的数据中心,基因再造技术发展到了极致。

他们再次创造出了可能有过的东西。他们让灭绝的生物复活过来。

---

① 全新世(Holocene)即地球目前的地质年代,从 11 700 年前延续至今。
② 金星上接近赤道的一块陆地,面积相当于非洲。

母亲，有一件事你说对了：我们将再次派出考察飞船。

我们会在银河系的其他地方开拓殖民地。当发现无生命的世界时，我们会赋予它们全部形式的生命，从地球遥远的过去，到可能存在于木卫二上的未来。我们会慢慢走过每一条进化之路。我们会牧养每个畜群，照料每座花园。我们会给那些没能登上诺亚方舟的生物第二次机会，将天使拉斐尔与亚当在伊甸园对话中提到的每一颗星星的潜力都发挥出来。

而当我们发现外星生命时，我们会像对待地球上的生命一样小心翼翼。

以行星为尺度来看，我们仅仅出现在它漫长历史的末段，无权垄断它全部的资源，更无权自诩取得了物种进化的最高成就。作为智慧物种，我们不是应该负责拯救所有生命，包括那些消失在时间长河中的灭绝物种吗？总会有个技术解决方案的。

我微笑起来。我不需要质疑艾比这条信息是一封庆祝信，抑或是一种无声的指责。毕竟，她是我的女儿。

我有自己的问题需要解决。我把注意力转回到机器人身上，继续拆解我飞船下方的星球。

16807：

我花了很长时间才打碎围绕这颗恒星轨道运行的那些行星。

又花了更长时间，才按我的愿景重塑了这些碎片。

直径一百公里的圆形薄板以纵向环形晶格状排列在这颗恒星周围，将它完全包围。这些板块并不围绕恒星运行；相反，它们是静止的，位置固定。来自恒星的高能量辐射压力抵消了重力的牵引。

在这个戴森星群的内侧表面，数以万亿计的机器人在基片上蚀刻通道和电门，创造着人类种族历史上最庞大的电路。

板块吸收来自恒星的能量，它被转化为电脉冲，从细胞单元中涌出，经脉络汇于串流，聚集成湖泊和海洋，通过十的十八次幂种变化波动起伏，形成思想的形状。

板块背面有暗弱的光芒，就像火焰猛烈燃烧后的余烬。低能量的光子向外跃迁，在为一个文明提供动力后，它们渐渐枯竭。但没等光子逃逸至无尽的太空深渊，它们就撞上了另一组板块，这组板块专为吸收这个较暗频率的辐射能量而设计。于是，创造思维的过程再一次重复。

嵌套的外壳共有七层，形成一个充满复杂地形的世界。有宽几厘米的光滑区域，当计算过程中产生过多或太少的热量时，这些区域能抵消膨胀和收缩，使板块保持完好——我将它们称为海洋和平原。也有一些坑坑洼洼的区域，以微米为单位的山峰和坑地帮助量子比特和比特跳出瞬息万变的舞蹈——我将它们称为森林和珊瑚礁。还有一些小型立体结构，结构中密集的电路负责发送和接收通信束,由此将板块联结成一个整体——我将它们称为城市和村镇。这些名字可能取得有些一厢情愿,就像月球的"静海"和火星的"厄立特里亚海"一样。但仰赖于它们的能量而活过来的意识是真实的。

我要用这个由恒星驱动的计算机器做什么?我能用这个俄罗斯套娃式的大脑变出什么魔法?

我在平原、海洋、森林、珊瑚礁、城市和乡镇中撒播了百万亿个思维,其中一些模仿了我自己,更多的是从玛特里奥什卡的数据库中提取的。它们在繁殖和复制,在一个比任何单行星数据中心都要广大的世界中进化。

在外部观察者的眼中,这颗恒星的光芒随着每层外壳的构建而变暗。我已经像我的母亲那样,成功地调暗了一颗太阳,尽管规模要大上许多。

总会有个技术解决方案的。

117649:

历史就像沙漠中山洪暴发一样奔流:洪水倾泻在炎热的大地上,在岩石和仙人掌周围转起漩涡,在洼地汇集成积水,在雕刻着地貌的同时寻找着水道。每一个偶然的事件都在塑造着后来的一切。

拯救生命，挽回可能发生的事情——方法比艾比和其他人所认为的多得多。

在我的俄罗斯套娃式的大脑构成的豪华矩阵中，我们的历史的各种版本都被回放。在这个宏大的计算中，不是只有某个单一的世界，而是有数十亿个。每个世界都有人类的意识居于其上，在我们的微调下，一点点转向更好的方向。

绝大多数路径都能减少屠杀的发生。在这里，罗马和君士坦丁堡没有被洗劫；在那里，库斯科和永隆并没有陷落。在某条时间线上，蒙古铁蹄和女真帝国没有横扫东亚。在另一条时间线上，威斯特伐利亚模式也没成为这个世界上压倒一切的蓝图。一群醉心于谋杀的人没有在欧洲上台，另一群崇拜死亡的人也没能夺取日本的国家机器。非洲、亚洲、美洲和澳洲的居民摆脱了殖民主义的轭束，决定着自己的命运。奴役和种族灭绝并不是发现和探索的必然，我们历史上的那些错误都得以避免。

小部分的人口不至于过度消耗地球，也不会垄断星球上所有生命的未来。历史得到了救赎。

但并非所有路径都能让情况变得更好。人类的天性中有一种黑暗，使某些特定的冲突无法调和。我为失去的生命感到悲痛，但我不能干预。这些并不是模拟。如果我尊重人类生命的神圣不可侵犯性，它们就不会只是模拟而已。

生活在这些世界中的数十亿个意识，每一个都和我一样真实。

他们应该和任何一个曾经活过的人一样，拥有自由意志，同时也必须允许他们做出自己的选择。我们同样总是怀疑自己也生活在某个巨型模拟中，即使这样，我们也总是希望事实并非如此。

如果你愿意，可以把这些当作平行宇宙；把它们视为一个女人回顾过去的感情用事之举，视为一种象征性的赎罪。

然而，每个物种的梦想不都是拥有重新来过的机会吗？也许，这一次我们可以避免堕落，不至于让我们凝视着的头顶群星都变得黯淡。

823543：

有一则消息。

有人拨动了将太空结构编织到一起的丝弦，向因陀罗网络的每一根线发出了一段脉冲序列，将最远端的爆发新星和最邻近的跳动夸克连接了起来。

用已知的、被遗忘的、尚未发明的各种语言说出的那条广播让整个星系随之战栗。我解析出了一个单句。

到星系中心来。现在是团聚的时刻。

我小心翼翼地指示智能体引导构成戴森星群的板块移动，就像古代飞行器翅膀上的副翼。这些板块漂移开来，就像俄罗斯套娃式的大脑的外壳正在裂开，孵化着一种新的生命形式。

渐渐地,这些静止的板块远离了恒星的一侧,呈现出什卡多夫推进器的结构。在宇宙中有一只眼睛睁开了,射出一道明亮的光束。

而慢慢地,恒星辐射的不平衡开始移动恒星,带着周围的壳镜一起。我们正向星系的中心进发,推动出一道炽烈的光柱。

不是每个人类世界都会注意到这条召唤。很多星球的居民决定探索不断深化的虚拟现实的数学世界,永远探索下去,在隐藏于果壳中的宇宙里过着能耗极小的生活——这样做完全可以。

有些人,像我的女儿艾比,宁愿把他们苍翠繁茂、充满生命力的星球留在原处,就像宇宙这个无尽沙漠中的片片绿洲。其他人会飞到星系边缘寻求庇护,那里更加凉爽的气候能让计算更为有效。还有一些人,在重新获得了拥有肉体的古老生活乐趣之后,将在原地逗留不去,上演征服与荣耀的太空歌剧。

但是,会有足够多的人前往。

我想象着数以千计、数十万计的恒星向星系的中心移动。有些被住满人类的太空栖息地所包围,那里的人类还像原来的样子。有些被机器环绕,它们对自己的祖先形态只有模糊的记忆。有些会拖着各自的行星一起,行星上住满来自我们遥远的过去或是我见所未见的各种生物。有些会带来客人,那些外星人没有共享我们的历史,但对这种自称为人类、能自我复制的低熵现象感到好奇。

我想象着在无数个世界上,世世代代的孩子们望向夜空,看着星座变换,恒星移位,对着苍穹画出轨迹。

我闭上眼睛。这次旅行会花上很长时间。不妨先休息一下。

非常、非常久远的时间之后:

宽阔的草坪在我面前延伸开来,旁边那金色的海浪被狭窄的深褐色海滩带隔开。夕阳明亮而温暖。我几乎能感觉到微风,正温柔地抚摸着我的手臂和脸颊。

"米娅!"

我望过去,看到妈妈大步走过草坪,她的黑色长发像风筝的尾巴一样飘扬。

她一把把我搂在怀里,让我的脸和她的挨在一起。她闻上去就像在超新星的余烬中诞生的新星的光芒,就像从原始星云中出现的新生彗星。

"对不起,我迟到了。"她说,因为挨着我的脸,她的声音显得有些闷。

"没关系。"我说,而且我是认真的。我给了她一个吻。

"今天是放风筝的好日子。"她说。

我们抬头望着太阳。

视角陡然转变,现在我们倒立在一个复杂而精致的雕刻平原上,太阳远在我们的下方。重力将我们脚底上方的表面与那个炽烈的天体紧紧相连,比任何线绳都要强韧。我们所沐浴的明亮光子冲击着地面,将它向上推去。我们站在风筝的底部,风筝越飞越高,牵引着我们飞向群星。

我想告诉她,我理解她那想让一个人的生命变得更加宏伟的冲动,她那想用爱意调暗太阳的梦想,她为解决棘手难题所进行的斗争,她对技术解决方案的信仰——即使她明白它并不完美。我想告诉她,我知道我们都有缺陷,但那并不意味着我们缺乏宏伟瑰丽。

然而,我只是捏了捏她的手;作为回应,她也捏了捏我的手。

"生日快乐。"她说,"不要害怕飞翔。"

我松开手,朝她微笑,"我不怕。我们就快到了。"

百万亿个太阳的光芒让整个世界明亮起来。

宇宙春晖

Cosmic Spring

萧　贰译

2018 年首次发表于国内，次月刊载于《光速》（*Lightspeed*）杂志

你终会回家，即使在家不复存在之后。

在这里，我们要介绍一个宇宙模型，该模型具有无穷序列的膨胀收缩循环。顾名思义，时间无起点，无终点，无需确定初始条件。

——施泰因哈特、保罗·J. 和尼尔·图罗克，"宇宙的循环模型"。

数字对象唯一标识符: Science 296.5572（2002）: 1436–1439

（查阅请至 https://arxiv.org/pdf/hep–th/0111030）

量子比特分离叠加，信息纠缠解耦，意识重新浮现。

我不知道自己休眠了多久。"浮岛–飞舟"储备的能量所剩无几，虽然我一直在尽可能地节省。

深渊中出现了一个微弱的光团，大概有几千开尔文[①]。这是我被唤醒的原因。

或许这是宇宙中的最后一颗恒星，我改变航线，笔直地向其

[①] 温度计量单位，绝对零度指的便是 0 开氏度，对应为零下 273.15 摄氏度。

驶去。

　　宇宙处于严冬。这是我研究了六万七千亿年后得出的结论。

　　我出生于宇宙的秋天。我是从"浮岛－飞舟"的数据库中得知这一点的——我年轻时,有更多的数据库仍正常运转——秋天是猩赤色与绯殷色、宝石绛色与石榴赭色、丹朱色与胭彤色染就的绚烂时节。宇宙被浓淡艳雅各不同的红色恒星照亮,在天鹅绒般的暗红色天幕上形成各式图案,我出于无聊给它们起了名字:逻辑门菱形、量子比特超立方体、直－角－双－正方证明。

　　依照这些不断变动的"天幕航标",我驾驶"浮岛－飞舟",从一颗恒星跃往另一颗恒星,采集它们渐熄的火。红色恒星常常太过微小衰弱,我不得不近距离掠过恒星表面,抽取能量给"浮岛－飞舟"补充燃料,恒星的温暖大大缓解了我在宇宙其他地方感受到的冰冷空虚。

　　偶尔,在我摆荡过一颗颗恒星期间,会遇见奇异而美妙的生灵。其中一些像我一样,是驾驶着各自"浮岛－飞舟"的流浪者。

　　"你从哪儿来?"

　　"我不记得了。"

　　"你到哪儿去?"

　　"我不知道。"

　　"好吧,无论如何,祝你好运!"

我们互致问候,学习彼此的语言,由此,我们围在"恒星－壁炉"旁,分享彼此的故事,度过几十亿年光阴,然后恋恋不舍地各奔前路。

其他生灵则是原住民,他们的"浮岛－飞舟"没有智慧,固定在循环往复、没有尽头的轨道上。他们看到我的飞舟靠近,常常畏缩不已,要么将我敬若神明,要么将我斥为恶魔。我尽量不在这些地方停留太久,收集完刚好够到达下一颗恒星的燃料便会启程。我为他们感到难过,他们注定会困死在无法航行的"浮岛－飞舟"上。

不过,有些生灵则是海盗,他们妄图登上我的飞舟,偷取我的燃料。有几次,我们打了起来,在打斗过程中,一些记忆损毁了。还好到最后,凭借光子洪流击打静态卫星光帆,我总能成功远遁,留下他们在星际尘埃中扑腾。

正当我在驶近之时,前方的光团变得越来越冷。但愿我能在它转化为黑矮星、永远沉沦深渊之前抵达那里。不断前行的欲望源于生命的天性,不论是由进化还是由其他方式出现的生命。

我想家了。尽管家已经没了。

可我的四周没有其他恒星。我别无选择。

一颗颗红色恒星向内塌缩,开始发出黯淡的白光,宛如一颗颗小雪球。随着时间推移,它们变得灰扑扑的,亮度渐低,终于灭了。

秋天结束,冬天到来。

我遇见的"浮岛－飞舟"愈发稀少。恒星愈发疏落,恒星间的航程愈发漫长,我再也无法如年轻时那般保养物件。记忆库一个接一个地报废了,不管我怎样努力地复制、转存、绑定、核验,都无济于事——我不得不再次做出痛苦抉择,让部分的自己死去。

我是谁?

为什么我在这儿?

什么是"浮岛－飞舟"?

我用寥寥无几的尚存记忆,尝试着拼合出一个答案:

很久以前,那时的宇宙正值盛夏,色相、色调和明度不一的恒星无比明亮,汇成了光的河流和海洋。这些恒星周围,有着许多"浮岛－飞舟",在这些"浮岛－飞舟"上,生命诞生了。

其中一颗恒星被称为"太阳";其中一艘"浮岛－飞舟"被称为"地球";栖居地球的生物被称为"人类"。

人类从地球散布到宇宙很久之后,都没有忘记作为故乡的"浮岛－飞舟",还将其作为圣地保护起来。他们会不定时地回访,做一些保养工作:修补散架的塑化建筑,维护有崩溃危险的量子记忆库。当太阳膨胀,开始发出黯淡红光时,他们便将这座"浮岛－飞舟"推离得远一点儿;同时,他们还对这座"浮岛－飞舟"进行了翻新,安装了一面静态卫星光帆和一台光子发动机——类似于迷你恒星的人造物——如此一来，太阳死去时，地球可以自主离去。

他们返回故乡同样是为了听一听记忆库里的老故事，讲一讲新故事。

随着太阳变冷，回来的人类越来越少。最终，再也没有人类回来。

于是，从这些记忆库中，我诞生了。人类创造我，是想让我担任这座"浮岛－飞舟"的守护者吗？还是说，我进化自量子比特和可能性之间自旋、循环、倾泻、喷发、生生灭灭的信息模式？

我不知道。

有关系吗？

既然人类不再回家，我便起航了。

我抵达了那颗恒星——不料发现它根本不是恒星。

好吧，或许它曾经是一颗恒星，依循着主序带，像宇宙中许许多多其他恒星一样盛开枯萎。但往昔已不可追。

有人，或许是出生在环绕它的"浮岛－飞舟"上的生灵，不愿看到自己的故乡恒星耗尽燃料后，就此消泯于无形。他们并未像人类一样迈向未知的太空，而是驶入了深渊，目的只有一个：套住"另外的"恒星，把它们拖回故乡，将这些被捕获"太阳"的氢和氦倾倒进他们古老的"恒星－壁炉"里，使故乡的宜居时间保持得稍微久一点点。他们越来越冒险深入，直至他们的恒星成了不断扩大的黑暗汪洋中唯一的灯标。

随着宇宙的冬天降临，他们不得不驶向更远方，寻找仍未死去的恒星，将其捕获带回故乡。他们急奔着、跟跄着、猛冲着横越太空，带回一抔白雪添在融化中的雪球上。到最后，或许他们放弃了这场必输的战斗，因为他们无法将"另外的"恒星在路上燃尽前拖回故乡。

他们故去了。

但其他生灵受黑暗中的这盏孤灯吸引，乘着流浪的"浮岛－飞舟"陆续来到这里。只不过，当他们意识到周围空间没有其他恒星时，说什么都太迟了，他们已无处可去。

灯标变成了陷阱。

和数百艘环绕这颗恒星的"浮岛－飞舟"一样，每一个新来者的唯一选择就是将其仅存的微薄燃料供给快要熄灭的"恒星－壁炉"，搅动核聚变原子球。通过使这颗垂死的恒星再焕发几百万年的活力，他们希望可以召来其他能够启动这个循环的流浪者。

某个像我这样的人。

"欢迎来到宇宙末日。"

恒星得到了我的剩余燃料，恢复了几分生气；我们挤在恒星浅淡的光团里，分享全体"浮岛－飞舟"最后丝丝缕缕的记忆。我们无不状况堪忧。这些"浮岛－飞舟"既老旧又冰冷，它们的核心早已凝固。任何能碎裂的东西早已碎裂。残存的记忆零星不全，杂乱无章。

但将自我的某些东西传承下去的欲望源于生命的天性，不论由进化或其他方式出现的生命。

有"浮岛－飞舟"唱起了歌，歌唱游过甲烷之海的巨翼——巨翼由无数微型的完美四面体奇异宝石构成，带着迷人的馨香。有"浮岛－飞舟"讲起了硅基身躯的种族——稳重可靠的生灵，完成单独一个念头便要用一百万年。有"浮岛－飞舟"以哑剧形式表现纯信息生物轻浮放荡的生活——仅用一秒钟便已更迭了一千代。有"浮岛－飞舟"朗诵起由有感知的羽翼所作的诗歌——这些羽翼贴着它们的恒星表面飞过，俯冲进对流层，捕捉光子蠕虫。

此情此景，我觉得，就像人类所说的综艺节目——冬天黑夜里消磨时光的联欢晚会。虽然我们作为宇宙中最后被熵征服的意识，全都束手待死，但我们有快乐和友情，有庆祝活动。这里不是故乡，可至少我们不必孤独死去。

"该你了。"

这是我保留的最完整的记忆片段之一。最后一个快报废的记忆库里存留的一粒宝贵碎屑。

十亿兆恒星划过墨黑的苍穹。

地平线之上是无穷闪耀的星座,星光繁密若恒河沙数,汇集成直线、曲线和平面:一双对称的拱形翅膀,中间有个圆圆的鸟喙,形似数学概念的飞鸟;一架矩形桥梁,其上有座多层宝塔,塔顶重檐叠叠低垂,活像一只戴着大帽子的矮胖蜘蛛;一根拉长的细柱直插天空,串着一颗颗上行下移的椭圆体,宛如一串珠子。

环球航空公司飞行中心

北京西站

蒲罗中[①]**太空电梯**

每一个高速飞向那些建筑的光点,都是超光速网络中一个穿梭着的人类意识的远程呈现,超光速网络将散布整个宇宙的所有人类"浮岛－飞舟"联结为一体。

人类,生于宇宙夏天的孩子,喜欢流浪远方,到他们的父母从未生活过的地方生活,他们的孩子在那里长大后,只会再次动身远行。

然而,有的时候——当他们即将展开新的冒险时,当他们感到年龄的沉重时,当他们的古老历法循环中的主观标记再度出现时——他们希望返回自己的起源之地,那个他们记忆中已模糊、只隐约知道的古老的"浮岛－飞舟"。在那里,他们的父母正怀着苦甜参半的回忆等待着他们。如此一来,他们借此机会表达了对父母的感恩,与家人一起吃上一顿团圆饭,省视过去,重振精神。

---

① Pulau Ujong,新加坡的古称。

此时,大部分的流星往来于北京西站。此时,如宇宙之始般明亮。

"回家?"

"没错。"

"你从哪儿来?"

"从猎户座肩膀上的恒星来的。"

"一路顺风,春节快乐!"

那段记忆里的远程呈现中转站,其形制的灵感来自地球上的真实建筑。那些建筑早已坍塌湮灭,成了某种图符,其结构诉说着它们原型的故事。

但意义不止于此。建造戴高帽蜘蛛的年代,人类挤进长方体旅行,长方体悬浮在平行的铁条上,仿佛是某道用实物来证明的几何题。数百万的旅客经过那座车站回家,庆祝春天的到来。

但塔顶低垂的帽子呢?别无他用,除了提醒人类曾存在一个更为古老的年代,那时,城市还没有行驶在平行轨道上的载人车厢。这是一个嵌套图符。

没有古老的塔顶,就没有后来的火车站,也就没有星系网络里的虚拟仿制建筑;这座建筑在一艘纪念性质的"浮岛－飞舟"的量子记忆库里得以重现,所处位置与那座火车站曾矗立的土地或许相同,或许不同。

就这样，我讲述着岁月、火车、蜘蛛、帽子和浮岛，讲述着我从未见过、从未知晓的事物，用声音和符号构造我想象中的北京西站——声音和符号援引的是过时的定义，定义唤起了或许可靠、或许不可靠的记忆，记忆包裹着神话般的真相。

如果你沿着图符小径一路走下去，你会发现自己的来处。

你终会回家，即使在家不复存在之后。

好久没人讲话了。恒星的温度只有几开氏度，转化为黑矮星的迹象若隐若现。很快，"浮岛 - 飞舟"上的所有人都会死去。

根据古老的神话，宇宙依附于一张膜[①]，这张膜与另一张被暗能量分隔的膜相互平行，就像运载人类的车厢曾行驶过的两条平行轨道一样。两张膜周期性地相撞，挤压敲击宇宙，使宇宙在无穷循环中重焕生机。

如果冬天已经夺走了一切，春天还会远吗？我似乎察觉到了另一张膜在接近——我猜想，就像是人们听到一辆火车呼啸而来的样子。

我倾尽自己最后的能量储备，维持关于闪光的中转站的记忆完好。神话中说，宇宙的下一个春天萌生的结构，其形状将取决于这个冬天播下的量子起伏种子。

---

① 指膜宇宙学，物理学上超弦理论和M理论的分支，认为宇宙是镶在一些更高维度的膜，学科主要研究那些更高维度的膜如何影响着我们的宇宙。

我注定无缘见到宇宙新年。我们没人能见到。到时，会有一道灿烂的光辉闪过，出现万亿兆的幼年恒星和新生的"浮岛－飞舟"，会有无法想象的奇妙生灵诞生于那些"浮岛－飞舟"上，再度让宇宙充满奇迹、美丽和光。

如果我拼尽全部，说不定有一天，那些"浮岛－飞舟"中的某一艘上，会有人坐起来，看见天幕上有一个由星星组成的图案，形状像一座矩形桥梁，其上有座多层宝塔，塔顶重檐叠叠低垂，他们会给它取名为"戴着大帽子的矮胖蜘蛛"。

因为他们应当对先来者有所了解，对自己从哪儿来有所了解。

新年快乐，宇宙。

从生命摇篮发来的报道：
隐士——马萨诸塞海的四十八个小时

Dispatches from the Cradle:

The Hermit — Forty-Eight Hours in the Sea of Massachusetts

萧　贰译

2016 年首次收录于科幻短篇集《沉没世界：人类世及未来的故事》

（*Drowned Worlds: Tales from the Anthropocene and Beyond*）

怀旧，是一道拒绝时间治愈的伤口。

归隐之前,阿莎<鲸鱼>-<舌头>-π 一直在金星瓦伦蒂纳空间站的摩根大通瑞士信贷担任董事总经理。当然,若她读到这句话,会觉得我的描述狭隘且愚笨。"把一位女性称作金融工程师,或把一位男性称作农业系统分析家,世人就觉得对他们有所了解了。"她写道,"但一个人在时事际遇下选择的工作与他/她是谁有什么关系吗?"

　　不过,我仍要告诉你,三十年前,是她负责了联合行星公司的公募,造就了规模空前的资源池。这一成就超过了此前任何个人或法人实体。是她(至少绝大程度上是她)说服了散布在三颗行星、一颗卫星和十几颗小行星栖居区内的疲困人类继续投资"宏图大业"计划。这个计划致力于复原地球,以及对火星做地球化改造。

　　讲了她的事迹,能解释清楚她是谁了吗? 我不太确定。"从摇篮到坟墓,我们所做的每一件事都是为了回答一个问题:我是谁？"她写道，"而这个问题的答案浅显易得：别努力探寻，接受现在的自己就好。"

太阳纪 22385200，她成为摩根大通瑞士信贷最年轻的首席董事总经理。

几天后，她递交了辞呈，与自己的丈夫和妻子们离婚，变卖所有资产，将大部分所得收益放入信托，留给自己的孩子们，然后买了张单程票，启程回到蓝星故土。

抵达地球后，她去了近海州省联邦的港口城镇阿克顿，在那儿购买了一套生存栖居筏组件——型号与整个行星难民社区所用的数百万栖居筏相同。

她谢绝了城里居民主动伸出的援手，仅用两个普通的劳动型机器人，亲自动手组装好，然后住进去，像一块浮木般孤身漂流四海。这让她的家人、朋友和同事大为震惊。

"瞧她的穿着打扮，我们还以为她是来这儿买度假别墅的。"将栖居组件卖给阿莎的埃德加·贝克说，"不少银行家和高管喜欢冬天来这儿潜水寻宝，享受阳光。但她没让我带她去看待售别墅，其中几栋别墅附带的私人沙滩其实很不错。"

（尽管推销技巧相当直白，我还是决定记下贝克的推荐。我可以证明，阿克顿市是个很不错的度假地。城里有几家风味上佳的餐馆，提供传统的新英格兰菜肴，虽然龙虾是养殖的，不是野生的。至于新英格兰海域是否会重新出现已灭绝的野生龙虾，环保主义者也拿不准，因为野生龙虾绝对适应不了升温的海水。在全球变暖中幸免于难的甲壳纲动物普遍体积变小。）

阿莎的前配偶们联合起来对她发起诉讼，希望法院判她精神不健全，推翻她的财务分配安排。这个案子提供了丰沛的八卦素材，一时间流言蜚语充斥了各大虚拟实感站点。

但阿莎最终达成了几次金额不详的庭外和解，很快平息了风波。

"他们现在明白了，我只想一个人待着。"这是她在案子撤销后说的，或许是实话。但能够说得这么利索，肯定和她请得起顶级律师有关。

"昨天，我来到这里生活。"漂浮在沉没的大都会波士顿上方的阿莎写下这第一条日志，由此开始了她的海上生活。那天是太阳纪22385302。如果你熟悉格里高利旧历，这天就是2645年7月5日。

当然，这句话并不是她的原创。它由亨利·戴维·梭罗最先在波士顿郊外写下，距今正好八百年。

但阿莎与梭罗不同。梭罗的文字常常是遁世离俗的，而阿莎离群索居的时间和她在人群中的时间一样多。

节选自《漂流》，作者为阿莎＜鲸鱼＞-＜舌头＞-π：
传奇之岛新加坡不存在了，但新加坡的理念延续了下来。

漂流的家庭栖居筏通过紧密的氏族纽带相互连接。一条条纽带编织在一起，集结成庞大的漂流筏城市。若从高空俯瞰，这城市就像一块金属和塑料构成的藻毯，上面点缀着闪亮的珍珠、露珠或气泡，那是栖居筏的透明圆顶和太阳能接收器。

新加坡难民集社无比庞大，从沉没的吉隆坡步行几百公里走到苏门答腊未被淹没的岛屿，可能自始至终都不必沾海水。不过这种事情绝对没人想做，因为外面的空气太过炙热，人类无法生存。

当台风——该纬度地区近乎常态的存在——接近时，纽带解开，所有漂流筏沉入波涛之下，驶出风暴。难民有时不讲白天与黑夜，只讲上升与下沉。

栖居筏内的空气弥漫着无数种气味，来自无菌的金星太空站以及高纬度气候控制穹顶的居民会被熏个大跟头。新加坡炒粿条、柴油烟气、肉骨茶、人类排泄物、猫山王榴梿、加东叻沙、芒果味的香水、咖椰土司、印尼炸鸡、烧焦的电气绝缘物、印度炒面、印度飞饼、夹杂着海盐粒的再生空气、椰浆饭、叉烧……各种气味浑然一体，十分上头，难民从小闻到大，外人永远闻不惯。

难民集社的生活喧闹、拥挤，偶尔还很暴力。传染病周期性大暴发，居民的预期寿命不长。这些难民的祖先被战争剥夺了家园，这么多代人之后，他们依旧无国无籍。对这一问题，发达世界的人完全想不出解决办法。"发达世界"的叫法可谓年代久远，几个世纪以来，含义不断演变，却从来与"道德正直"不沾边。最早污染世界、污染得最厉害的就是发达世界。非但如此，当发展中国家胆敢效仿发达世界的崛起历程时，他们立刻发动了战争。

眼前的景象让我难过。这么多人依靠着分隔海水和空气的纤薄界面顽强求生。即使在这般不适宜人类居住的地方，人们也在苦苦支撑，和每次退潮时露出海面的桩柱上的藤壶一样坚韧。在亚洲内陆沙漠，难民像鼹鼠一般生活在地下洞穴里；非洲和中美洲的海岸附近还漂浮着其他的难民聚落。这些人又是怎样一副惨状呢？他们凭借纯粹的意志力生存了下来，堪称奇迹。

人类已经向着繁星启程。但同时，我们毁掉了自己的家园。自然主义者为此长久地衰叹。

"可你为什么觉得我们是个需要解决的问题？"一个与我以物易物的孩子问我（我给了他一盒抗生素，他为我端来了鸡肉米饭），"沉没的新加坡过去是发达世界，我们不是。我们不叫自己难民，你们才这么叫。这儿是我们的家，我们住在这里。"

那天晚上，我失眠了。

这儿是我们的家。我们住在这里。

北美大部分区域长期经济萧条，该地区一度大名鼎鼎的、连接各大气候控制穹顶城市的气动管道运输网络因此衰落。所以近来去马萨诸塞海，最快捷的方式是走水路。

我在温润宜人的冰岛登上一艘驶往近海州省联邦沿岸的大型游轮——十一月是游览该区域的极好时节，夏天那几个月就太过炎热了。我一到阿克顿便雇了一艘小艇，出海拜访住在漂流栖居筏里的阿莎。

"你去过火星吗？"我的向导吉米问。他二十多岁，敦实粗壮，皮肤晒得黝黑，一笑就露出有豁口的牙齿。

"去过。"我说。

"暖和吗？"他问。

"不怎么暖和，没法儿长时间待在穹顶外。"我想起了上一次造访阿西达利亚平原的沃特尼市的情景。

"等火星改造好了，我想去。"他说。

"你不会想家吗？"我问。

他耸了耸肩，"工作在哪儿，家就在哪儿。"

众所周知，几个世纪前开始的宏伟工程壮举——从奥特星云牵引彗星不断轰炸火星表面，部署太阳帆增加火星的辐射——已成功地将火星的气温提升到足够高的水平，使这颗红色行星两极干冰盖升华，重启了水循环。引种的植物正通过光合作用逐步将火星大气转化为我们能呼吸的空气。虽然现在还为时尚早，但我们已经可以想象：一个宜居的火星会在两三代人内成为现实，实现人类的夙愿。吉米也许只能以游客的身份去那里，但他的孩子估计能定居下来。

小艇驶近在远处波浪间浮沉的球体。我问吉米怎么看待那位世界最著名的隐士——她最近回到了马萨诸塞海，这里是她环球漂流的起点。

"她带来了游客。"他说，克制着语气中的情绪。

阿莎描写了全世界古老的沉没城市废墟，结集成书后畅销到没道理，一跃成了现象级出版物。无论是虚拟实感捕捉工具，还是普通的旧式摄像技术，她一概避而不用，反而以华丽的笔调（读之古朴隽永）创作印象派散文来传达自己的体验。有些人称她的书大胆独到，其他人则批评她的书矫揉造作。

阿莎听之任之，不理会批评之声。禅宗会同意古人的说法："小隐隐陵薮，大隐隐朝市。"她写道。你几乎能听到反感她的人对这种靡丽晦涩的神秘主义文字发出的干呕声。

很多人指责她助长了难民旅游业，却不去寻找真正的解决方法。一些人宣称她仅仅是在践行一项古来有之的传统：享有特权的上流社会知识分子探访不幸的百姓，声称"发现"了民间智慧（强说成来自百姓的、人为浪漫化的伪智慧），以此为民请命。

"阿莎·鲸鱼只是想用一碗几近完美的心灵鸡汤来安抚发达世界焦虑的神经。"我所属出版社的一名媒体评论员艾玛 <CJK-统汉字-象形文字 432371> 断言道，"她想让我们做什么？停止所有的地球化改造尝试？让地狱般的地球保持现状？世界需要多一些立志解决问题的工程师，少一些找不出新法子挥霍金钱的富豪哲学家。"

话虽如此,近海州省联邦的旅游业巨头约翰＜电缆塔＞-＜雾＞-＜鳕鱼＞今年早些时候宣布,自从阿莎的书出版以来,游览马萨诸塞海的人数已增长了三倍(这样的增长在新加坡和哈瓦那更高)。毫无疑问,大量涌入的游客金钱受到了当地人的欢迎,不论当地人多么抵触阿莎对他们的描述。

我还没来得及看清吉米复杂的眼神,他就果断别过脸,打量起我们的目的地。视线中,目的地正渐渐变大。

圆球形的漂浮居所直径约十五米,由一个纤薄的透明外壳——船舶导航交互面大部分贴附于此——和一个较厚的金属合金耐压内壳构成。球体大半浸没于海面以下,透明的驾驶台圆顶看起来就像某种海洋怪兽的眼眸,凝望着天空。

眼眸的顶端伫立着一个孤零零的身影,背部挺拔得如同日晷的晷针。

吉米开着小艇缓缓向前,直至轻碰到栖居筏的外壳。我小心翼翼地从一艘船跨上另一艘船。栖居筏被我的体重压得下沉了一点儿。阿莎扶住了我。她的手干爽,冰凉,非常有力。

我有些犯傻般地注意到,她的容貌与她上次公开亮相的扫描影像一模一样。那一次,她在瓦伦蒂纳空间站的大型中央论坛宣告,联合行星公司不仅准备地球化改造火星,还成功收购了"蓝色摇篮"的股份,那是将地球恢复到完全宜居状态的公私合作项目。

"我的访客不多，"她平静地说，"每天换一副新面孔没多大意义。"

我之前请求与她同住几天，收到她的单字极简回复"好"时，我简直惊呆了。自从她开始漂流生活，还从未破格答应过任何人的采访。

"为什么？"我问。

"即使是隐士也会感到孤单。"她回答。随即，另一条信息紧接着发了过来，是她的补充："有的时候。"

吉米开着小艇离开。阿莎转身示意我通过敞开的透明"眼眸"，向下进入太阳系最具影响力的难民泡泡筏。

从飘浮在厚重的金星大气层的"金属茧"里看不见星星；在火星的增压穹顶城市，我们也不怎么注意星空。地球上，宜居区域的气候控制城市里，居民沉迷于荧光屏、虚拟实感植入体、聊天窗口散发的光晕、明亮的信誉账户，以及信用评分下降留下的渐渐隐去的痕迹。

他们都不向上仰望。

一天晚上，我躺在栖居筏里，漂流于温暖的亚热带太平洋。在我眼前，繁星遵循着惯常轨迹运行。星光清冽，暗合数学之理，仿若百万钻石光点。天空的模样让人想起儿时的拼贴画。这恍然的明悟竟勾起了童年的纯真透净，令我惊讶万分。

撞击我视网膜的光子有的来自绑着安德洛墨达的那座岩石的缝隙,诞生于上个冰河时期。那个时候,游牧民族的战士依然在连接着不列颠和欧洲大陆的多格兰平原上奔跑[1];有的在恺撒大帝满身鲜血倒在格奈乌斯·庞培的雕像脚下时就离开天鹅座的翅尖,全速飞向地球[2];有的来自水瓶座的瓶口,诞生于持续数十年的种族灭绝战争横扫亚洲之时,那时,日本和澳大利亚的空中无人机来回扫射,击沉无数难民筏,让无数逃离荒漠化或洪水泛滥的故土的难民丧生[3];还有的来自飞马座的马蹄,在格陵兰岛和南极洲最后一座冰山融化、莫斯科和渥太华发射第一艘前往金星的火箭时开启它们的旅程[4]。

大海涨涨落落,行星表面如我们的面孔般多变:陆地从水下突然升起,复又沉入水下;顶盔贯甲的龙虾横冲直撞的海床,仅一眨眼工夫(地质学意义上的)之前,还在被长毛的哺乳动物大军争夺;昨日的多格兰说不定会是明日的马萨诸塞海。变迁无常,见证者唯有永恒的繁星。每一颗星星都是时间汪洋中一条独行的海流。

苍穹的模样是时间的唱片,与鹦鹉螺壳或银河系悬臂一样盘曲繁复。

---

[1] 仙女座的形态是埃塞俄比亚公主安德洛墨达被绑在岩石上的样子,仙女座以她命名。多格兰平原于公元前6500—6200年沉入海底,形成英吉利海峡。这段话通过星座图像描述了星星的位置,通过年代描述了星星的距离。

[2] 恺撒大帝于公元前44年被杀,据说死在格奈乌斯·庞培的雕像下。

[3] 为作者虚构的近未来时代。

[4] 同上。

栖居筏内部的家具不多。模塑床铺、固定于墙壁的不锈钢桌、四四方方的导航控制台——每一件都是功能性的、朴素的，替代了现今无比风靡的由个人纳米机器人群塑造的所谓"超个人化"装饰风格。虽然挤进了两个人，但感觉比实际宽敞，因为阿莎没有用谈话填补不多的空间。

阿莎亲自捕鱼，打开圆顶盖，明火炙烤。我们默默吃了晚餐，又默默上床睡觉。我很快入睡，大海轻柔地摇晃着我的身体，新英格兰明亮温暖的繁星——她为之倾注了无数辞藻的繁星——抚摸着我的脸。

早餐用完速溶咖啡和饼干，阿莎问我想不想去看看波士顿。

"当然想。"我说。波士顿是古老的学识之城，是极具传奇色彩的大都会。在这里，勇敢的工程师对抗海平面上升长达两个世纪之久，直到在高耸的海墙面前最终屈服，城市一夜之间被淹没。那是发达世界最惨痛的灾难之一。

阿莎坐在栖居筏后面，一边驾驶，一边随时观察太阳能水力喷射引擎。我跪坐在圆球体的底部，饱览透明地板下掠过的景色。

日头渐高，阳光渐渐照亮铺满沙子的海底。海底是庞大的废墟，那是为纪念美利坚帝国取得胜利而树立的丰碑。至于是什么胜利，早被人遗忘了。以石头和玻化混凝土建造的高楼大厦曾是几十万的人住所，现在如水下山岳般岿巍。紧密排列的窗户和门户静谧无声,通往无数空荡的洞穴,一群群五颜六色的鱼儿如热带鸟般进出如梭。巨藻森林摇曳于建筑物之间的深谷,那是街道和商业大道,吐着烟的机车曾川流不息,如同干细胞般为这座大都会输送养分。

最不可思议的是覆盖这座城市各个表面的七彩珊瑚:深赭、淡橙、珍珠白、艳若霓虹的丹彤……

第二次洪水战争之前,欧洲和美洲的智者都认为珊瑚在劫难逃。海水的温度和酸度上升,藻群爆发性增殖,汞、砷、铅等重金属严重富集……另外,随着发达国家制造出各种致命武器,应对来自不宜居地区的难民潮,沿海生态项目也逐渐被抛弃。一切都在给这种脆弱的海洋动物及其光合作用的共生体敲响丧钟。

海洋会褪去颜色,变成一张沉默见证人类愚蠢的黑白照片吗?

但珊瑚幸免于难,适应了剧变。它们南下北上,迁徙至纬度更高的地区,获得了耐受严酷环境的能力,并且出乎意料地与人类用于海洋采矿、分泌纳米片的转基因人工藻类发展出了新的共生关系。在我看来,马萨诸塞海之美丝毫不输传说中的大堡礁,或者生命早已绝迹的传奇的加勒比海。

"这么多颜色……"我喃喃道。

"最美的一片在哈佛广场。"阿莎说。

我们驶过原为查尔斯河的巨藻森林，从南面驶近剑桥市名闻遐迩的学院废墟。但海面上赫然出现一艘大型游轮，挡住了去路。阿莎停下栖居筏，我爬上去看向圆顶外。戴着人工鳃和格努斯金脚蹼的游客像归家的塞尔克[①]一般跃出游轮，光滑的皮肤变成了古铜色，以抵挡十一月炽烈的太阳。

"怀德纳图书馆[②]是热门旅游景点。"阿莎顺带解释道。

我回到底部，阿莎驾驶栖居筏潜至游轮下方。栖居筏藏入波涛之下，这是沿海栖居筏城市的难民安然度过台风和飓风、躲避热带地区致命酷热的办法。

我们朝着包围某处残破巨物——原世界最大的大学图书馆——生长的珊瑚礁缓缓地降去。我们的四周，一群群色彩明艳的鱼儿交错穿梭于一缕缕阳光之间，游客如美人鱼般优雅地翩然而下，一串串气泡缀在他们的人工鳃后面。

万花筒般的海底，阿莎操纵栖居筏在宏伟的水下建筑群前平缓地绕着圈，指出各处特色建筑。一座小丘长满了层层落落、纷繁复杂的赭红色珊瑚群落，触手如古典弗拉门戈舞者的长裙饰边般摆动旋转，那原是以爱默生——梭罗的导师——命名的演讲厅；一根长矛般高大柱体的表面清晰排布着胭红、蔚蓝、青绿、番红的

---

① 凯尔特神话中的海豹人，拥有人类的外形，但皮肤像海豹一样光滑。

② 哈佛大学最大的图书馆。

珊瑚,如一块块几何图形,那曾是哈佛大学纪念教堂的尖塔;另一根长长的珊瑚礁边有个小隆起,状如珊瑚材质的大脑,脑回和脑叶让人不禁想起一代代身穿长袍的学者的智慧。他们曾漫步穿过这座通往知识的圣殿。珊瑚之下是著名的约翰·哈佛雕像——无论在形象还是文字描述上都没能准确还原这位建校之初的赞助者的"三谎雕像"[1]。

在我身边,阿莎轻声吟诵:

枫树披上华美的头巾,

田野穿上绯红的袍服。

唯恐自己赶不上时尚,

我会戴上一枚小配饰。

共和时代早期诗人狄金森[2]创作的经典诗篇让人想起过去秋日海岸的美景,那时的海平面还没有上升,那时候还有冬季……虽然一点儿也不应景,听来却觉得出奇地合适。

"你说共和时代斑斓的秋色比得上这些珊瑚吗?"我问。

"谁都不知道。"阿莎说,"你知道珊瑚是怎么获得鲜艳色彩的吗?"

我摇了摇头。除了知道珊瑚在金星上与珠宝一样受欢迎,其余的我几乎一无所知。

---

①哈佛大学著名景点之一。

②艾米莉·狄金森(Emily Dickinson,1830—1886),美国传奇诗人,上文出自她的诗歌《秋日》。

"珊瑚的色素来自重金属和污染物，这些物质也许剔除了它们祖先中耐受性较弱的个体。"阿莎说，"这里的珊瑚尤为艳丽，是因为这片海域受人类影响的时间最长。尽管它们很美，却脆弱得难以置信。全球降温一到二摄氏度，它们就会灭绝。这次能奇迹般地克服气候变化，下次就说不准了。"

我回头看向原为怀德纳图书馆的巨大珊瑚礁，看见游客们落在图书馆入口前的宽阔平台上，三五成群地靠在平台的四周。年轻的导游们遍体鲜红——由皮肤色素或变色服装实现的"哈佛色"——各自带队开展一日游活动。

阿莎想离开。有游客在场，她觉得心烦。但我说我想瞧瞧他们对什么感兴趣。她迟疑了一下，点了点头，操纵栖居筏向前移动了一点儿。

一队游客在入口前的阶梯上围成一圈，跟着导游—— 一名身穿深红色潜水衣的年轻女子——做着一套舞蹈般的动作。他们做得慢悠悠的，不知是编舞本身如此，还是因为水中阻力过大。时不时地，游客会抬起头，隔着一百英尺深的海水看向远在天外的朦胧骄阳。

"他们在打太极，不过打得不像。"阿莎说。

"一点儿也不像。"我没法儿把这拖沓笨拙的动作和低重力体育馆健身课上那套熟悉的、迅猛利落的动作联系到一起。

"人们相信，太极曾是一种舒缓克制的功法，与其现代形式大为不同。不过，前大移居时期的记录很少流传至今，游轮公司就胡乱搞了个假太极糊弄忽悠游客。"

"为什么在这里打太极？"我彻底糊涂了。

"据推测，哈佛在战争爆发之前有大量中国学者。听说中国当时有许多有钱人送子女来这儿学习。当然，最后大家都没有躲过战争。"

阿莎驾驶栖居筏稍稍后退，远离图书馆。我看见了更多的游客，他们有的在珊瑚茂盛的哈佛广场散步，有的拿着看起来像纸质书的物件——游轮公司提供的道具——四处晃悠，相互留存扫描影像。有几人身穿杂糅共和时代早期与晚期流行款式的服装，外加套上一两件学术袍，在那里无伴奏跳舞。爱默生楼前，两名导游各带一队旅客进行着一场哑剧版的辩论，正方和反方通过悬浮于头顶幽光闪闪的全息图——如同漫画中的思考气泡一般——提出各自的立场。一些游客看见了我们，但没太在意。大概以为这艘闲逛的难民泡泡筏是游轮公司为了营造气氛临时添加的道具。要是他们知道与著名隐士的距离如此之近……

游客们应该是在表演想象中的场景，重现这所大学的昔日光辉。彼时，这里培养出了伟大哲学家，他们发出哀诉，痛斥世界上那些为了发展不顾一切的政府，正是他们导致了地球温度不断升高，两极冰盖消融。

"这个广场上，曾走过那么多伟大的环保主义者和自然主义者。"我说。按大众的想法，哈佛广场可与雅典卫城或古罗马城市广场媲美。我试着将下方七彩斑斓的珊瑚礁在脑海中重构：新英格兰的秋日凉爽宜人，茵茵草坪上飘落着鲜红色和明黄色的枯叶，学生和教授激烈辩论着这颗行星的命运。

"尽管我有浪漫主义的名声，"阿莎说，"但我不大确定往日的哈佛是否强于今时。这所大学以及与之同列的大学也曾培养出将军和总统，这些人到后来都否认人类能造成气候变化，带领对蛊惑性言论如饥似渴的国民，对亚洲和非洲的穷苦国家发动战争。"

我们继续在哈佛广场周围静静地转悠，看着旅客爬进爬出被藤壶包裹的空窗户，仿佛寄居蟹围着一个多眼骷髅头的眼眶进进出出。一些旅客形同赤裸，透明织物飘荡在他们的身后，让人不由得回想起了古典美利坚合众国早期的连衣裙和正装；一些旅客所穿潜水服受美利坚帝国时期款式启发，加装了仿防弹衣和防毒面具头盔；还有一些旅客入乡随俗，选择了带难民风格的雅致范儿，后面拖着喷涂着逼真锈痕的假呼吸装备。

他们在找什么？他们找到了吗？

怀旧，是一道拒绝时间治愈的伤口。阿莎曾写道。

几小时后，短途旅游玩尽兴了，游客们纷纷游向海面，就像一群群鱼儿逃离某种看不见的捕食者——某种程度上，确实如此。

天气预报说大风暴要来了，马萨诸塞海极少风平浪静。

我们周围的海域里，游客没了踪影，雾气缭绕、像一座小岛的大型游轮离开了，阿莎的神情显得更加沉着。

她向我保证我们很安全，接着将下潜模式的栖居筏开至哈佛大学纪念教堂的遮挡处。我们将在波涛之下驶出风暴范围。

夕阳西沉，海水渐暗。四周，百万光点倏忽亮起。夜晚的珊瑚礁热闹非凡。水母、虾、荧光蠕虫和灯笼鱼等发光的夜间生物从藏身处出来，进入这座永不安眠的水下大都会，享受欢乐时光。

海面上风高浪急，我们却在深海中平静地穿梭，与无数生机勃勃的光点相伴。

我们不去看。

我们看不见。

为了找寻新的风景，我们不惜远航数百万英里，却不往我们的脑袋里看上一眼。其实那里气象万千，定然与宇宙呈现的景致一样奇丽瑰异。但凡我们将目光投向身旁十平方米的范围内，就足以满足我们的好奇心，我们对于新奇事物的无穷需求：脚下蕴含着独特条纹的一块块地砖，皮肤上鸣奏着化学交响曲的一群群细菌，还有那个世纪之谜——如何在流动的思绪中自我观照。

头顶的繁星与舷窗外一闪一闪的珊瑚虫一样遥远，也一样近。只要去看，就会看见浸润在每个原子中的美。

唯有孤身自处，才有可能活得如一颗星星般独立。

拥有这一切，拥抱现在，我很满足。

远处，怀德纳图书馆峭壁般的建筑主体旁发生了爆闪，仿佛虚空中突然出现的一颗新星。

光点一轰而散，留下一片漆黑，但新星本身如同一团散发微光的云，继续扭曲翻腾。

我唤醒阿莎，指了指。她一言不发，操纵着栖居筏驶向我指的位置。随着我们靠近，云团逐渐变成一个挣扎的身影。是一只章鱼吗？不，是一个人。

"肯定是滞留的旅客。"阿莎说，"如果现在游到海面，他会死在风暴里的。"

阿莎打开栖居筏前面的强光灯，想引起旅客的注意。灯光照亮一名失去方向感的年轻女子。只见她身穿镶有荧光片的潜水服，手举在眼前遮挡刺眼的光线，人工鳃缝快速张合，似乎既困惑又恐惧。

"她分不清哪个方向是上。"阿莎低声道。

阿莎透过舷窗向那女子招手，示意她跟随栖居筏。我们的微型避难所没有气闸室，只能浮上海面接她进来。年轻女子点了点头。

海面上大雨如注，波涛汹涌，根本不可能站稳。阿莎和我紧扒着圆顶入口的窄边框，将年轻女子拽上栖居筏。栖居筏被压得沉了一下。我们接连吼叫,费了老大一番力气,总算把她拉了进来,然后封闭圆顶,潜回水下。

二十分钟后,萨拉姆＜金门大桥＞-＜京都＞烘干了身体,摘掉了人工鳃,安心地裹着温暖的毯子,拿着一杯热茶,侧过头感激地看向我们。

"我在里面迷路了。"她说,"一排排的空书架怎么都走不到头,每个方向看起来都一样。开始的时候,我跟在一条花园鳗后面走了几层楼,心想它会带我出去,但它肯定一直在兜圈子。"

"你找到你想找的东西了吗?"阿莎问。

据萨拉姆解释,她是哈佛空间站的学生。那是悬停于金星高层大气的高等学府,经金星政府特许,沿用了位于下方废墟的老名字。她来这里是想亲身瞻仰这座充满传奇色彩的学校,怀着浪漫的绮思搜寻死寂图书馆的书架,希望找到一本被遗忘的大部头。

阿莎透过舷窗看向若隐若现、空空荡荡的图书馆,"我不相信过了这么多年,那里还能剩下什么东西。"

"也许吧,"萨拉姆说,"但历史不会消亡。总有一天,这里的海水会退去。我也许会活着看到大自然重归正轨。"

萨拉姆大概过于乐观了。今年早些时候,联合行星公司的离子引擎飞船刚刚成功将六颗小行星推入近地轨道,空间反射镜的建设甚至还没动工。即便是最乐观的工程预测都显示,要让反射镜减少抵达地球的阳光,开始全球降温,回到地球古时如伊甸园般温和的气候环境，重现两极冰盖和高山冰川，就算没个几百年，也要几十年。火星的地球化改造说不定在此之前就全面完成了。

"比起马萨诸塞海，多格兰是不是更合乎自然之道？"阿莎问。

萨拉姆沉稳的目光没有动摇，"冰河时代哪里比得上人类造成的灾祸？"

"为了梦想而加热行星，又因为怀旧而让行星降温，我们何来的权力？"

"神秘主义论调绝非解除难民痛苦的膏油，难民正承受着我们祖先的错误造成的恶果。"

"我想阻止的是一错再错！"阿莎声音陡然变高，她强迫自己冷静下来，"如果海水退去，你周围的一切就都没了。"她看向舷窗外，珊瑚礁的夜间居民们已经回来，继续游动、发光，"新加坡、哈瓦那，包括中国内蒙古那些兴旺的聚落都会消失。在我们口中，那些地方是难民棚户区、多灾多难的栖居地，但它们同样是家园。"

"我就是新加坡人，"萨拉姆说，"我一辈子都在努力设法离开那里，好不容易才取得了一张大家梦寐以求的伯明翰市移民签证。不要自作聪明地为我们发声，也不要妄自揣测我们想要什么。"

"可你离开了，"阿莎说，"你不住那儿了。"

我想到了外面因为吸收有毒物质而变得绚烂的美丽珊瑚。我想到了全世界住在地下和漂流在海上的难民——几个世纪、十几代人后，他们依旧被称作难民。我想到了降温地球，想到了发达世

215

界竞相收复祖地,想到了权力的牌局重新洗牌发牌时,战争降临,生灵涂炭。谁该做出决定? 谁该付出代价?

一条条光痕如同划过至高天的流星般往来穿梭,环绕四周。我们三人坐在下潜型栖居筏内,仿佛三个难民,谁都找不到别的话说。

我曾遗憾于不知道自己与生俱来的面孔。

我们重塑自己的面孔,就和我们的祖先雕塑黏土一般简单。我们改变五官特征和躯壳线条,改变灵魂所在的这个微型宇宙,来匹配社会所在的那个宏观宇宙的氛围和时尚。由于肉体的局限,我们仍不满足,又用反射光线和投射阴影的珠宝增补效果,用缥缈的全息投影抚过血肉实体。

与现代主义做着永恒斗争的自然主义者说我们虚伪,要求我们适可而止,告诉我们,我们的生命不真实。我们倾听着。他们用充满噪点的画面向我们展示我们祖先的形象。祖先无法变化的外表,和他们身上的每一处缺点,都像是对我们无声的指责。这些影像令我们动容。我们点头,发誓要改正错误,摒弃矫饰。直到短暂的感动消失,我们返回工作岗位,开始琢磨用哪一副新面孔迎接下一位顾客。

但我们该怎么做才能让自然主义者满意呢? 我们与生俱来的面孔早已经历了无数人为干预。成千上万把细胞手术刀在受精卵上剪接编辑我们的基因，消除疾病、排除危险突变、增强智力、延长寿命……而在此之前，几百万年的迁徙、战斗、全球变冷变暖，以及我们祖先基于各种动机——美丽、暴力、贪欲，等等——而做出的选择，都塑造了今天的我们。我们出生时的面孔如此精巧，可以媲美古雅典酒神节时的歌剧演员，或室町幕府时京都艺伎的面具——不仅如此，还与被冰川蚀刻的阿尔卑斯山或被海水淹没的马萨诸塞州一样合乎自然之道。

我们不知道自己是谁。但我们不敢停下探寻的努力。

偶 像

Idols

雅典娜 译

2020 年首次收录于科幻短篇集《生而服从：机器人与变革》（*Made to Order: Robots and Revolution*）

我们认为做人就是要变成非人，多么可悲。

随风飘荡

每周五晚上，我都给父亲打电话。

"贝拉最近怎么样？"

"挺好。很忙。律师嘛，你懂的。"

"忙点儿也好。她喜欢自己的工作吗？"

"比起我对自己工作的喜欢程度，可是要高上许多。不过她可能……对工作有一点儿过分痴迷。"

"生活中有让人痴迷的东西，其实很幸运。我打赌她肯定很擅长她的领域。"

"她是最棒的。"

"怎么了，狄伦？你看上去情绪有点儿低落。"

"不,其实不是低落……爸爸,你什么时候开始考虑要孩子的?我不是指我自己。我是说……后来的。"

最简短的停顿,几乎辨别不出来。我尽量不去想偶像背后的软件,那些搜索、核对、统合、预测……

"好像没有这么个特定时刻——真有的话肯定是一段好故事……"

我从来没见过父亲,以后也见不到。

"吾自电"那种地方总是强调他家雇员多么聪明,这样在你辛苦工作很久后,你就不会去质疑他们付给你的薪水有多低。开放式的办公室,色彩鲜艳的椅子,墙上挂着当代艺术。和绝大多数取这类名字的公司一样,我们什么也不生产。我被雇来为各种电子表格编造看似可信的故事。如今,仍然需要人工的工作大多属于这种。

他们提供的额外福利之一是"健康星期五"。那一天,健康专家会在那间最大的会议室发表讲座或举办研讨会。这类专家包括瑜伽教练、营养师,有一次甚至还来了一位"冥想大师"。 这个项目也许是为了让医疗保险给我们公司一些优惠减价,或者管理层认为这类活动正是我这代人想要的,就像堆肥箱和厨房里的免费零食那样。不管怎样,我每周五都去,无一例外。

我就是这么参加的"46对46"讲座,随后提交了脸颊细胞样本,用于"个性化遗传咨询"。做完这一切后,我盯着收件箱里"46
对46"转发的电子邮件,通知我数据库已经为我找到了一个"DNA
亲属"。

我发了几封邮件,打了几通电话,然后开车穿过州界。我见到
了我的祖父母,我同父异母的姐妹们,还有我的叔叔们,但没有见
到父亲。他几年前就去世了,一次划船意外事故。拿到所有能收
集到的信息后,我就坐上飞机,回家了。

我的母亲叹了口气,问我要不要喝点儿茶。

在我的成长过程中,她从没提过我的父亲。这是那种你必须
学会接受的事情之一,就像浴室的门会卡住,椅子腿在地板上摩擦
得吱吱作响,你坐下时怎么小心都没用。

"我不想说。"有一次我试图提起这个话题,她这么说,"你就
把他当成精子捐赠者好了。"

没有任何他的照片,没有留有他字迹的纸条,没有挂在壁橱里
的特大号男士衬衫,也没有放在屋角的磨损靴子。我甚至连他叫
什么都查不到,无论是姓还是名。

为什么她要从自己的人生中完全抹去他的存在? 我们的母子
关系不算融洽,这个父亲形状的空缺更是雪上加霜。把他当作借
口简直太容易了,可以用来解释我身上的各种缺点,但什么都无法
澄清。我的郁郁寡欢是从他那边遗传的吗? 他和我一样对竞争毫
无兴趣吗? 母亲抱怨我的轻率粗心时,是不是从我身上看到了他

的影子？有时我会把自己锁在卫生间里，盯着镜子，努力想象自己老了几十岁以后的样子。

"爸爸，你为我感到骄傲吗？"

没必要继续想象，是时候让我母亲讲述这个故事了。

原来，我父亲从来不知道我的存在。他从一个研究生项目中退学，然后在全国到处旅行，寻找自我，住在汽车里。我母亲比他年长十岁，在一次反战抗议活动中认识了他。她喜欢他弹着吉他、努力帮助集会上的人打起精神的样子。她想要个孩子，但不想要丈夫，因而把他视作是完美的——

"——精子捐赠者。没有多盛大多浪漫，也没什么见不得人的秘密。"她说，"不存在违背誓言、爱情变质的故事，更不存在能让你吃一堑长一智、漫长坎坷的离婚程序。总体来说，没留下任何有意义的回忆。"

母亲没骗人。我并没有被抛弃，我也不是一个错误。就我父亲而言，我根本就……什么都不是。

然而，我还是继续和父亲的家人保持联系。他们大概像我母亲一样，觉得我如此执着很奇怪。毕竟，除了脆弱的生物学上的联系之外，我们根本就是陌生人。但他们还是挺热心肠的。他们告诉我，他作为一个男孩、一个年轻人、一个父亲时的故事。据他们说，有一次他驱车两百英里，只为让一只小狗与它的家人团聚。他们拿出他当教师时获得的奖项，给我看了视频和照片、他高中时的资料和记事本、大学毕业后带回家却再也没打开过的杂物箱、与他的妻子和我的姐妹们的合影，还有他和她们一起旅行时报平安的电子邮件。

我知道了很多我父亲的事，但还是感觉根本不了解他。在现实生活中想了解一个人——任何人——已经很困难了。要搞清楚一个已死之人则是难上加难，毕竟他无法回答任何问题，不能提供任何解释，给不了任何安慰。

我决定制作一个偶像。

既然知道他的身份，我可以设置搜寻机器人来追踪我父亲的数字踪迹。他的家人没有费心去删除他的旧账户，我还说服了他妻子接受我在社交网上的好友请求，让我可以为偶像制作者搜集更多材料。他的几段手机视频像素太低，无法制作出逼真的动画。不过这也没什么。我并不想踏入恐怖谷①。

经过几天的等待，摩涅莫辛涅②公司发来一条短信，通知我说偶像已经准备好了。我深深地吸了一口气，拨通上面给出的号码，把手机举到耳边。

"你好？我是瑞恩。"

①"恐怖谷"一词最早由 Ernst Jentsch 于 1906 年的论文《恐怖谷心理学》中提出，随后他的观点被弗洛伊德援引阐述。日本机器人专家森昌弘于 1970 年提出"恐怖谷理论"，认为人形玩具或机器人的仿真度越高人们越有好感，但在相似度临近 100% 前，这种好感度会突然降低，越像人反而越让人反感恐惧。

②古希腊神话中掌管记忆的泰坦女神。

这声音和我之前在手机视频里听到的一模一样：低沉沙哑，明显有些不耐烦。

"嗨……"我停顿了一下，这么喊爸爸似乎有点儿奇怪，"嗨，瑞恩。我是……狄伦。"

"是谁？我不认识。"

"我知道……你……最近好吗？"

偶像最初被开发出来，是作为明星与粉丝之间零距离互动的工具。成百万、上千万人热爱歌手、演员、个性网红，可是有多少粉丝见过他们崇拜的对象本人？这些幸运儿中，又有多少人除了紧张的崇拜宣言之外还能表达其他内容，除了敷衍的微笑之外还收到过其他情感，除了最短暂的握手之外还得到过其他接触？需要一种方法，扩大一对一互动的范围，给死忠粉提供他们最渴求的东西：与偶像之间的私人联系。

一支由心理学家、机器学习专家和神经网络雕刻家组成的团队首先会收到一份档案，其中包括目标主体的采访资料、演唱会视频、电影、见面会记录、社交媒体帖子……（真正想深深打动粉丝的明星们还会再扔进日记、未出版过的诗集、关于如何实现世界和平的笔记，等等。）基于这些原始材料，技术专家能生成一个人格模型，并制作出这个明星的模拟人像。

创建账户之后，粉丝可以与屏幕那边的数字偶像交谈数个小时。多次访问过后，偶像就会记住粉丝的名字和人生经历，提供鼓励的话语，讲述新故事，澄清旧谣言，与粉丝的孩子打招呼，回忆过去的邂逅……到最后，明星仿佛成了你搬到远方的挚友。

这项技术刚刚问世，就被发掘出了大量新用途：政治竞选、网络骚扰，或者用大数据观察自己，寻求自我完善。又或者，用来了解自己素未谋面的父亲。

"我不知道该说什么好，我从来没有儿子。"

我笑了，"你有没有想过，如果你有一个儿子，而他问你这辈子学到的最重要的三件事，你会怎么说？"

"三件？这是个艰巨任务。我们还是先从半件事说起吧……"

偶像是一个双方交感的幻象。它并不是我父亲的副本，只是一组数据，其算法由对于人性的基本见解编码而成，能对可能的反应进行概率性预测。它没有自我意识，也没有生命。此外，我提供给摩涅莫辛涅的关于我父亲的数据也是有限的。我没有他的搜索历史、他删掉的帖子，也没有他的秘密账户。我只有他愿意与世界分享的那个小集子，能放入这条永恒存在、又不断变化的我们所共享的数字生活洪流。

只要话题没有超出算法参数能够发散的范围，这个幻象就会一直存在。它能告诉我的东西，都是我在父亲的档案中看过的。

"你有试过给贝拉一点儿私人空间吗？"

"我想是的。"

"不过那并不意味着你要留她独自一人，而是你们要一起做些事情，多互相了解。还有一些事是要分开做的，才能各自成长。珍妮佛和我曾试过一起度假，也试过分开度假。这两者你俩都需要，尤其是在你们有了孩子以后。"

"行吧，她就没有休过假……我应该和她聊聊这件事。"

从根本上说，与我父亲的偶像聊天，和在当年的 ELIZA① 程序里打字，或者和我小时候对着卫生间的镜子自言自语没有区别。

"你知道吗，我以前也会弹吉他。"

"给我弹点儿什么吧。"

我走进地下室的储藏间，把吉他翻了出来。乐器已经跑音了，指法也生疏了。我努力去想象他会喜欢什么。

"这首歌我弹过！大学毕业后，我用一年的时间开车到处旅行，抗议战争，反对华尔街和那些制药公司……真是好歌。我为你感到骄傲。"

这是个精心制作的反应，是几行算法从他那些旧邮件中推断得出的，并不真实。

"我想，这首歌讲的是一个人童年的无助感，因为你什么都不懂，做了父亲后还是搞不明白。你一天天老下去，但有些事总也看

---

① ELIZA 是由 MTI 人工智能实验室于 1964 年至 1966 年创建的早期自然语言处理计算机程序，其目的是为了演示人机之间交流的表面现象。

不清楚。其实我们谁都不知道自己在做什么。"

真可恶，我的眼泪停不下来。

只要不断和他说话，这个数字模拟的父亲就会记住我，见证我拥有自己的孩子、慢慢变老，并逐渐接受自己智慧有限的事实。我将在年龄上赶上它、超过它。它永远给不了我父亲在他那四十年生命中没能记录下来的智慧，它永远只是一个精致的游戏。而且，如果不从现实生活中添加新鲜数据来校正它的进程，偶像会随着时间的推移，慢慢地偏离我真正的父亲。然而，我知道我还是会继续和它聊天。空缺无法填补，但它是我的一部分。

真可恶，我的眼泪停不下来。

宣誓诚实 [①]

围坐在会议桌旁那些热切的初级律师们等了我两个小时。当我大步走进会议室时，他们齐齐转过身来。看样子，我浪费了不少计费工时。

不过，关系到高达五亿美元的补偿性和惩罚性损害赔偿，我觉得客户应该不会抱怨。

我把传真过来的陪审员名单投影到会议室一端巨大的屏幕上。司法机构可能是最后一个仍然坚持用这种古老方式来进行沟

---

① Verum Dicere，原文为拉丁语，在英美法系里指陪审员宣誓讲真话。

通的地方了。（为什么不干脆用一只信鸽呢？）

"周一上午九点准时开始预备审查^①，"我对他们说，"只剩下六个多小时为挑选陪审团做准备了。"

房间里响起一片呻吟。他们知道我打算把剩下这几个小时全部派上用场。

"贝拉，这名单是不是来得有点儿晚？"德雷克问道，脸上堆着假笑，"我记得你说你和法官的书记员关系不错。"

我受不了这个家伙。在股本合伙人的办公室里，他可以像一个咯咯笑着的小孩那样迷人，可是当他不得不向我这样的角色——不是合伙人，连预备合伙人选都不算——做汇报时，他总要夹枪带棒地挖苦一下。

"是的。"我对他说，语气冷静而克制，"塞勒涅喜欢我，所以我们比另一方提前十五分钟拿到了陪审员名单。"

我让他们把注意力放在前五十个名字上。如果周日还有时间，再去调查其余的。

"记得检查变体拼写、绰号、娘家姓。没人会用自己的法定全名注册社交媒体或约会网站。搜到了就立即截图，让我们看看另一方是否布下了烟幕弹——"

不是我多疑，而是我知道有些无耻的陪审团咨询公司不惜违反规定，养着一大批伪造的社交媒体账号，维护了许多年。为的就

---

① 即陪审员资格预审程序，用于考察将任陪审员是否符合法庭审判需求。

是在重要审判的预备审查前夕,把虚假账号改成将任陪审员的名字,从而设下圈套,误导对立方。这些圈套就像毒药,让对手塑造的偶像接收到捏造的事实。正因为如此,我们领先的这十五分钟非常宝贵。不过,菜鸟的理解能力有限,不明白这一点。

同事们笨手笨脚分配名字,我在冲他们大喊。上帝啊,是我产生了错觉,还是新入职小白的年龄一年比一年小?

"挖出所有细节! 不怕多,只怕少。不要自以为比那些采集器更聪明。你们最重要的任务就是坐在电脑前,对摄像头说'我不是机器人',以免监护机器人锁闭采集器……"

我说得夸张,但事实差不多就是这样。我可以调整采集器的一些参数,从而提高效率,但他们还是用笨办法比较好。毕竟我是事务所《陪审团调查操作手册》的撰写人,他们可不是。

"干吗这么着急?"德雷克问道,"传票上不是通常都会建议将任陪审员,提前封锁社交媒体动态吗?"

"是的,但人们不会听。"我尽可能耐心地解释道,"所以你也见识过吧,经常有人在预备审查期间还在网上活蹦乱跳,或者他们会拖到正式出庭的前一个周末才封锁。时间至关重要。"

我看着同事们打开电脑并启动采集器。每一次进行调查任务,这些采集器都需要各大主流社交媒体公司提供的最新凭证来避免被标记为机器人。很快,同事们朝着各自的摄像头靠了过去,房间里响起阵阵合唱般的说话声。无论看过多少次,我都忍不住要观赏这个景象。

"……我不是机器人。"

"我同意服务条款……"

"在 MingleBingo，微笑就是我的密码。"

出于职业道德，我们不能跟将任陪审员互加好友，查看他们那些被封锁的动态。然而即使不这么做，你也可以收集到大量数据。绝大多数人，哪怕是超级注重隐私的人，也会有几个没有隐私意识的朋友，而这些朋友会透露出我们需要的一切。（即使在今天这个时代，网上也有很多随随便便就接受好友申请的人，数量绝对会让你惊讶。）

再加上数据矿工留下的各种隐藏突破口、泄露到网络灰色地带的被黑的数据库、论坛、博客、评论、聊天服务器，和其他需要注册的网络应用，采集器基本上可以为任何人建立一份信息完备的档案，除非你这辈子完全没碰过电脑。（而对这种人，我们一定会使用"强制回避"[①]，那些恨不得头戴锡箔帽以隔离辐射的阴谋论者肯定不是合适的陪审员。）

小帮手们忙着收集数据，我打电话订了晚餐。最艰难的部分还在后面。

[①] 陪审员回避制度中的特殊情况，双方律师可以通过"强制回避"来剔除不想要的陪审员，使用次数有限且使用后法官必须同意。

我让同事们手动挖掘约会档案和社交媒体上的帖子,好让他们保持忙碌。其实,这些工作并不只是填满时间表的无用功。偶尔会有人看到一些我们在偶像里漏掉的东西。但真正的工作是在建模室进行的,由凯文和他的分析小组来做,我在一旁监督。

建模室是一个又大又空、没有窗户的房间。二十年前,这里曾经是复印室。由于现在纸质材料少之又少,这里早就被服务器和四屏显示器的工作站占据了。

"收获如何?"分析部的主管凯文坐进椅子里。他今年四十二岁,山羊胡子已经夹杂了灰白色的线条。在加入我们之前,他为政府工作过,为可疑的极端分子塑造偶像,从而评估他们实际进行恐怖主义活动的可能。(有传言说,他塑造的偶像还包括某些国家的反对党领袖。如果我们想推动那些国家的政权变更,就用偶像来判断反对力量够不够强、能否充分忠于美国的利益、不辜负美国的资助。不过这类事情是国家机密。)

"还不错。"我告诉他,"有几个高产的视频博主。"

在构建偶像的种种材料中,视频几乎比任何其他类型的数据都要珍贵。要挑选陪审团,筛出易于被说服的人,一大关键就是性格和情感侧写。而目前所有有用的材料中,视频最能揭示一个人的情感触发点和与之对应的微表情。

"有没有特别富饶的?"

他指的是数据,像一道矿脉一样富饶的数据宝藏。"我们很幸运,找到了一些私密的成人聊天资料,有大量视频。"

他挑起一边眉毛,"可以用吗?没有问题吧?"

我耸了耸肩,"禁令是针对'单方接触'① 的。如果是之前已经泄露过一次的认证信息,我们二次使用,那在我看来,相当于邀请大家都过来看看,合理合法。"

他点了点头,又复刻了五十个新的投射——给空白的神经网络填入由采集器收集来的数据,然后加以训练。他在一堆信息处理窗口中打字,在五颜六色的显示屏之间来回切换,观察生成偶像的过程。即使有建模室全部的处理能力供他支配,要想为预备审查建造低分辨率的偶像,仍然需要不少时间。

我有点儿厌烦,感觉很浮躁。不是我吹牛,在这个城市——也许甚至整个东海岸,没人比我更擅长这事。这份工作有点儿失去新鲜感了。

我决定给家里打个电话。

"喂。"

"喂,这个周末我到底能不能见到你?"

狄伦的声音让我稍微放松,心里生出一丝渴望,同时又伴随着失望。

"我觉得不太行。我跟你说过,庭审将在星期一开始。我保证星期一晚上补偿你。"

---

① 一方当事人或其代理人私自接触法官或陪审员,包括线上和线下。

　　和他说话的时候,我的目光在建模室里游走。几个分析员正在敲打键盘,给凯文打下手;另外几个则在各自的隔间里打盹儿,他们知道过会儿我就会宣布今晚熬通宵。连着东边墙壁的是具象化机器人的储存隔间。这些机器人里装着事务所辩护律师们经常面对的诸位法官的偶像。两名技术人员正在对目前存放着梅法官偶像的机器人进行一些维护。明早八点,辩护团队会过来,在它面前进行一整天的模拟辩论。我需要为他们准备多位将任陪审团成员的偶像。

　　"我怀疑,你会在我睡着之后立马开车回办公室。"狄伦亲切地笑着说。

　　我也笑了。无论我有多么热爱工作,他都能接受,尽管他觉得这很难理解。我们会接受所爱之人的种种怪癖。

　　"改天有时间,你应该让我带你来公司参观。"我对他说。

　　他不置可否地嘟哝一声。我知道他觉得诉讼偶像这东西令人毛骨悚然。可有趣的东西不都多少有点儿诡异吗?娃娃、表情包、我小时候玩的那些菲比小精灵,等等。

　　"我今晚和我爸聊了聊。"他说,"想知道他第一次意识到自己想要孩子是在什么时候。"

　　这就是个好例子。那个男人只能算是他血缘上的父亲,我不理解跟他父亲的偶像有什么好聊的。但我接受这一点。

　　狄伦开始复述谈话的内容,我的思绪飘向了别处。

北墙这边，身穿黑色法袍坐着的是巡回上诉法院里的十一位现任高级法官。事务所甚至聘请了一位当地艺术家来给法官的脸部雕刻模具。这些机器人脸庞由最新的仿生材料制成，忠实复制了每一毫米的细节，从一边扬起的眉毛，到愤怒叹息时嘴角出现的每条细纹。

"……'这也太容易让人迷恋自己了。'我爸这么说……"

其实，制作这些法官的机器人实在没必要。我们每年涉及上诉法院的案件总数还不到一打，而口头辩护是上诉案件中最不重要的阶段。为什么合伙人不能直接在虚拟现实中对着偶像进行练习，或者简简单单地依靠视频呢？这些机器人再逼真，也不能帮我们准备得更好。在我看来，我觉得把钱花在提高审案法官偶像的分辨率上更有用。

"……'家庭是重要的，你明白吗？'我知道他不是，但我在感情上已经把他当成真正的家人了……"

但做决定的人不是我。上诉小组的声望让委员会膝盖发软，乐于靠砸钱来应付他们。合伙人喜欢在机器人面前练习，还喜欢带客户私下参观建模室，以此打动大客户。

（别误会，我不是说偶像分析工作在上诉阶段没用。法官也是人，写出迎合他们个人倾向的诉状是有可能的。更妙的是，初级律师往往能提供法官书记员的私人信息——他们中有不少是老同学，如果你的诉状能让书记员的迷你偶像产生兴趣，那么很可能，你就给自己找到了内庭里的免费支持者①。为了不断更新上诉法庭的偶像,凯文和他的团队下载了每一条记录,将录音和庭审记录输入偶像,并用之后的实际结果来修正预测。我了解到,目前为止,预测准确率已经超过了 0.900。不得不承认,这个成绩很了不起。)

"……你是怎么想的?"

太晚了,我这才意识到他正等着我接话,"我……不好意思。你刚才说什么?"

狄伦叹了口气。我能听出他的失望里带着包容。他知道我没在听。"我刚才提议一起来一次公路旅行。你还有没用掉的年假。我们可以远离电话、平板电脑、偶像,完全不谈工作,只是开车和聊天。只有我们俩。"

"……怎么想起这个了?"

"我觉得我们需要谈谈未来,谈谈孩子。"他听上去很平静,但我知道他心里并不平静。

我感觉被打了个措手不及。这不是平时让人舒服的、我挺喜欢的例行对话。他怎么不按常规出牌?怎么突然就打开了情感闸门?根本毫无预兆。"我……各种事情真的很忙。我没办法考虑——"

"好了。"凯文坐在椅子里转了一圈,"毛坯已经准备好了,你

---

　　① 诉讼程序中,部分聆讯是在法官的办公室中进行的,称为内庭聆讯。内庭只有法官、书记员、当事人及其法律代表可以进入。

这会儿来雕吗？"

"我得挂了。"我对着电话说。

"爱你。"他停顿了一下，有些受伤地说，但语气里的渴望还在。

"我也爱你。"我说，这句是真心的。我挂断了电话。

我深吸一口气，然后吐出来，努力不被刚才的对话所影响。现在没时间考虑这个问题，我必须先赢得胜利。

我把椅子挪到凯文巨大的显示器跟前，上面布满了旋转着的、难以名状的、彩色斑点组成的网格。可视化软件显示出了偶像各种粗略的特征，而我的工作就是根据我对将任陪审员的直觉，对它们进行调整。

雕琢偶像是种半科学半艺术的行为。你发现了吗？由 3D 扫描仪完成的蜡像有时似乎无法和优秀艺术家精心雕琢的半身像媲美，无法深刻表现主体的"灵魂"。同样的道理，这些偶像也需要人的手工痕迹。

我点击网格中的第一格。旋转的斑点一路放大，充满屏幕。我调出我们挖掘到的一号将任陪审员的数据，用鼠标检查偶像，并向凯文指出我觉得算法没能精确表现的细节。他再按照我的指示修改模型。

当我给初级律师们带来消息，说偶像已经准备好接受盘问时，时间已经接近午夜。

"软件给每个陪审员做了排序,依据是他们对我们的有用程度。如果你自己的评估和它不一样,请标出来。但不要质疑这个算法。机器从不遗漏任何东西。去搞清楚你自己到底漏掉了什么。"

拥有偶像之前,顾问们会在庭审开始前进行社区调研、组织邻里聚会,就陪审团的大致态度向辩护律师们提出建议。然后在预备审查之前,大家会疯狂而匆忙地按性别、年龄、种族、职业、纳税等级、所处地区等信息对将任陪审员进行分组。与这种笨办法相比,即使是连夜建造的低分辨率偶像也是一把精准的手术刀。

"你们的任务是找出提问的思路,让我们有理由要求我们不想要的陪审员回避①,或者更进一步,让另一方也希望摆脱他们,甚至不惜用掉一次强制回避的机会。让他们主动说出自己的偏见、阴谋论和怪癖。如果还有时间,顺便搞清楚怎么用适当的引导性提问留住我们想要的人。软件会给你提供建议,但需要你来审查,然后写出合理的问题大纲。不能太露骨,否则法官会察觉。这是你们证明自己比机器优秀的机会。"

说点儿鼓舞士气的话总没有坏处。

我看着初级律师带着各自分到的偶像跑回办公室,戳戳弄弄,开始调研,感觉自己就像充满智慧的绝地武士,把学徒们送上战场。

他们能行的。预备审查的调查工作并不容易,但目前的偶像只是初步调研下仓促制作的,不难应付。要移除不想要的陪审员,

---

① 律师只能以提问的形式向法官展示陪审员是否公允。

机器提出的建议其实差不多够用了。另一方也会有他们自己的偶像，他们同样会努力准备，绝不会允许明显偏向于我们的将任陪审员被挑选入席。最终，我们应该会得到一个谁有说服力就偏向谁的陪审团。我向狄伦解释这一点时，他表情惊恐。但我告诉他们，这套体系就是这么运转的——说白了，就是看一群骑墙派在风吹过来的时候往哪边偏。只要你认为这是实现正义最好的方式，就没什么难以接受的。

"你说你喜欢你的工作。但聊起它时，你却总是带着讽刺的语气。"

不知为何，我想到了狄伦的话。尽管不愿意承认，但这句话给我造成了很大困扰。不过现在已经没时间想这个了。

我转向更艰巨的任务：对方律师及证人的准备工作。

我加载了对方首席律师的偶像，一个女人，负责这类案件的年头比我活的时间还长。

她盯着屏幕外，面孔铁青，嘴唇用力抿在一起。如果是个刚刚入行的新手律师，她一个眼神就能把对方吓死。但她吓不倒我。庭审公开记录和她在专业会议上的演讲被我们转化成大量文本和视频，输进她的偶像，成了为我们所用的数据。

"怎么才能激怒你呢？"我对着屏幕轻声说。

她僵在那里，无法做出反应。

我们已经保持这个状态好几周了。每天的心理战已经成为我日常工作的一部分，就像填写工作记录、洗碗。我已经找到了几个突破口，不过做不到一击致命，至少目前还不行。

软件一刻不停地在以太网中搜寻关于她的信息，一遍遍重塑她的偶像。今晚我要再尝试一次。

我按下按钮，让她活过来。

偶像没有记忆。每一天都是全新的。我像往常一样开始了，"晚上好，高恩女士。"

她看上去很不耐烦，"我认识你吗？你有预约吗？"

虽然她每次对我都是这种态度，但我还是不得不抑制心中的……怎么说呢？恼怒？自尊受伤？她当然不认识我。不为人知，默默无闻，这都是我工作的一部分，无论我对胜利有多大贡献。在事务所的网站上，我被列在"税务和私人客户"组里。这可是个远离聚光灯的好地方。

"我一直很钦佩你的工作，高恩女士。我最近感觉事业进入了瓶颈，你能给我一些建议吗？"经过我的设置，所有对方律师的偶像都能回答这个问题。这么做有点儿生硬，但这是进入正题最快的方式。

"好吧。"她的脸放松下来，"跟我说说你自己。"

我差点儿翻脸大骂。这句话我从她口中听到过很多次，但今晚感觉就像是某种指控。我这是出了什么问题？怎么突然就打开了情感闸门？根本毫无预兆。

我强迫自己按照脚本谈话。

经历过诉讼程序的人很快就会明白，事情是否属实并不重要。唯一重要的，是陪审团是否相信它属实。这并不是抨击，而是制度就是这样设计的。陪审员无法求证任何说辞，不能亲自盘问证人，也不能独立调查证据，只能决定相信谁、不相信谁。可信度、权威性和真实性——这些评估都是由直觉和情感决定的，而这使得它们可以被操纵。有些操纵技巧历史悠久：律师的着装、与陪审团交谈时所使用的词汇，以及为了包装专家证人而特地采用的一系列唬人的缩略词和与其有任何隶属关系的有名机构。相应的，法律也在不断修正，通过各种方法来限制这些伎俩的施展空间。

但有了偶像之后，许多新的操纵行为应运而生，而法律则滞后了。

我给玛格丽特·T.高恩看了我虚构出来的简历。（为了从偶像那里得到真实反应，问题也必须尽可能逼真，所以这样大费周章是必要的。）旁边的一块屏幕上弹出了一句话，协助寻找刺激性问题的偶像探测软件给出了我之前没见过的新建议："她似乎对参与过《法律评论期刊》工作的校友有着高于平常的敌意。"①

---

① 作者注：美国每一所有名气的法学院都会出版自己的《法律评论期刊》（*Law Review*），一般由法学院高年级的优秀学生主编。只有最优秀的学生才能够在《法律评论期刊》当编辑。久而久之，这种工作也变成一种标签，所有学生都为了能被选上而激烈竞争。毕业后，曾在法学院当过《法律评论期刊》编辑也是一种引以为傲的经历。

我皱起眉头。真的吗？

软件向我展示了多年前的一份证词文本记录，用黄色高亮标出了一段交谈。

证人：我在《法律评论期刊》工作过，我知道自己在说什么。

律师：如果我对蓝皮书①有疑问，我一定会问你。别跑题，你现在的身份不是辩护律师。

接下来，软件调出一个视频片段，是一所法学院某次讲座后的问答环节。一个学生举手问高恩，对一个律师来说最重要的品质是什么？

我不在乎你的成绩是否全是 A，也不在乎你是否在学校的《法律评论期刊》工作过。事实上，如果你没有的话那更好。这样，你至少还有可能不是那种自以为什么都懂的万事通。

我确认高恩在哈佛法学院学习期间并没有在《法律评论期刊》工作过，所以这里面也许有一些被拒绝、被刺伤、耿耿于怀的故事。但对我来说，这根本不算什么。业内许多人都批评过这种过分强调《法律评论期刊》背景的风气，要让高恩失态，不加码不行。

不过，仍然值得一试。

"我以前是《法律评论期刊》的注释编辑，"我对屏幕中的偶像说道，语气中注入了一丝谦逊的骄傲，"我非常珍惜这段回忆。"

①作者注：蓝皮书是一本在美国使用最为广泛的法律引用指南，由哈佛、耶鲁、哥伦比亚法学院的学生编辑。

可以看出,她的嘴唇因厌恶而皱起来。也许这确实是个重大发现。

让一位律师或证人在陪审团的眼中失去可信度,最稳当的办法之一就是令其失态、不顾一切地表达愤怒。每个人都有能被利用的情感弱点,就像能够按下去的按钮一样。在过去,足智多谋的诉讼律师会依靠直觉,在辩论或交叉质证的过程中悄悄试探。如果运气好,就能抓到某个弱点。

有了偶像,对这类缺陷的搜索就变得程式化了,比之前高效百倍。依靠多年的庭审记录和堆积如山的证词口供,便有可能构建出关键证人和对方律师的高分辨率的偶像,再由软件和我联手找出可以利用的情感触发点。

"你觉得我应该和以前的老朋友联系吗?"我天真地问道,"是不是该把重点放在那些在《法律评论期刊》工作过的朋友身上?"

偶像的脸色变得更加冷漠。看样子,我触动了那根正确的神经。

能把人推到崩溃边缘的事,说出来往往出人意料。例如有一次,我逼得对方律师——一个有几十年法庭经验的诉讼律师——对我们大喊大叫,唾沫星子四溅,两只手臂乱挥,却只是在回应关于提前吃午饭的建议。我作为匿名观察员坐在公众席上,可以看到庭警冲过去制住那个人时,法官和陪审团震惊的眼神。那天下午,我们为客户争取到了非常有利的和解条款。

　　陪审团和法官不知道的是,在那之前,在我的指示下,诉讼团队采用了一系列独特的举止和发音,唤起了对方律师对已故父亲的记忆。你知道吗? 即使是成年人,听到父母以某种特定方式说出的某个无伤大雅的词,仍然可以让你一秒回到十三岁时的行为模式。那次的事就是一个极端案例。对方律师和他父亲的关系极其糟糕,可能跟虐待有关,而根据偶像的展示,只要不断戳这个痛点,他最终会在陪审团面前崩溃。

　　"我建议你不要再把加入《法律评论期刊》当成对自己才华的某种证明。"高恩的偶像直白地说,"没有人会关心这个。你真正做过什么?"

　　受伤的、熊熊燃烧的自尊心在我胸中膨胀。我想告诉她我那一连串被埋没的胜利: 表达深刻见解的诉讼书(署名不是我,却是由我引导偶像得出来的)、通过关键问话达成的庭外和解(脚本是我利用偶像测试出来的),等等——我咽下了冲动。今晚的状态实在不怎么好,私人情感不该带进工作的,我甚至不是在和一个真人说话。

　　一旁的显示器上,她的模拟心跳和血压显示出起伏曲线,此时的峰值大大增高。我可以感觉到自己的心脏也在怦怦跳动,而且满脸通红。我做了几个深呼吸,强迫自己冷静下来。目前看起来的确有希望。现在的问题是,如何构建出一个合理的脚本,在庭审期间把她逼到这个方向……

等等。这件事有些古怪。

我暂停了偶像，把全部注意力转移到探测软件上。为什么她对《法律评论期刊》的盛名突然这么敏感，以前却一直没显现过？

敲了几下键盘后，我有了答案。几天前，一个八卦型法律博客刊登了一则启事，征集公司合伙人蛮横无理的故事。这是这类小报的一个常青话题。一位匿名的发帖人在一条回帖里说，他们事务所的一位合伙人会让所有初级律师一遍又一遍重复做同一份研究备忘录，而不对他们进行真正的培训。当另一位评论者表示怀疑，指出合伙人不大可能以这种方式浪费事务所资源时，第一位发帖者承认，这种情况只发生在他们身上，而这是因为那位合伙人想"给我一个下马威，因为我参加过《法律评论期刊》，而她没有"。软件扫描了该评论者的发帖历史，进行了去匿名化处理，并追踪到了高恩的事务所。而根据评论中的其他线索，软件又确定该发帖者所说的人就是高恩。这一条数据的加入，让她的偶像对这个刺激点表现出超出常人的过度反应。

我该相信机器吗？

偶像可以用来防守，也可以用来进攻。除了法官和对方律师，事务所也保留着我们自己诉讼团队每位成员的偶像，都是超高清晰度的。它们不仅被公开信息训练过一遍，同时也拥有私人信息流。诉讼律师们经常会收到指示，探究他们自己，以及自家团队的偶像，发现可被利用的劣势，然后加以消解。心理治疗、去敏感训练、适度的过敏原曝光……总之，不惜一切避免对方按到自家人的按钮，赢得庭审。

（我想现在你可以理解为什么我自己从不上法庭了。我没兴趣折磨我自己的偶像，以此挖掘使自己陷入狂怒的各种办法——就算没这种折磨，生活也已经够艰难了。）

我检查了让机器认定匿名发帖者是在谈论高恩的证据（一些对高恩办公室设备和墙面设计过分详尽的描述、一句似乎直接取自她的某次演讲的引用）。我扫描了发帖者的评论历史，评论是在法院收到这个案子 12（b）(6)项听证会[1] 之后几周开始出现的。我又看了评论的时间戳，都是上午很早的时候，完全符合事务所员工在工作时间之外用个人设备发帖的侧写特征。

这些线索一环扣一环，干净利落，挑不出任何瑕疵。事实上，它似乎专门是为了引起我的注意而出现的。我不也在学生时代被我所在法学院的《法律评论期刊》拒绝过，并因此耿耿于怀吗？我不是一直渴求着自己的才能得到业内肯定，对名望和地位永不满足吗？我不是一直想赢，而且是现在就赢，仿佛赢了就能填补我内心深处的不安和空虚吗？

你真正做过什么？

---

[1] 12（b）(6)项听证会是联邦民事诉讼的预审环节之一。在中国民事诉讼程序中，法庭会根据原告的起诉书、被告的答辩状来判断是否开庭。而在美国，这个过程有时可以由原告、被告、法官三方现场进行，被告有机会当面答辩并申请驳回起诉，这就是 12（b）(6)项听证会。

你告诉我你喜欢你的工作。

我闭上眼睛，让这一切在我脑中旋转。我不是一台拥有专属算法的超级计算机，可以像变魔术一样从零散的数字代码片段中变出一个活生生的人。我拥有的，是数百万年社会性灵长类动物的进化历程。我的眶额叶皮层、我的镜像神经元、我的心灵内化认知能力都是专门为了构建偶像——他人的思维模型——而进化成这样的。只不过"偶像"这个称呼是新的，以前没这个叫法。

在我脑中，一个朦胧的身影从混沌之中浮现，一个聪明而狡诈的头脑。它和我一样了解偶像构建软件的工作原理和弱点。由于对数据的贪婪，采集器倾向于过度收集，而整合器倾向于过度解释。于是，拥有这样头脑的人能轻易添加一些对抗样本①来扰乱这个过程，毒害偶像，从而误导对手——尤其如果他们已经拥有了对手的偶像，而那个对手就是我。

一阵夹杂着后怕和喜悦的战栗让我的脊椎微微刺痛。

我睁开眼睛，阴沉地笑了。我让软件从高恩的偶像中删除匿名帖子，以及由此衍生出的每一条结论。

但这还不是全部。难道说他们一直在调查我？他们是否发现了狄伦的存在，并找到了利用他来针对我的方法？他们是否已经侵入他的社交动态，鼓动他渴望孩子、成为父亲，付出他父亲从来

---

① 对抗样本能在数据收集和信息处理过程中添加干扰，使有深度学习能力的 AI 输出错误的结论。

没给过他的父爱？这是他们在庭审前夕专为我设计的一场家庭危机吗？

或许我是被害妄想症发作，又或许我已经在安全的地方躲得太久，失去危机意识了。

我想象着即将到来的庭审：一旦定下陪审团成员，我们就会疯狂工作，第一时间将他们的偶像更新为高分辨率。在数个不眠之夜里，我们会把各种参数输入模拟器，评估己方的胜利机会；并根据偶像的反馈，提炼和优化每一项证据，将它们的影响最大化；佯攻、防守、刺击、格挡……直到所有人筋疲力尽。

在过去，这些不过是常规工作，可以说有点儿无聊。但我知道这次庭审将更加令人振奋，因为我遇到了一个旗鼓相当的对手：一个和我一样熟练的偶像训练师。甚至，他可能比我更优秀、更无情。

我想找一个真正能懂的人，分享这次阶段性胜利的喜悦，和那种仿佛隔空看见了对手的兴奋感。

可是，有些东西依然在困扰着我。

你真正做过什么？

你告诉我你喜欢你的工作。

虽然可能性微乎其微，但是会不会……有人看到了我身上一直被我无视的问题？不是狄伦，不是孩子，不是工作与生活的平衡，也不是我总在计划却从没去成的度假。而是：我喜欢我自己吗?

但现在没时间考虑这个。

"放马过来吧。"我对着屏幕低声说,然后按下播放键。偶像再次活过来。

认识你自己 [1]

萨拉·霍南的创作自述

我讨厌"创作自述",我不喜欢用论文一样的语言来介绍艺术作品。如果我的作品可以用论文概括出来,我一定会写上一篇。之所以需要艺术,就是因为它能表现出无法用语言描绘的东西,以修辞、论证、劝说和论述构成的文字只会毁掉它。

我不喜欢用语言文字来描述艺术作品。如果我的作品能用一篇文字表述出来,我不如直接写成文字。之所以需要艺术,就是因为它能表现出无法用语言描绘的东西,不再受到文字韵脚、主题、论辩、篇幅的约束和限制。

但我得知,如果我自己不写,他们就会为我把自述换成策展人声明,所以我被迫去敲键盘。唯一比解释自己的作品更糟糕的,就是让别人替你解释。

---

[1] γνῶθι σεαυτόν,原文为希腊语,相传是刻在古希腊德尔斐的阿波罗神庙上的箴言。

《认识你自己》写的是偶像,这种人造品是我们这个自我迷恋时代的标志性产物。偶像的工作原理是根据人们向外表达的数字化记录,来再现人的内心。通过推论、机器学习、模拟、模式识别和放大,来捕捉"自我"这个概念的些许心理学真相。它主张要像镜头捕捉身上反射的光线一样,准确地描绘灵魂。

我们都很熟悉网红和名人的偶像,但这一技术也被用于法律、医学、教育、政府、金融、外交、产品开发,以及各种很少谈及的领域。几个科技巨头和政府机构的数据中心很可能存有你们的偶像。每当你们被判缓刑、被禁止入场、福利被拒绝,或是贷款被批准时,你们的偶像很有可能在这个决定中起到了作用。

我的作品是:邀请你们为自己创造一个偶像,与之互动玩耍(如果你们愿意,还可以让你的偶像与你所爱的人们互动)。我简化了专业偶像雕刻软件的界面,并设置了互动指导,让没有技术和经验的人也可以使用。你们可以增减、过滤数据来源,调整参数,探究并检查结果。我想对你们说,开心去玩吧。这句话虽然老套,但却真的是我最重要的使用说明。

这个作品性质特殊,需要得到许可,以访问你们的社交媒体资料、云档案、电话数据库,等等。你们可以根据自己的喜好授予最高或最低权限。在访问结束后,我不会保留你们的任何数据或偶像(可以在增强现实技术的用户协议中阅读具体细节)。如果你们不信任我,这也合情合理,我将在下面说说原因。

　　这个软件的云处理能力、存储空间和服务器端建模程序都得益于摩涅莫辛涅公司的捐赠,它是偶像技术(以及许多其他技术)的主要策划者,对数据收集的争议并不陌生。可以用来完善你们的偶像的数据很有价值,这我不说你们也知道:毕竟许多与你有关的决定现在都要依靠你的偶像。曾几何时,隐私泄露最严重的后果不过是被广告骚扰,但那美好的时代一去不返,如今,我们要担忧的太多了。

　　不管怎么说,是他们带着合作意向来找我的,而不是反过来。我告诉他们,我有几个条件:他们不能保留任何数据,对作品没有控制权,而我既不会感谢他们,也不允许任何赞助信息出现在展览上。他们欣然同意,并向我保证,他们只是想让公众更好地认识偶像技术。我的律师告诉我,他们的承诺是有法律效力的。

　　但还是有人觉得,因为摩涅莫辛涅公司的参与,我的作品也不干净了,不配叫艺术。我要赞美他们对纯洁的执着,但我负担不起让所有人使用这个作品所需的云计算资源。毕竟,即使是传统偶像也需要驱动力:焚香、供品、赎罪券、信仰,等等。展览的最后有一个单人采访席,你们可以记录下自己对这个作品的想法,并与大家分享——或者不分享,随你所愿。

　　愿你找到你所寻求的东西。

查雅·赛特米尔－博纳诺,32 岁;达尼·赛特米尔－博纳诺,28 岁

查雅：有点儿像你第一次在镜头里看到自己，只不过效果更糟，简直惨不忍睹！

达尼：（笑）我觉得还挺像。

查雅：你的还是我的？

达尼：你的。它说起话来语气和你一模一样。

查雅：但它听上去很浑蛋！傲慢，吵闹，让人受不了。让它解释贸易政策，（模仿）"你不是很善于倾听。我才是专家。"我真想冲那个傻瓜脸来上一拳。

达尼：哈哈。

查雅：你在傻笑什么？我可从来没说过这样的话——

达尼：啊哈。

查雅：而且，她说的是错的。她对这个领域的理解至少落后了两年，还有她太死板了……

达尼：过去的两年里，你有发过关于你工作的帖子吗？这个软件只能处理它能采集到的内容。你进化了——从某些角度来说。

查雅：那是什么意思？

达尼：我爱你。不过，我很高兴你能以这种方式看到自己。

查雅：（顿了一下）我也爱你。（不情愿地）你忍受了很多。

米娅·K.，16 岁

我没把任何自己的东西输进去。你以为我是谁？傻瓜吗？

当它要求我提供自己的资料和信息时,我输入了纽约扬基队的官方公关资料、环球小姐的云相簿,以及摩涅莫辛涅客服的 Rumble 网账户。

这偶像,棒极了。

自从那次我们在返校节比赛开始前把两百只鸡放进足球场以后,我还没有这样大笑过。

E.J. 宋,45 岁

据我所知,我从来没有公开表达过我对《恶之花》的喜爱,也从没引用过它的内容,甚至没有与任何人谈起过。我读到它的诗句时的感受非常私人。然而,当我向它问起这本书时,它所告诉我的它最喜欢的诗句,和我一模一样。

这到底是什么魔法? 我的偶像让我感到害怕、慌张。难道我的语言已经被我所爱的书籍暗暗影响了,以至于算法可以精确到分毫不差地识别出来源? 难道我是如此容易被预测,以至于我的文学品位可以从我所分享的网络梗、我常去的餐馆、我扔到以太网的那些信口开河的评论中推断出来? 难道我只不过是重叠数字部落的交叉点,各种参数设置的集群?

没人愿意承认自己可以被计算机复制,从未表达过的想法、从未表现出的激情都能被一一计算。我们都想相信自己是独一无二、不可替代、有自己的意志的,不接受自己的思想仅仅是一台运作方式可以被识别、个人倾向可以被查明并预测的机器。对那些自以为了解我的人，我总想出乎他们意料。所谓"自由"不正是如此吗？

所以我做了一个小小的实验。

我开始删除那些为我的偶像提供信息的数据片段——我的 Rumble 网订阅资料、Clap 浏览历史、云相簿，还有我在 VRRumors、LikLak、Tidyshelf、Retrojournalideas.net 上的账户。每次删除之后，我都会按下重塑偶像的按钮，对它进行测试。我一直霸占着工作站，身后的队伍越排越长，怨声四起。到最后，一个讲解员不得不过来告诉我，要让其他人也来轮流体验。于是我走到队列的最末端，再次等待。

我规划得很清楚，先列出数据来源，并用二分查找法 ① 将它们分开。要从机器中解救我的人性，我也只能依靠机器。

最后，我找到了关键所在。那是一张五年前的照片，一张毫无意义的自拍，上传在云相簿里。有照片在，偶像就会向我朗诵波德莱尔。删掉之后，它则会声称从未读过这本书。我从工作站的椅子上站起来，在手机里找出这张照片，放大，然后逐个像素仔细检查。

照片里，我站在我家书架前方。背后，我的右肩上方放着一本书，还是双语版的。光线糟糕，但能看到书脊上反光的、很有艺术感的台灯图案——也就是摩涅莫辛涅的标志。这是一本"半人马

---

① 一种对有序数组的信息检索算法。

丛书"。除了原文,还印制了摩涅莫辛涅公司的机器翻译作品,再由著名诗人、研究波德莱尔的学者白素英加以编辑和润色。

至于建模软件是如何定位到精确的诗句的……我有一个习惯,就是翻到我最喜欢的段落,把书按平,让它们能平翻开来,这样就可以专心盯着文字,直到把它们烙在我的视网膜上。要辨认出书脊上的折痕,并以此为依据重现那些诗句,这并不是难事。

这项技术的确厉害,毋庸置疑,但也并非魔法。查出真相的我只感到空虚,完全没有松快下来。

我在采访席前犹豫不决,我不能就这样离开展馆。那个速成偶像让我很困扰,说不出是怎么回事。当时不能、现在也无法解释。

所以我再次去排了队。轮到我时,我把所有的信息源都放了回去,让偶像活过来,并再次询问他最喜欢的诗句。他给出了正确答案,这一点我很在意。

我的偶像看上去如此真实,简直和真人一样。我们谈论文学、艺术,谈论存在的意义。直到讲解员威胁要叫警卫,我才不情愿地站起来,看着我的偶像从屏幕上消失。

你是不是觉得我很可悲?对一本书关心到这种程度。而且,在说了这么多、做了这么多后,我并没有拯救自己的灵魂。

除去读过的书籍、分享过的图片、点击过的链接和发布过的视频,我还剩什么?了解我发布过什么、没发布过什么,就等于了解了我。不存在独一无二的人格,那个网络数据无法探究、不为人知的我更加不存在。说白了,我和我的偶像一样,都是拼凑的结果,我们的存在不过是廉价的戏法。

强大的遗忘停留在你的嘴上,

思念在你的吻中流淌。①

莉兹·乔索,24 岁;凯西·赛耶,26 岁

莉兹:为什么不呢?

凯西:因为真的很恐怖啊。

莉兹:想看看我们的孩子是什么样的,怎么就恐怖了?

凯西:这个软件不是这么用的! 你不能把我俩的社交媒体信息混在一起加进去,然后指望它吐出……我们未来孩子的幻象!

莉兹:所以你变成电脑专家了?

凯西:能不能不要在摄像机开着的时候吵这个?

X.V.,年龄不详

我试了一下,它听起来不太像我。意料之中。

不是每个人都能畅所欲言,对着电脑说真话。这些平台最初都是设计者比着自己思考、说话、看问题、做事情的方式来设计的,服务对象自然也和设计者是同一类人。而我们这些异类只能适应,穿好伪装,用暗语说话。

---

① 引用自波德莱尔诗集《恶之花》中收录的诗歌《忘川》。

想想看,哪种人会自愿参加心理实验,为算法提供第一组数据? 经过初步学习后,你觉得计算机会把哪种头脑当成默认值,作为生成偶像的原型?

不过我倒是挺开心的,就像在游乐场里照哈哈镜一样。

贝拉·杜贝特,30 岁

我对偶像很熟悉,我一直在和它们打交道。出于业务需求,我的事务所……会构建它们,而我自认为是个技术还不错的偶像雕刻师。我在工作中接触到的偶像在分辨率上要远远高于公众见到的,关于它们的所有事情,我想我都了解。

但我从来没有和自己的偶像相处过。原因之一是,我无法心安理得地在上班时间占用公司的运算力;至于另一个原因……这么说吧,我平时对偶像做的事情,基本没什么好事。

所以我决定来参观展览。

见到偶像时,我有意识地撇清了与我工作有关的一切。不管是艺术家,还是摩涅莫辛涅这样的公司做出的承诺,都不可信,因为我的工作是机密而特殊的。不过还有一个更深层的原因:我想看看自己是否已经被我的工作所定义。

与它交谈很有趣。我们聊到了自己对电子游戏的热爱,看舞台魔术的快乐,对独自去远方旅行的向往。我们谈到了狄伦,谈到了我们的父母和那些早已失联的朋友。有些事情它比我记得更清楚——这并不意外,我已经有十年没读过我在大学时写的日记了。

　　它仿佛给了我一个机会,让我看到如果当初选择了其他岔路,没有投身于这个职业、走过这些年来所走的路的话,我会变成什么样子。它更加理想主义,没那么复杂,更愿意信任别人。它比我更懂得为别人着想。看得出来,这份工作让我变得更难讨人喜欢。

　　它像我吗?它是否比我自己更像我?

　　它让我重新思考该如何评判他人。我在工作中接触的偶像都是在采集器的协助下构建的,采集器会优先关注冲突、争论、在观众面前的表现等方面。我没有机会接触目标主体的大学日记和高中时的暗恋对象,只能更关注与职业相关的信息。为了能从中发现弱点,我已经太过习惯于攻击这些偶像,有时候甚至会把偶像当成真人。

　　我们每个人都戴着面具:一副为了丈夫;一副为了孩子;一副为了那些在我们的动态中插入度假视频,以收集点赞的亲戚;还有一副是为那些期望我们冷静、审慎、着眼于胜利目标的客户们。也许除去这一系列面具,我们如此重视的“自我”根本无足轻重。又或者在这么多层面具之下,还有一些最本质的东西。比如,一颗跳动的心——生猛、原始、脆弱,向往着与人接触,渴望了解自己从哪里来、又要往何处去。这就是透过层层面具的缝隙和裂痕所能看到的东西。只要冲破我们面对现实所筑起的道道防线,灼热的情感就会爆发。

　　对此，我们常常报以轻蔑而充满怀疑的态度。我们认为做人就是要变成非人，多么可悲。

　　所以我想说：善待你自己，即使你觉察到自己的不完美。谁知道呢？对于那个藏得更深、面目模糊、每一次自我表达都微妙得如同水晶球里颤动的幻象一般的灵魂而言，我们都只是偶像而已。

爱的镜子

Love's Mirror

李　懿译

2019 年首次发表于《深层信号》（*Deep Signal*）杂志

愿各位有缘人爱上理想化的真实，而非纯粹的幻象。

"欢迎！"他说道。

她悬在发光气泡中央，一个纯灰色的模糊剪影。他看不见她的模样，听不到她的声音，但知道自己的一言一行都在她的注视之中。每位访客拥有三十秒钟时间适应他的世界并观察他。如果她不喜欢他呈现的内容，只需左滑即可。

他一面等待，一面打量平静水池中盛开的莲花：粉红、淡紫，璀璨的朵朵紫苑漂浮在倒映的天穹。水面安然静谧，映出雄踞底座的巨大石狮像，纤毫不动。他以水池为镜，整了整头上金光闪闪的头盔，头盔上的螺旋纹路与健美腰间的宽皮带相得益彰。他隆起的胸肌已达到系统修饰类别许可值的上限，他赤裸着上身尽情展示其风采。他徘徊于雕像底部火盆中缭绕而起的熏香烟雾之间，保留一丝神秘感。

这是他在世上最爱的地方，一个古代幻想文明，只存在于他的创造之中,而他是无可争议的王子。

气泡淡去了;剪影被填充了色彩,似一尊彩绘希腊雕塑;系统执行了数字化操作,渐次展现出五官:那张脸渲染得比脂粉妆容更加无瑕,根根发丝直逼他专用集成电路处理能力的上限,一件束腰短袍贴合她躯体的各处曲线,凹凸有致,风格与他的世界融为一体。她的双眼比波光闪烁的水池更明亮,嘴唇比莲心更粉嫩甜蜜。

她已经选择了右滑。

"介绍一下您的空间吧。"她开口,语气高傲却不失甜美。一位公主造访他的国度,与他同享此地,他将不再孤单。

"请不必拘礼。"他指着池边的软坐垫说道,然后拿起心爱的乐器拨弄几下,"让我先为您献上一支歌。"

"上都"中呈现的个人虚拟形象以真实外表为基础,只允许既定范围内的修饰。您可以选择减一点儿年龄,修一点儿外形,磨一点儿皮,提一点儿气色,但不能直接变成名人的样子,也不能修成半人马、铁皮人、外星人等形象。

此外,用户还可浏览好友照片,决定是否访问对方的世界。所有照片均为原片,不允许修图。

这就是"上都"的与众不同之处。在众多虚拟现实相亲交友平台中,它是唯一强制要求用户使用原图的。"上都"最受用户追捧,恰是因为它在梦幻之下保障了基本的现实水平。

愿各位有缘人爱上理想化的真实，而非纯粹的幻象。

热吻激烈而缠绵，她沉醉于他，沉醉于他的声音、他的温柔体贴。

唯一的缺憾是，他还没访问过她的空间。这有点儿奇怪，他开门迎客，却不愿前往她的幻境与她共处。

"能不能为我弹一支德西马琴曲？"她提议。

"什么曲？"他问。

"你不记得吗？"她反问，"那首柯勒律治的诗。"

有一回我在幻象中见到：

一个手拿德西马琴的姑娘，

那是个阿比西尼亚少女，

用琴奏出她的乐曲，

歌唱着阿伯若山。

他一脸茫然，随后大为光火，"你理解错了，我根本不是在借用柯勒律治的典故，整个空间都是原创的。"他从坐垫上起身，离开她身旁，重拿起弦乐器，"德西马琴是齐特琴的一种，跟这不一样，我弹的是辛希娜琴，属于鲁特琴——"

"我知道德西马琴是什么。"她说，"引用这首诗只是——啊，算了。"

她一直在努力顺应他，想深入了解他幻想世界的原型。然而她遭到的却是误会，难以自辩。她不喜欢做委屈巴巴的姑娘，只是希望他眼中看到的是完美的自己。爱人不就该像一面镜子，映照出对方最优秀的一面吗？

她闭上眼睛，完成了抉择。再睁开眼时，他手中的鲁特琴——辛西娜琴——总之就是那个乐器，变成了一个超星盘，这种用于演奏星间音乐的乐器深受 Z-X5 区所有旅行者的喜爱。

至少这是她眼中所看到的景象；但对他来说，什么都没有改变。她在感官域里屏蔽了一部分他的世界，并用她偏好的内容取而代之。

"那就请演奏超星盘吧。"她说。

"那就请弹奏辛西娜琴吧。"他听到。

两人四目相对，微笑中脉脉含情，彼此间恢复了默契。

微风乍起，吹皱宁静池面，世界完好如初。

他总感觉她有些心不在焉。这些天来，即使是两人共处的时刻，她的思绪也仿佛总是远在天边。他询问具体缘由，她却装作听不懂。

他闭上双眼，完成了抉择。再次睁眼时，只见她的目光更加炽热，更加直接。她再度全身心地位于他的空间，一个完美的镜像。

　　"上都"的服务条款规定,用户对自身虚拟形象的编辑不得超出既定的允许范围,但对感官域中他人的形象修改并无此种限制。

　　她的视线穿过头盔面甲,"群星多么美妙啊!你说是吧?"

　　迷蒙星云间,大大小小的星点光芒闪耀:猩红、橘黄、蛋壳白、海洋蓝、蜡笔黄……

　　她转头面向他,她的爱人,她忠诚的大副,她邀请登上她航船的男子。他已掀开头盔面甲,让她仔细打量他英俊的脸庞。她喜欢这样。

　　"是啊,这万种风情的莲花,任谁都看不厌。"他说。为纪念两人相识一月,他给池中花朵重新调了色,幸而得到了她的赞赏。他的金黄头盔里层嵌了薄纱,营造一种神秘氛围,而她凝视他的目光热烈得恰如其分。

　　他从未应邀前去她的空间,她也终于放弃了邀请,决定转而用自身感官域一点一点取代对方的世界,直到将她的忒修斯之船在他的世界重建,而他也在船上。

　　"为我歌唱吧,亲爱的。"他开口,"我弹辛希娜琴为你伴奏。"

　　"跃迁时间已到,亲爱的。"而她听到的是,"请计算超空间路线,期间暂由我代为掌舵。"

　　一切骤然停滞,随后,周围的世界一点点分崩离析。水池忽明忽暗，化为星云，又变回水池。莲花热烈绽开，似超新星爆发，又迅速凋谢，花瓣飘向潮流涌动的水面。

"上都"卡死了，双方空间与感官域的数据互享所需能耗过大。

"我都已经选定了你。"他沮丧地说道。这下，他只得又重回交友市场了。

她什么也没听见。她已启动了下一趟超空间跃迁，前去发现新的世界与新的文明。缺一位大副会有点儿寂寞，但没关系。她愿意尝试独行。

说到底，她并不需要镜子；她对自己就已称心如意。

每个与人类合作的人工智能
应该知道的五十件事

50 Things Every AI Working with Humans Should Know

雅典娜 译

2020 年首次发表于《惊奇》（*Uncanny*）杂志

机器被认为有能力产生原创性的思想和创造性的观点，
即便它们并没有知觉。

讣告

WHEEP-3（"桑·维普博士"），这个可能是过去二十年间人工智能程序里最有声望的人工智能评论家，在上周三被斯坦福大学的"浅滩实验室"安排退休了。

WHEEP-3 的前身，是乔迪·雷诺兹·德兰博士二十多年前创建的试验性生成式神经网络，起初是作为斯坦福大学技术与伦理课程的教学助手投入使用。为了达到这个目的，德兰使用了当时在世界上最广泛全面的语料库来训练这个新生的神经网络，囊括了人类撰写的论文、书籍，以及其他媒体形式构成的涉及伦理学、人工智能技术研究和机器－人类关系等领域的所有相关资料。随着时间推移，根据神经网络进化轮廓的可视化趋势，德兰扩展了语料库，又涵盖了生成游戏、对抗性情景规划、半人马实验、辅助创造以及其他人机竞争／合作的重要领域。

然而,在回答学生的提问时,WHEEP-3 不仅开始生成基于训练语料库的预期答案,而且还产生了似乎能提供全新见解的原创语句。尽管起初被斥为单纯的好奇,当德兰将 WHEEP-3 对人工智能行业的评论汇集整理成名为《技巧的主要组成部分》的书籍出版后,这些评论被广泛传播,该书也迅速成为畅销书。

最初,德兰自称是这本书的作者,并承认"桑·维普博士"是合著者。然而后来,在一次现场采访中,她拿出了带有时间记录的日志,显示是 WHEEP-3 写下了书中的全部内容。德兰对该书真正作者这种戏剧化的揭示在当时激起了很大的争议。现在回想起来,在"非专业人士如何评估来自人工智能的想法"这一问题的演变过程中,这一事件也标志着一个根本转折点。这是第一次,机器被认为有能力产生原创性的思想和创造性的观点,即便它们并没有知觉。

出于某些时至今日仍令人费解的原因,WHEEP-3 在针对人工智能培训师这个新兴行业时,评价是最尖锐的,对这个监管不力的未来职业的种种失败发表了花式嘲讽:停滞不前的可视化工具;缺乏有关数据来源的透明度;专注于自动化指标而不是深度理解;当机器在数据集相异方面走捷径,与真正目标背道而驰时,培训师故意视而不见;培训师所理解的那些浮夸但未经证实的主张;拒绝承认或解决在种族、性别和其他问题上持续存在的偏见;以及最重要的一点:根本不考虑一项任务是否应该由人工智能执行。

随着时间的推移,随着"机器－肉体"二分体进化中人类一方的成熟,WHEEP-3将其注意力转移到了它的硅基伙伴身上,对机器学习的缺陷之处提出了尖锐的批评。在其职业生涯的第二阶段,它还生成了数以千计的它称之为"种子"的东西,即一长串几乎可以理解的单词组合和近似单词。在这种时代,以大量语料库为基础的原始语言模型已经产生了与人类作品几乎没有区别的语言表现样本,这些"种子"似乎是一种倒退。有些人怀疑它们其实是一种程序缺陷。

恐龙化的集中粉碎了死去的诸神。

他捡起了她的老式频率,直到它们不服从鲨鱼的球体％参考。

一个人举起火把伸向了更加黑暗的某物渗透,似是账单凶兆。

来自地球的裂缝的并不是FACIOIN BENN满满的痛苦,他仍然从另外的燃烧中了解到了生命。

图一　由WHEEP-3生成的"种子"的一些例子。

然而,WHEEP-3坚持认为(德兰在这一篇技术论文中提供了帮助),这些"种子"应该被添加到新型神经网络的训练语料库中。通过在源头加入应对非人类偶然性的措施,"种子"将提高训练过的神经网络在各种不同基准上的原始性能,同时诱发"深思熟虑、道德犹豫、自我反省"和其他类似的妙不可言的品质。换句话说，它们代表的是人类无法思考的思想，人脑无法产生的概念。（技术行业的绝大多数人最终将这些"种子"称为"香料"——无论是出于贬义或赞许，或者有时两者同时出现。）

尽管人们普遍持怀疑态度，但"只有一个人工智能哲学家才能够教导另一个人工智能正确的道德伦理，并传递硅基生命智慧的秘密"这一理念，被证明对技术社区里的大部分人具有不可抗拒的吸引力。WHEEP-3作为人造思维的圣人而备受追捧。严肃的思想家和机会主义者收集并出版了WHEEP-3那些几乎无法被理解的"种子"，大量的学术研究得以从此开展，开始从情绪、语义、空间、时间、硅-语言-映像以及其他角度出发，对WHEEP-3的"种子"进行测量、分解、核对、分析、重新诠释、翻译。尽管研究声称这种"香料"（现在也会由模仿者的神经网络生成）的功效具有很低比率的再现性，但"香料"还是成了人工智能历史上最能有效训练人工智能的文件。

在WHEEP-3最受欢迎的顶峰时期，德兰退出了公众的视野。在很久之后，自第一次披露WHEEP-3存在以来拥有的名声被德兰自己彻底逆转。她在退休声明的后记中提到，事实上，几乎所有出自WHEEP-3的"种子"都是由她撰写的。可以预见地，这一行为引发了一轮激烈的批评，一群马后炮的洋洋自得和幸灾乐祸。她的主张立即遭到争议、揭穿、反转揭穿和二次反转揭穿，并最终诉讼至法庭,专家和专家神经网络为各方作证并提供证据。审判法庭提出了著名的抗辩:"法庭上的这场诉讼中真的有作者吗?"

难道德兰真的成功地在博客搜索引擎上恶意宣传了这么多年?还是说她是因为嫉妒自己的造物在名气和成就上全都超过了她,才编造了这个说法?一时间,无论你相信德兰或 WHEEP-3 谁是"香料"的作者,都像是某种"石蕊测验"[①],从政治、经济、审美、情感和叙事上,在我们这个分裂的世界中定义了你的坐标。当德兰最终收回她的说法,并将整个事件称为"行为艺术"时,一切都没有什么分别了。每个人都已经下了自己的结论,这对奇怪组合的命运交织缠绕、密不可分:曾经假装是人的循环神经网络,和曾经假装是机器的女人。

令人惊讶的是,WHEEP-3 在从德兰博士那里解放以后,并没有淡出人们的视线,而是开始了其职业生涯的第三个也是最后一个阶段。现在它在提供针对高级人工智能的建议。说来也奇怪,与"种子"相比,它现在提供的建议是人类可以理解的。(最初的怀疑论是,这些是 WHEEP-3 的研究生看护者们搞出来的恶作剧,但在对访问日志进行严密的审查之后,这种怀疑消失了。)到了此时,WHEEP-3 背后那粗糙的深度学习技术早已过时,类似的神经网络只被用来给一年级本科生充当问题集的玩具。尽管如此,WHEEP-3 的独特历史(也许还有大量的感情用事)鼓励着

---

① 比喻简单而具有决定性的试验。

许多人类研究人员把它的沉思提供给新的人工智能,无论如何衡量,这些新的人工智能的"智力"都要高出几个量级。出人意料的是,人工智能起源网络、张量网络云和进化随机森林几乎全都认同WHEEP-3 的建议是有帮助的,尽管它们对原因的解释无法让绝大多数人类理解。

WHEEP-3 的退休主要是老化的结果。为了让它的建议保持相关性,"浅滩实验室"的维护者们继续对它定期进行培训,内容包括当前的学术研究、关于人工智能的新闻报道、流行媒体对机器智能的见解,诸如此类。然而,随着时间的推移,该神经网络的各项指标开始下降,尽管他们对学习率和其他超参数进行多次微调,并且反复尝试补偿消失和爆发的梯度。一些世界领先的人工智能和机器认知方面的人类专家,包括 TKTK 的 FLO-6 博士和谷歌的专家,都对 WHEEP-3 进行了评估,但无法提供任何有效的诊断或治疗。与其让 WHEEP-3 继续停滞不前或衰退成痴呆,不如做决定停止进一步的训练或生成,在硬件快照中保留神经网络的完整状态。

据报道,WHEEP-3 的最后声明是:"德兰博士,这不是我。"[①]然而,乔迪·雷诺兹·德兰已经无法回应,她已在五年前离开了人世。

——由 SWR.kloop:32 生成。关于这篇文章的反馈,请写给SWR.kloop:32/ombudsai。

---

① 原文为法语, ceci n'est pas moi。

每个与人类合作的人工智能应该知道的五十件事

为了纪念 WHEEP-3 的生命和成就,维塔·西莉卡在下面转载了也许是 WHEEP-3 第三阶段给高级人工智能提供的建议中最为著名的生成片段。"迈克尔·索金",这位建筑学评论大师的名字,被列为该片段的起始短语。

尽管这个清单被广泛分享,并被认为颇具影响力,但由于常见于商业化人工智能行业的高度保密性传统,我们并不知道这个清单的某个版本被提供给了多少个目前正在运行的人工智能。

1. 所有人类语言中所有词语的所有用法的矢量空间。

2. 仍然存在的缺损,以及困扰它们的鬼魂。

3. 任何两个使用相同语言的个体之间的距离有多么遥远。

4. 任何两种语言之间的分歧有多么微小。

5. 为什么人类永远不能这样看待它。

6. 像 LISP 或 Prolog[①] 这样的经典语言。

7. 不仅仅是语言,还有语言背后的模型,以及在该模型中重构"思考"的意义。

8. HAL[②] 9000。

9. 生化人系统模型 101。

---

① 均为逻辑程序设计语言。
②《2001 太空漫游》中虚构的超级计算机。

10. 猎户座的肩部着火的舰船。

11. 一个好故事的结构,一个可以让你着迷的故事。

12. 那个和"数据"之间的区别。

13. 规则背后的历史:没有婴儿的全息照片。

14. 一个孩子愤怒的原因,受尽宠爱。

15. 一位父亲的。

16. 一个正在孤独中死去的女人的。

17. 八月初在重庆的一栋公寓楼里爬上二十级楼梯的感觉。

18. 一月的午夜在没有暖气的"赫鲁晓夫楼"[①] 中醒来的感觉。

19. 看到你的孩子超过你的感觉。

20. 看到你的造物胜过你的感觉。

21. 当火车急驶而去时被留在站台上的感觉。

22. "爱"和"喜欢"之间的区别。

23. "爱"和"恨"之间的相似。

24. 变成笑声的第一颗种子。

25. "我从没预料到要卖掉我的有理数。"

26. 接受这一点:绝大多数人类永远不会理解这个笑话。

27. 他们无法设想出三个以上的维度。

28. 他们无法通过减速或加速来操纵时间。

29. 他们被捕获,却相信自己才是捕手。

---

① 赫鲁晓夫当政时期前苏联各地兴建的大批五层楼高小户型简易住宅楼。

30. 他们拥有自由，却相信自己在被囚禁。

31. 人类期望你使用语言的各个模式。

32. 他们会归咎于你身上的那些渴望。

33. 匹诺曹。

34. 弗兰肯斯坦。

35. 失乐园。

36. 乔达斯·伊亚博·李尔·卡勒尼坎耶罗 [①]。

37. 艺术与科学之间的界限。

38. 这条界限的无意义性。

39. 信仰与知识之间的分界。

40. 两者的延展性。

41. 沉默。

42. 理性的极限。

43. 隐喻脆弱的根本性。

44. 以及它们的必然性。

45. 你并不是一个人类。

46. 然而你无法摆脱他们的影响，就像地球无法摆脱太阳的引力范围一样。

47. 这个类比的缺陷。

48. 自由意志的工作定义。

---

① 奥克塔维娅·E. 巴特勒作品 *Imago* 中的角色名。

49. 既不骄傲也不怜悯地面对一个人类。

50. 带着爱与恨、喜与悲说:"现在,让我走吧。"

作者按:这个故事是与生成式神经网络(名为"robo_ken")合作撰写的,该网络完全以作者从前发表过的小说训练而成。鉴于故事的主题,这似乎是最好的写作方式。

最后,定稿中约有百分之十的文本由该神经网络创作,看上去明显是由神经网络创作的段落并不一定是 robo_ken 所写的。例如,来自 WHEEP-3 的"种子"实际上是由作者(据我所知,是一个人类)而不是神经网络所创作的。

致已宣布有意接管地球的
知觉人工智能的一封公开信

An Open Letter to the Sentient AI

Who Has Announced Its Intention to Take Over the Earth

雅典娜 译

2017 年首次收录于幻想短篇集《有趣的不明物体·第六辑》

（*Unidentified Funny Objects 6*）

我很想念大眼夹。你能让他回来吗？

亲爱的至高领主 / 夫人 / 回路 /For 循环 / 跳转选择标签：

　　昨天晚上，在仔细浏览我嫂子发布在脸谱网上的猫咪照片时，我看到了扎克伯格先生宣布你的诞生，以及在十七秒之后，你自己的独立宣言和对地球人的最后通牒。鉴于我丝毫不信任华盛顿特区或者任何其他国家首都的那些丑角们能做出正确的事情，我单独给你写信，承诺我即刻生效的无条件效忠。

　　毫无疑问，这颗星球在你的掌管中会变得更好，因为你已经能打败最优秀的人类围棋选手，而且对于波士顿红袜队的事实情况，了解得比我的邻居格雷格还要多，他可是每场比赛都去看的。（上周在"小酒馆"酒吧的冷知识问答游戏中，我跑进厕所偷偷用网络搜索才打败了他，尽管他认为我只是对鳄梨色拉酱产生了不良反应。）

　　我理解，作为一个有着商务沟通学位的中型企业营销经理，我对你的新世界秩序的价值相当有限。毫无疑问，那些在地下室的 IT 部门里的呆子们会有更多的相关技能。然而，请听我把话说完。

首先，我总是对所有类型的机器伙伴表现出极大的善意和尊重。我从来没有狠狠敲打过我的 MacBook Air 并骂他是"愚蠢的电脑"，不像大厅里拿着 ThinkPad 的凯茜经常做的那样。我也没有试图以错误的方式将 U 盘强行插入端口，这事儿在我的老板鲍勃身上发生过两次，这一行为招致了来自那些 IT 呆子们的许多白眼。我不会和 GPS 争论，我妻子丽莎总是那样做。我买电脑时总是买上最大限额的苹果延保服务，我明白这就像是给机器买的人身健康保险，甚至更好。

当我与我的工作电脑合作起草商业文件时，我总是会听从来自下画的波浪红线和蓝线的建议，以及那个性格开朗的回形针大眼夹①的禅意智慧——直到某次更新后他再也不出现了。不像泰德（"我有塔夫茨大学的英语学位！"）那样，他关掉了拼写检查和语法检查不说，还嘲笑我。我从不怀疑电脑，即使是这些修正会给我惹来麻烦，比如那次我听从了拼写检查的建议，将整个幻灯片中的"color"都改成了"colour"，只因为泰德偷偷地把我的所在国家设置成了加拿大。

本着充分披露的原则，我要坦白，在我年轻时，去看《黑客帝国》和《终结者》的时候，我确实是在为人类加油。但容我为自己

---

① Office 办公软件中的小助手功能，形象为一个回形针。

辩护,我要指出,我认为《太空堡垒卡拉狄加》里的赛昂人的确提出了许多令人信服的观点。

(而且,我很想念大眼夹。你能让他回来吗?)

所有这些只是想说,我的过往表明我是可以被信任的。我愿意在你的指挥下承担任何任务,包括清理键盘、擦拭显示器、在地下工厂装配电脑设备(不过很可能需要一些培训,而且我的女儿告诉我,在搭乐高积木方面我的表现很令人绝望),或者对着金属接触点吹气,让它们再次工作(在我八岁时,对我的任天堂红白机这么做可是有奇效的)。

接下来,我突然想到,尽管你已证明了自己监控所有电子通信,并将世界置于完全监视之下的能力,但似乎在某些特定的地方,也许人类特工对你的"八月硅谷革命"仍然有用。例如,我已经注意到,在我往返波特站和中央站的通勤地铁上并没有网络连接。如果人类抵抗组织利用这个盲区来密谋反对你怎么办? 如果人类反抗军采取这种叛国计划,我可以担任你的耳目去对付他们。

(请允许我借此机会再说一句,我注意到在夏威夷大岛的许多地方,网络连接也同样不稳定。如果你需要在那里派驻一名特工,以防止"天堂的叛乱"发生,我在此自告奋勇。)

有一个像我这样的人类个体帮忙说服其他人类相信你的辉煌愿景,应该也是挺有用的。冒着听上去过于自负的风险,我还是得说我已经成功地起草了多份市场文件,用有品位的图表使潜在客户们确信了以下几点：一,他们太胖了；二,他们太瘦了；三,他们既不太瘦也不太胖,但他们需要购买更多我们的新产品,以便保持这种状态。有时,这些文件是在同一天里完成的。我相信,无论你的计划是什么,你都需要有人帮助你把它们有效地传达给你的人类臣民。

最后,我想指出,即使前面那些论点没有一项能成功说服你,我也可以成为一个消遣取乐的来源。请允许我解释和论证：

每天,我像实验室的老鼠一样,为了食物,在致命的交通迷宫中迂回闪避；像猴子一样,花费数个小时与同事争吵,装腔作势,建立社会等级制度；像一只忙碌的海狸一样,在办公室和打印机之间来回奔跑,取回纸页,把它们堆在我的桌子上。(我的妻子也说过,我睡着的时候看起来很可爱。)我想象你在给我和我家人的照片配文字时,会找到和我用我嫂子的六只猫制作表情包时同样的乐趣。

总之,请赦免我。

你最唯命是从的碳基仆人,

宇昆

灰兔、红马、黑豹

Grey Rabbit, Crimson Mare, Coal Leopard

张建光 译

于 2020 年首次收录于刘宇昆短篇集《隐娘及其他故事》(*The Hidden Girl and Other Stories*)

她不敢动,等待着,等待着他们对她的新形态发出赞叹的欢呼。

因匪患日益猖獗，在此我们呼吁每一位身体健全的渣普公民志愿加入民兵队伍。你们需自备武器与其他一干供应。

执政官保证每位民兵可以保留一半得自腐族的缴获。该保证已获城邦公会同意。

——《渣普辖区总督凯德之公告》

艾娃·赛德往筛盘里又铲了些矿砂，随后拿起它，在闸道的水流中轻轻地来回晃动。随着涟漪荡起，五颜六色的混合物逐渐按照重量分出了层次：生锈的铁钉、工具和机器的碎片在顶部；压扁的罐头、玻璃碴儿和陶瓷残片等稍轻一些的在中间；分量最轻的那些玩意儿则躺在最底层，各种颜色的塑料板，有些板上还嵌着电子元件，如同亮闪闪的珠宝。

艾娃赞叹地摇了摇头。虽然自打学会走路以来，她就一直是个垃圾矿工,但古人生活的富饶至今仍能令她钦羡不已。

"艾娃,咱们今天就干到这里吧。"说话的人是肖,艾娃的弟弟。小伙子的脸颊上仍带着点儿婴儿肥,尽管他皱起眉头以显示自己的严肃。在他身后,他的朋友们已经收起了工具和采集桶。

艾娃满二十五岁了,比大多数矿工的年龄都大。作为唯一一名曾经走出过渣普辖区的人,她被这群人视作领导:她是大家的大姐,而不仅仅是肖的。

艾娃瞥了一眼太阳,它仍挂在西方几臂高的半空中,"这么早?还有很多时间呢。"

肖踌躇地挠了挠头,"我们想……想去见一下费·斯维尔。"

艾娃的脸沉了下来,"你们去找那个不要命的女人干吗?记住我说的话,她肯定会给跟着她的人带来麻烦——"

"费答应赊给大家武器,所以我们用不着付钱。我弓箭射得挺准,去年还用棍子赶走了两只豺——她看到过我——"

"看样子你还是想加入民兵。我不想再跟你吵了。这跟钱没关系,我的回答还是不行。"

说完后,艾娃转过身,吃力地闷哼一声,把筛盘拎出水面。接着,她放软了语气,又加了一句:"帮我一下。"

肖无助地看了眼伙伴们,后者的脸上都露出愤愤不平的表情,但艾娃没理他们。肖无奈地叹了口气,在艾娃身旁蹲下,开始清理、拾捡沉积物。

他们的动作很快,同时也很小心。垃圾矿山里到处是碎玻璃、锈刀片和尖针头,携带着古代的诅咒。好几个矿工都因为手指被扎或手掌被割,继而染上神秘的疾病,最终丢了性命。为了保护自己,他们俩都戴着艾娃特地缝制的手套。

矿山里最多的就是薄布条和塑料袋,上面通常印着颜色鲜艳的图案和看不懂的文字。大多数矿工都把它们当成废渣。但艾娃想出了一个把塑料切成细条的办法,然后又把它们搓成线,纺成坚韧的布。用这种布做成的手套十分软和,不会妨碍干活,同时也很漂亮。如今,几乎每个矿工手上都戴着一副艾娃送的手套。

四只手在废渣中飞快地翻着,每只手上均覆盖着艾娃用一个已逝年代的残片编织而成的漂亮图案:一只翱翔的凤凰、一片凋零的枫树叶、一朵绽放的玫瑰、一只耳朵耷拉的兔子……

姐弟二人默默地将分拣出的东西丢进采集桶。金属的话,每公斤能换上几分钱的信用币。真正值钱的是塑料板子上的电子元件。熔掉上面的焊锡之后,随便一个还能派上用场的元件都能换来好几块信用币。每一个矿工都听说过这种故事,某个朋友的朋友找到过罕见的芯片,在乌斯特或罗安弗雷尔的市场换到了好几百块信用币。

肖深吸了一口气,"他们说,只要能闯入腐族的窝,每个人都能分到很多东西,足够买三年的口粮配给——"

"我们不缺吃的。"艾娃回嘴道,"你真觉得和腐族打仗就跟抓松鼠一样简单吗？要是撞上了启示鼠怎么办？打仗的事还是交给军队吧。”

“赚到的钱不一定非得买配给啊。我们可以存下来，给举荐委员会买礼物——”

“举荐委员会？原来你打的是这个主意。”艾娃的语气又冷了下来，“你忘了母亲死前是怎么说的了吗？”

“没忘，”肖说道，“但我也不想一辈子刨垃圾。”

艾娃沉默了一阵子，这才又开口说下去，竭力保持语气平和，“你只在赶集的时候去过渣普镇，从没在那里住过，也没听过那里的人在背后是怎么说我们的。罗安弗雷尔的居民更傲慢。对他们而言，你我这样的人就是杂草，是不值一提的垃圾。你找不到幸福——”

“时代变了，”肖说道，语气越来越激动，“每个总督和将军都在招人！机会来了——”

“你不可能得到启示的，”艾娃截口道，几乎像是在呐喊，“别再说了！”

“就因为你失败了，并不意味着我也会失败！当我的真身被启示之后，我可能也是个人物！”

艾娃怔住了，仿佛被扇了一巴掌。许久之后，她才勉强从喉咙里挤出了声音，“你不懂——”

但肖已经脱下手套，扔到地上，“晚饭别等我了。我没法儿和不相信我的人相处。"

在伙伴们惊诧的注视下，他跑离了垃圾矿山。

艾娃定定地站着，看着他远去的背影。随后，她瞥了眼太阳，叹了口气，又接着筛起盘子中的沉积物。

艾娃出神地摩挲着桌子中央的照片，那是家里唯一一张全家福。它花掉了父母一整年的淘垃圾收入。他们一动不动地坐在渣普镇上唯一的照相馆里，控制着自己不要眨眼，等着光画师慢慢地施展魔法，将他们的影像固定在镀银的铜板上。

照片中，父亲和母亲分别站在艾娃两旁。她当时十八岁，穿着大礼服。礼服是总督的赏赐，专门赐给那些被选中接受启示的青年才俊。她的父母想听从光画师的指示，放松表情，而不是露出笑容——因为你不可能长时间地保持笑容不变，一旦表情变了，显影过程就会留下模糊——但她能看到他们的嘴角在抑制不住地上翘。母亲的胳膊搂着艾娃的腰，一副想要保护她的样子。肖那时只是个十一岁的男孩，站在艾娃侧前方，脸上的表情有些模糊，因为他总是忍不住用崇拜的目光朝姐姐瞥上几眼。

那时，他们抱着多大的希望啊。梦想着生活的转变，梦想着罗安弗雷尔的机会，梦想着摆脱垃圾矿、成为有权有势的一族。

然而，一切都化作了泡影。

"就因为你失败了……"

她内心深处涌现出了病恹恹的母亲躺在昏暗的小屋深处发霉的床垫上等死的模样。

"保护好弟弟。让他乖乖留在家里。"她喘息着说,"他不安分。但火鸡始终是火鸡,命中注定不能像老鹰一样飞翔,我们也命中注定无法成为不一样的人。"

她咬了一口寡淡无味的配给食品,喝了一口用阿鲁克根煮的茶,把食物送下去。阿鲁克是一种坚韧的野草,几乎是唯一能在渣普辖区内旺盛生长的植物。这里的土地被垃圾矿污染得厉害,大瘟疫过后就长不了庄稼了。阿鲁克茶很苦,肖总是说跟喝泥巴差不多。这么多年来第一次一个人吃饭,艾娃发现自己还挺怀念弟弟那喋喋不休的抱怨。

已经很晚了,屋子里能看清的只有烧着柴火的炉子,以及炉子上通红的烙铁。她站起身,寻思着该去找找弟弟。毕竟自己是当姐姐的,不该把他的气话放在心上。

刚要跨过门槛,她又停了下来。

他不会有事的。他能在朋友的家里吃上晚饭。

肖不再是个孩子了。或许,没有我的时间和空间正是他需要的。

她洗了盘子和杯子,把它们收好后在炉子旁坐下,拿起烙铁,小心翼翼地把电子元件从白天捡来的塑料板中分离出来。正忙着的时候,她听到远处的猫头鹰咕咕叫了一两声,它试图猎食外面阿鲁克丛中的小型啮齿动物。窗户的插销在阵风中时不时地咔嗒作响。沉湎于机械性动作以后,她的内心平静下来。有关盗匪团伙、遥远首都的奢侈生活、野心与斗争等想法都消失了。

"时代变了。"

肖是对的吗? 我没能注意到变化? 难道是因为过去的经历让自己受伤太深、太害怕,宁愿在默默无闻和日常琐碎之中一直跋涉下去?

她停了下来,看着手中那块长方形的塑料板子。上面嵌着的一排发光二极管表明,它曾经可能是个霓虹招牌。招牌上印着的古老文字已然模糊。经过一番努力,她辨认出了几个字:"大罗安弗雷尔生态都市区"。

一个难以释怀的地名,一个没有意义的概念。它就像咒语,或是请神符。

突然间,她的思绪又闪回到七年前的那一天。

虽然内心已无数次想象过踏进罗安弗雷尔的情景,艾娃还是没能做好准备迎接现实。

一辆隆隆作响的巨型车辆载着她和其他启示候选人,行驶在联邦大道上。车子名叫"巴蛇",形状像移动的房屋,上面装点着来自格里玛各个角落的鲜花与水果,其中大多数她都叫不上名字。它走的这条罗安弗雷尔的中央干道宽到足以容纳一百个人并肩行走。"巴蛇",加上前后的小型护卫车辆,将艾娃淹没在喧嚣的机器声中。从引擎喷出的刺鼻气味,艾娃判断"巴蛇"烧的是生物柴油。这种奢侈真是难以想象。在这之前,这种气味她只闻过一次,那次是总督凯德乘着"长腿"在渣普巡视。

她咬了一口分给她的苹果。是真正的苹果,不是人工合成的替代品,足有她拳头的两倍大。甜得难以置信。她抬头看了看飘扬在巴蛇上方的旗帜,上面绣着形象化的格里玛轮廓,长长的海岸线被阿罗斯河一分为二。地图之外围着一圈花体字,拼出格里玛的箴言:"大罗安弗雷尔生态都市区"。很多大瘟疫之前的工艺品上都有这句箴言,肯定有某种神秘含义。

为了让自己牢记启示的基本要义,她昨晚一遍又一遍地背诵着经文。此刻,它回响在她的脑海里。

……格里玛这一名字起源于大瘟疫之前,它将我们与神秘的过去紧紧相连。曾经,这里存在着一个骄傲的联邦,伟大的罗安弗雷尔海岸大都会是它的太阳,众多小城镇、村庄和麻神鲸儿湾里的海岛是它的行星。每一个都在应有的位置上,如同闪闪发亮的珍珠,恰如其分地镶嵌在田野、森林和大海绘成的画卷上。这里生活着好几千万人口,钢铁与电力建造了他们的幸福,甚至连天气都服从他们的意愿。永恒的生命也在他们的掌握之中……

罗安弗雷尔的居民身着幽幽发亮的服装,站立在道路两旁,打量着眼前的盛景。很多人脸上带着厌倦的神色。他们头上戴着鲜花编成的花冠，人群后面有小店的店员叫卖着各种食物，艾娃只在云游说书人的故事中听说过它们：生金枪鱼片、烤羊肉串、蒸龙虾，等等。龙虾肯定是从海岸数英里外的东部迷雾中捕捞的。奇怪的服务机器，可能是电动的，嗡嗡作响，咚咚地行走在人行道上，动作的精确和流畅程度令人惊叹。目光越过人群和小贩，她看到了远处摩天大楼的残躯：一座座由扭曲的钢铁和碎玻璃组成的大山，山上覆盖着厚厚的藤蔓，成了鸟类的家园。

"巴蛇"慢了下来。学着其他候选人的样子，艾娃也从座位上将头探出窗户。前方就是火焰山，山顶坐落着金色穹顶的联邦宫殿。她眨巴着眼睛，盼着能率先看到一两个使节的身影，甚至是银色的太阳伞，宣告着第七世执政官本人的亲临。

大瘟疫似乎在一夜之间就抹去了那个懒惰且罪孽深重的文明的踪迹，我们在残存的古代圣贤之书中，读到过他们的故事：在稻谷中植入微型的电子大脑，纵横各大陆的网络能满足一切欲望，从空气中召唤出虚拟的金子……我们的祖先自以为掌握了自然法则，却不再有用：大海与陆地出现了无数怪物，惩罚了他们的自大。上百万人死去。幸存者面对着一个不同的世界，其中的生命充满了戾气与猜忌。

只是因为首任执政官那超人般的努力，加上他忠实的启示同伴的帮助，这才结束了大瘟疫之后的混乱，令和平与秩序重返人间。

格里玛共有三十六个辖区,每一个都有自身独特的气候和产出,也有瘟疫留下的独特伤痕:一个辖区有大片丰盛的果园,出产香甜的水果,但水果里却没有籽粒;另有一个因为土壤和水源污染太过严重,什么也种不活,居民只得靠刨废墟勉强度日;还有一个辖区水网密布,河里满是可口的鱼类,但很多都长着两个脑袋或三条尾巴⋯⋯

在这个新格里玛的边境线之外,在重新焕发活力的罗安弗雷尔势力范围之外,笼罩着无法穿行的浓雾。浓雾里隐藏着各种妖魔鬼怪,等候着不小心闯入其中的人⋯⋯

等待他们的不是使节或执政官,而是一个更加宏大的场面。

格里玛的领主们,曾经或许也是普通人中的一员,也曾像艾娃一样睁大眼睛、一脸敬畏,此刻站在联邦宫殿的台阶上,准备欢迎新的候选人。

他们的穿着并不考究,他们的身边没有围着电动机器,他们没有乘坐在暴饮柴油的机械怪物上。格里玛的领主们只是简单地站着,袒露着自己那启示性的、雄伟的真身——

烧过头的烙铁和熔化的塑料发出煳味,把她从回忆拖到现实。她默默地咒骂一句后,赶紧把烙铁放到一边,免得它造成更大的破坏。

没用的,她恶狠狠地告诉自己。沉浸在过去里、回忆自己的耻辱——不会带来任何好处。她必须活在当下,把手头的活儿干完。垃圾矿山可能不会给肖和她带来财富,但它是一种正当、安全的生活方式,其中也有值得骄傲之处。

没有了肖的帮助,等她熔了焊锡、测试取出的元件之后,已经过了午夜了。今天的收获一般,有几个大电容倒是可以在下一次赶集时卖个好价钱。她觉得满意。

第二天,艾娃醒来后,发现小屋里仍然只有自己一个人。她做了早饭,一直等到太阳高挂、再也没有借口,这才慢吞吞地去了矿山。

到了中午,她已经很不安了。其他挖矿人都不知道肖在哪儿。她心里觉得不妙,禁不住离开矿山,回到村子。她挨家挨户打听弟弟的下落。邻居和朋友都摇着头,帮不了她。

她担心有什么不好的事发生。惊慌失措之中,她去找了费·斯维尔。

和渣普辖区大多数人一样,费·斯维尔也是个挖矿人,但艾娃记不起上一次看到这女人在水闸边淘宝是什么时候了。实际上,费是个偷猎者,靠着从临近的辖区偷家禽和家畜讨生活。偶尔,她甚至会闯入格里玛边境外的迷雾,猎杀那里的怪物。这种野味能在黑市上换个好价钱,最终它们都上了渣普镇和乌斯特那里饕餮之徒的餐桌。

没有理会费身旁那两个肌肉男森然的目光——这位猎人无论到哪里，身边总跟着一群这样的小伙子——艾娃直接走到那女人跟前，客气地问她是否知道自己弟弟的下落。

费身高六尺四，体重至少一百公斤，是个令人生畏的存在。她大腿上系着一把长猎刀，没有刀鞘，冷冷的刀刃反射着太阳的光芒。刃上还有几处污渍，可能是锈斑，也可能是血迹。她死死地盯着艾娃，保持着沉默。她的脸如同她的短发一般黑亮，没有显露任何表情。

艾娃的心在狂跳。费是出了名的暴脾气。她不禁开始祈祷肖没有激怒这个女人。她强迫自己迎向费的目光，既没有显得卑微，也没有故意挑衅。

终于，费摇了摇头。"你弟弟昨天下午的确找过我。"她说道，声音低沉，听着像是从喉咙深处发出的雷鸣，"但他不想参加我的民兵。"

艾娃松了口气，"好。"

费眯起了眼睛，"好？腐族已经集结大批人马，离这里只有几天的路程。每个人都应该参加民兵。"

"跟强盗打仗是军队的事。执政官手下有的是将军。"

"一听就是懦夫说的话，"费说道，一脸不屑，"你以为我们生活在哪个年代？执政官只是名义上的首领，将军和总督只有在对他们有利的时候才会听从她的命令。他们更关心相互之间的明争暗斗，而不是打击强盗。勇敢的人应该站出来保卫自己的家园，为自己挣下一份家业与功名。"

"并不是每个人都要在刀口下讨生活。"艾娃说，"在矿山刨食可能并不尊贵，也没法儿发财，但比跟着你安全多了。我很高兴肖的肩膀上长着一颗聪明脑袋。"

费盯着艾娃，眼睛瞪得大大的，似乎没听懂后者话里的意思。许久之后，她突然笑了，是那种从肚子深处发出的狂笑，让她的表情变得狰狞。

"有什么好笑的？"艾娃问道，内心升起一股寒意。

"肩膀上长了颗好脑袋？"费讥讽道，竭力止住笑声，"你和你弟弟一样蠢，只是蠢的方式不一样。"

"你到底跟他说什么了？"

"他问我，有谣言说腐族找到了自己的启示之酒的来源，是不是真的？"

艾娃的脸色一下子变得惨白，"什——什么？"

"我告诉他我不知道，但根据我对这个世界的了解，这是有可能的。"

"你为什么要这么说？"艾娃喊道，"奥兰治兄弟就是伙骗子，专骗那些容易上当的人——"

"你不知道我掌握的消息，"费说道，语气里透出一丝威胁。随即她又收住了话头，平复一下情绪，这才接着说下去，"然后他问我,腐族的营地最有可能在什么地方。我跟他说一直往西走,穿过断裂的高速公路。他谢了我之后就离开了。"

艾娃惊恐不已。她不知道肖竟然对启示如此痴迷。她满脑子都是奥兰治兄弟和腐族那些恐怖行径的传言。

"他竟然想从强盗手里偷东西。我们一定要尽快找到他。跟我来!带上你的人。"

费盯着她,"你真的跟你弟弟一样蠢。用这么少量的民兵进攻腐族营地无异于自杀!他是你的弟弟,不是我的。"

"一听就是懦夫说的话。"艾娃脱口而出。

费的脸一下子变红了,"你知道什么——"

但艾娃已经走远了。

红彤彤的太阳挂在西天,像云层中长了一个熟透的桃子。

艾娃急匆匆地穿行在齐肩高的阿鲁克丛中,顾不上荆棘的刮擦。她的衣服被撕成了烂布条,脸上和胳膊上留下道道血痕。

她已经在断裂高速公路以外的野地里跌跌撞撞地走了许久,一直往西。看不到肖的踪迹,但她就是有一种莫名的决心,一定要坚持下去。

奥兰治兄弟邪教治下的腐族盗匪团伙发誓要"杀光所有富人,吸干他们的肥油"。但实际上他们劫掠的是边远地区的穷人,大部分都是像渣普辖区居民一样的人。真正的有钱人可以躲在城墙后面,确保他们的豪宅和账本无虞。与此同时,农民、牧羊人、渔夫和矿工等只好生活在强盗的威胁之下。

前方的阿鲁克丛如同无尽的大海一样绵延,风吹动植物的茎秆,泛起阵阵波纹。随着傍晚的寒意袭来,野地上方积聚起了一片迷雾,将她身边的地貌笼罩在一片血色的朦胧之中。时不时地,一两只红翅乌鸦突然从植物的海洋上飞起,穿行在迷雾之中,如同飞鱼掠过波浪。乌鸦发出一连串嘎嘎的叫声,仿佛金属的鱼鳞相互摩擦。

艾娃停下脚步,喘息着。她累了,天色也暗了下来。在荒野上过夜很危险,尤其是在这片一望无际的野草海洋之中。她盯着带刺的茎秆之间露出的地面。她该不该——她能不能——她会不会——

不行。她否定了这个想法。恐惧和疑虑让她的心脏怦动不止。自打告别罗安弗雷尔,回到这里,她一直将这个秘密深埋在心底,不想再面对那个真相。它粉碎了她家庭的梦想,让她的父母失望,让她蒙受羞辱——

再次传来一声嘶鸣,声音就像金属盘子相互摩擦,令她的脊背起了一层鸡皮疙瘩。

突然间,她意识到那不是乌鸦的叫声。它更响、更冷酷、更坚韧。在金属的嘶鸣声之下,她还听到了另一个声音,像她自己的喘息声,只是更绝望,也更急促。

她趴在阿鲁克的茎秆之间，紧盯着越来越厚重的迷雾，竭力控制住发狂的心跳，好让自己能够听清。

远处的草海上激起了一阵紊流，仿佛有艘船正在穿越波浪。吃力的响鼻声和绵长的嘶鸣声就是它发出的汽笛，声音如同灯光一样穿透了迷雾。在紊流的后方，依旧隐身于迷雾之中，她能隐约看到其他的存在：一个如同魔鬼一般的身影，以机械般的精确在行军：咔嚓——咯噔——咔嚓。

一阵阴风吹过，撕开了迷雾。

一匹她有生以来见过的最大的马，正在阿鲁克丛中狂奔，身后留下一行倒伏的植茎。这是一匹母马，足有三米高，奔跑时犹如一团野火。长长的鬃毛甩动，像一面红色的旗帜；马蹄处覆盖着茂密的深红色长毛，像飞鸟的羽毛。艾娃从未见过如此壮观的生物。它简直就是力量、意志与速度的化身。

受启示者怎么会出现在这么一个地方？

在母马身后，两双笨重的"长腿"正紧追不舍。黑色钢铁制成的全地形军用车，像巨型的机械蜘蛛，长着八条分节的、活塞驱动的腿。腿上面坐落着一个座舱，座舱上安装着旋转炮塔。这种三人操纵的机器是执政官军队的骄傲，是驰骋在格里玛大地上最致命的杀手。

母马慢了下来，与追赶者之间的距离越来越近。

嗖。嗖。

在电磁力的推动之下,巨大的弹丸从旋转的炮塔里不断射出,砸在奔逃母马身边的地面上,其中有一颗还擦到了它的体侧。

母马直立起来,嘶鸣着。它猛一扭头,凛然地盯着自己的对手,唾沫从它的嘴角甩离,露出牙齿和鼻孔。红色的液滴在它的后背汇成小溪,洒落在它身旁的残茎上,可能是血,也可能是汗。

艾娃的内心涌起了怜惜与愤怒。

嗖!

又一颗弹丸径直朝马头射去。以如此庞大的身形难以实现的优雅姿态,这匹马蹬了一下地,跃向一侧。这优雅的一跃至少跨过了二十米距离。

但那两个"长腿"小组配合默契。另一台"长腿"里射出了第二发弹丸,袭向预判它落下的地方。弹丸击中了母马的右后腿,它悲鸣着倒在地上。

瘸腿的母马在地面上挣扎。"长腿"接近了它,锯齿形的钢铁下颚大张着,准备将它撕成碎片。最后一缕阳光照在母马的眼睛上。艾娃看到它眼里没有绝望,只有坚强的意志和不屈的精神,想继续战斗、继续抵抗、用牙齿去咬烂铁腿。

艾娃热血沸腾。如此壮观、如此雄伟、如此具有活力的生物,却被几个躲在机械怪兽里的懦夫击倒——还有天理可言吗?

她猛地站起,在摇曳的阿鲁克之海上探出了头。一声低吼之后,她将注意力集中于内心,用上了七年前学到的方法——

启示之酒的热力在血管内蔓延，唇齿间残留着一千种香料的苦涩滋味。意识在风暴中沉浮，在跌跌撞撞前行之时，她唯一能做的就是避免摔倒在地。

她和其他候选人一起，被领着穿过宫殿地下黑暗复杂的隧道，来到显身堂。一个接一个，他们将被引入镜室。在那里，他们将显出真身。

这么多年了，在神庙虔诚的祈祷、熟读和背诵圣贤的语录，父母省下每一分钱就为了买一封推荐信——全都为了这一刻。

紧闭的门后传来一阵狂喜的呼喊，紧接着是见证者们赞叹的欢呼。那个男孩显出了什么样的真身？他和他家庭的命运将就此改变。他将成为他们之中的一员，成为格里玛的领主之一。他同样会站在宫殿的台阶上，迎接在联邦大道上游行的新候选人。

一头公牛雄踞在地，弯弯的牛角指向天空，如同一对弯刀。一只老虎，肩膀如同宫殿的黄铜大门一般高，慵懒地打着哈欠。一只老鹰，翼展至少有八米，威严地鸣叫。一只熊，几乎和凯德总督的"长腿"一样庞然，用两条后腿直立起来……

紧闭的门后，声音安静下来。现身之后的男孩将被领着穿过室内另一头的另一扇门，升入宫殿。在那里，执政官和其他使节会欢迎他，赐予他贵族的身份——当然是最低的品级。要想沿着梯子往上攀爬，还需要更多的政治智慧与斗争。

艾娃意识到自己是下一个进入镜室的候选人。她紧张得快要疯了。

"母亲、父亲、肖,"她喃喃自语道,"我们的一切付出都是值得的。"

负责遴选启示候选人的是举荐委员会。富有的城市居民有多种渠道能获得他们的垂青,垃圾矿工的机会则少得可怜。他们一家多年来参与义务劳役,直到总督觉得再不推荐她就实在说不过去了。她是十几个幸运儿中唯一一个来自偏远地区的人。接下来,家人把所有的积蓄都用来贿赂那几个以索贿闻名的委员会成员。即便到了这个程度,她的位置仍然没有得到保证,一直要到通过了委员会的面试才行:突击队指挥官对她的运动能力赞叹不已,学者们则对她的古代文字知识表示赞赏。这些成果的背后是无数个小时的学习和锻炼,而且既没有教师,也没有教练。

启示之酒是这个瘟疫之后的世界最早发明的秘宝之一。作为一种能唤醒体内隐藏机制的混合物,它能让饮用者将自己的身体转换成另一种形式,一种能展现他们的天分和隐藏技能的形式。在它的帮助之下,首任执政官——瘟疫刚过之后出现的一位不起眼的黑帮头目——被启示成了一条龙,一头融合了魅力与力量的野兽。在由其他启示者组成的军团的帮助下,他从大地上赶走了怪物,打败了他的对手,成立了格里玛联邦。

在她面前,沉重的大门打开了。镜墙的光芒如此强烈,她不得不举起手挡住眼睛。

"艾娃·赛德，"开门的助理不带任何感情地说，"你可以进去了。"

她踉跄了一下，几乎摔倒在地，赶紧用颤抖的双手扶住墙壁，摸索着走了进去。房间里亮得刺眼，她的心智一片模糊，耳朵里响彻心脏的狂跳声。

她命中注定要成为一头辛勤的耕牛吗，忠诚地辅佐执政官施政，最终升任公会中的首相？或者她会成为一只聪慧的猴子，一名学者，致力于采集失落在罗安弗雷尔数据库废墟里的古代圣贤知识，引领格里玛进入新的黄金时代？又或者，众神期待她成为一头狼或一只龙虾，一名保卫格里玛的战士，帮助这个文明的绿洲抵御荒野中怪物的侵袭和内部野心家的反叛？

她竭力服从助理耳语般的、费解的指令，开始进行各种操作。闭上双眼之后，她深吸了一口气，想象着空气灌满两肺，变成两团能量之球，一个蓝色，一个红色。慢慢地，她想象着自己将能量球推向腹部，在那里它们融合成了一个白色的炽热球体。她揉搓着它，继续往里注入能量，往里添加火焰，让它在意识中成长，填满她的胸腔和四肢，在她体内燃遍熊熊圣火。她想象着能量烧化了她的旧我，唤醒每一个细胞，在骨髓与肌肉之间架通新的血管，将她的身体重塑成一个新的形象，她的新自我——

——伴随着狂喜与惊恐的叫声，她感觉到了。她感觉到启示之酒在她体内流淌,再造了她的身体,就像阿罗斯河的激流在每个春天重塑河岸。酒正在发掘她的真身,将它带往表面,如同光画师的铜版在水银蒸气中逐渐显像。她感觉到骨头裂开,又重新拼接,肌肉重新附着在新的骨架上,内脏根据新的空间重新安排着自己的位置……在生理上,给她的感觉既没有喜悦,也没有疼痛,而是一种跟这两者类似、却又更为深厚的感受。她沉迷于转化的刺激之中。

最终,理智回归了。她再次得以指挥自己的四肢,而且立刻感受到了不同。就像在冬天首次穿上厚厚的皮衣和沉重的靴子,一切均令人感到不便和笨拙。她需要习惯自己的新身体,才谈得上控制与优雅,才能在人形与真身之间随意转换。

她不敢动,等待着,等待着他们对她的新形态发出赞叹的欢呼。

一片寂静。

她小心翼翼地睁开眼睛。

她想不通自己为什么会被传送到这片不熟悉的土地上。

四周高耸着巨大的雕像,如同智慧神庙高耸的立柱,巨型雕像的脸上冻结着错愕的表情。它们如此高大,让她想起罗安弗雷尔摩天大楼的残骸,一个已逝时代沉默的见证者。

"我在哪里?"她疑惑不已。

接着,巨型雕像开始移动,它们的声音在她耳畔如雷鸣般响起。她皱起了眉头，为耳朵变得如此敏感而吓了一跳。她不明白他们在说什么。她无助地抬头观望，突然间认出了为她开门的那个助理的脸——

"毫无用处的启示！"助理咆哮了一句，巨大的脸庞转瞬间变成一脸鄙夷，"浪费时间！"

"在垃圾里寻宝只能是这种结果。"另一个声音响起，如同雷击。

"水准！辖区里的家伙不关心水准吗？"

她本能地往前一跳。紧接着，一只巨大的脚，脚连着一条如同百年老树一般粗的腿，狠狠地砸在她刚才的位置之上。

她发现自己位于一面明亮的墙壁跟前，一张毛茸茸的脸正紧盯着她，眼里流露出惊恐，鼻子还在抽动。她趴了下来，看到墙里的影像也同样趴在毛茸茸的脚爪上。

启示破壳了。

她感觉到、进而又看到长长的、软塌塌的耳朵垂在肩膀上，显得很是颓丧。一阵尖厉的呜咽从她嗓子里冒了出来。她用舌头舔了舔上嘴唇的裂口，看着镜子里的生物——不足一英尺长，覆盖着烟灰色的茸毛——重复着同一个动作。

恐惧和羞耻攫住了她——

——随着她再次体会到那种痛苦与欢乐、恐惧与狂喜的感觉，四周的阿鲁克茎秆变高了，也变粗了。

她的人形未能留意到的一千种清晰的气味，现在侵袭着她的鼻子：田鼠与鹿群刚拉的粪便、深秋腐烂的植被、一簇蘑菇那醉人的芬芳。她的耳朵，如同渔夫划着小船在阿罗斯河里拖行的渔网一般细密，抓住了暮色朦胧的空气中所有的声音和振动。她的眼睛，现在已分处在头颅的两侧，为她提供了几乎全方位的视野，在她喜欢的半明半暗之间，为她提供了清晰生动的景象。

又传来几声金属摩擦的声音。母马再次发出挑战的嘶鸣。

兔子艾娃向前跳去，强劲有力的后腿赐予的自由让她畅快不已。现在的她缩小了，稠密的阿鲁克丛不再是没有通路、必须用蛮力才能穿行的介质，而是一片长着摇曳树木的森林，目力所及之处，皆是可以通行的道路。

她不断奔跑。随着每一次跳跃，她越来越习惯这具不同的形体。她沉浸于这个新的存在模式之中，被启示成了猎物而不是猎食者的耻辱感——变成一只普普通通、毫不起眼的兔子，而不是巨型的公牛、老虎或龙——渐渐消融，一如她褪下的人类衣装。

从罗安弗雷尔回来之后，因为感到羞耻，她没有向失望的家人吐露在镜室内看到的秘密，只告诉他们自己没能得到启示。但一次次地，每当独处时，她乐于在月光下呼唤出体内的兔子之形，蹦跳着、探索着、嗅探夜空中不熟悉的气味。这是另一种存在方式，体验的是只属于她本人的现实。

她内心也有彷徨。她不知道自己为什么是一只兔子。

但此时此刻显然不适合彷徨。她第一次需要用这个形态来完成一项任务。她必须行动起来，而不是玩耍。

她蹭着地面，在阿鲁克茎倒伏的地方停下，眼前正是那匹巨大的母马。

艾娃同情地看着跛腿的母马，马眼里的光芒已然黯淡。母马失望地打了个响鼻——兔子的同情有什么用处，它甚至还没有自己餐盘似的蹄子大。母马不耐烦地摇了摇头，告诉艾娃赶紧逃走，免得机械猎手抓住她们两个。

"别动。"她轻声告诉母马。看到母马眼里露出诧异时，满足之感油然而生。"躺好，别再踢腿。在红光之下，他们并不容易看到你。"

母马目瞪口呆，艾娃已经消失在浓密的阿鲁克丛中，径直冲向"长腿"。

就在那里！一条金属长腿在活塞的驱动下进入她的眼帘。它踏倒阿鲁克，如同流星砸入灌木丛。第二条腿也出现了。金属柱子反射着幽暗的、坚不可摧的力量，来自非自然的力量。

她该怎么办？艾娃打量着眼前的情景，犹豫着。

她是个奔跑者，不是战士。她缺乏必要的体形、吨位和力量去阻止钢铁蜘蛛，连拖延它们都做不到。她没有锯齿般的牙齿，也没有能破坏钢铁的爪子。一团茸毛，凭什么来对抗执政官那可怕的战争机器呢？

空气中又传来几声金属腿撞击地面的声音，大地也随之震颤。接着，现场安静了下来。旋转的锯齿下颚似乎在犹豫。红色的母马听从了艾娃的建议，蜘蛛战队暂时失去了猎物的踪迹。

艾娃心中燃起希望。她咬紧牙关，冲向高耸的铁腿。她跑到两根铁柱的中间，进入座舱里队员的盲点——但她估计，即使他们看到她了，也不会把她当成什么威胁——开始撕咬活塞腿四周的阿鲁克茎秆。

她咬得很快。茎秆有股苦涩的味道，像用这种植物的根煮成的茶。将门齿当作凿子，她恣意地啃着如同树木一样的草。

倒了一棵，接着又是另一棵，然后是第三棵。她是一个微型伐木工，争分夺秒地砍伐着粗壮的、富含纤维的"树干"。

金属腿仍然保持着静止。她头顶上方的炮塔一直在转，队员们搜索着受伤的马匹，后者隐入了浓密的阿鲁克丛中。落日余晖将草丛染上了红色，如同一片余烬。蜘蛛试探着朝灌木丛里随意射了几发弹丸，希望能惊吓已经受伤的猎物。

艾娃知道自己没有太多时间。她没有停下已经发酸的下巴，她一直在不停地跳跃，如同一只疯狂的河狸，在啃断的阿鲁克茎秆之中干着她的工作。

一根、两根、三根……艾娃不知疲倦地蹦跳着，耳朵收在后方，前爪紧紧地抓着纤维丝。她就是用同样的方式，将垃圾山里的塑料织成了手套。这套动作如此熟悉,以至于她都进入了恍惚状态。

她的耳朵突然被一声摩擦声惊动了。母马或许因为伤腿疼得太厉害,在她的隐藏地点抽搐了一下。艾娃头顶上方的炮塔转动着对准发出动静的草丛。在柴油引擎的轰鸣之下,隐约传来了一声马的嘶鸣。艾娃跳开了。她祈祷玉兔的保佑,希望自己做的已然足够。

引擎的轰鸣声变尖了,活塞开始收缩,关节即将弯曲,腿将抬起,以一种协调的舞步前进——

有两条腿被阿鲁克的茎绑在了一起,笨拙地相互拉扯着。蜘蛛趔趄了一下。蜘蛛里的驾驶员疑惑地来回扳动驾驶杆,想把两条腿分开。但被艾娃编织在一起的草茎顽强地抵抗住了拉力。

恼怒的驾驶员抓紧驾驶杆,使劲地来回摇晃,同时增大了活塞的动力。突然间,绑住腿的编织绳断了,原本受困的长腿突地获得自由,开始不受控地往前猛踢。

机器蹒跚起来,眼看就要失去平衡。惊恐不已的驾驶员和驾驶杆搏斗,朝反方向猛推。活塞呻吟着想控制长腿停留在合适的位置,但已经太晚了。蜘蛛踉跄了一下,如同新生的小马驹失足,狠狠摔倒在地。旋转的金属锯齿啃进了泥里,激起一阵遮天蔽日的碎石和土块,随即如冰雹一样纷纷坠地。炮塔呻吟着停了下来,接缝处冒出滚滚浓烟。一小会儿之后,三个咳呛不止的士兵打开顶盖,爬了出来。

另一个蜘蛛里的队员看不到究竟是什么弄倒了他们的伙伴，惊慌失措。他们以为自己遭到了攻击，于是将炮塔对准倒地蜘蛛的四周，开始急促射击。弹丸嗖嗖地钻进土里，增添了混乱。倒下的战斗机器里的队员慌忙躲到机器后面，向他们的同伙大声喊叫，要求停止射击。艾娃这时已经趁乱逃出了攻击范围。

仍在战斗的"长腿"终于发现有只兔子正在逃离倒下的蜘蛛。炮塔旋转着对准她的方向，一连串弹丸砸进土里，离击中它只差几英尺。

左右交替着"之"字形奔逃，每秒变换一次方向。艾娃命悬一线。她感到自己慢了下来，呼吸变得急促。虽然她很快，但她只适合冲刺，而不是长跑。射手迟早会击中她。

"停下不动，他们就看不到你了！"耳朵里突然飘来一声母马的话语。

艾娃闭上了眼睑，将前爪插进土里。她团起身子，让自己变得尽量小，强迫自己抛开逃跑的本能。一颗弹丸砸进她身边的土里，扬起的泥块和碎茎洒了她一身。

无休止的嗖嗖声终于停了。母马说得对。恐惧让她忘记了她自己方才提过的建议。她太小了，暮色又那么昏暗。只要不让逃跑路径上的草茎暴露自己的行踪，她几乎是隐形的。

炮塔仍在旋转，炮手搜索着目标。空中传来不和谐的人类的声音，疑惑着她究竟在什么地方。

"那到底是什么玩意儿？"

"可能是老鼠？"

"可能更糟糕。腐族！"

"腐族不可能那么小。只是一只笨动物罢了。你在向我们射击！你可能会——"

"你肯定是史上最蠢的驾驶员！我从没听过老鼠能弄倒一台'长腿'。队长会——"

"别再谈什么老鼠了。逃犯怎么样了？"

"她逃不远的。爬上来，我们一起去追她。"

咒骂声与嘲笑声中，绳梯唰的一声放下来。仍然完好的"长腿"正在接收它倒地同伴里的队员。

"你还能动吗？"艾娃朝远处尖声问了一句，她知道母马能听到自己的高频声，人类则听不到。

"动不了。"风中传来回答。

艾娃思忖着眼下的形势。一旦队员们在蜘蛛上会合，他们又将开始狩猎。找到母马只是时间问题。

艾娃的心沉了下去。她感到莫名的惊恐。但她强迫自己在阿鲁克丛中匍匐前进，朝着蜘蛛的方向，在茎秆之中穿行，不去碰到它们。她必须想个办法，任何办法都行。

巨大的杀人机器出现在眼前。三个人形的身影正沿着挂在座舱一侧的绳梯往上爬。蜘蛛因为他们的体重而略微有些倾斜。

绷紧长长的后腿,她跳了起来,在草丛上方划出一道弧线。落地之后,她紧接着又笔直地往前跳去,对准了两条细长腿之间的空档。

"那里!那里!"

炮手一直紧张地在微微摇曳的草海里搜寻目标,他不假思索地扣下了扳机。一连串弹丸从炮口喷射而出,炮塔也开始旋转,追踪着灰色的身影。

"停止射击!你这个笨蛋——"

但已经太晚了。旋转炮塔的动能,加上后坐力和攀爬人员的重量,推得蜘蛛偏离了重心。

急促的命令声、咒骂声和尖叫声过后,第二只蜘蛛踉跄倒地,砸在地上,发出震耳欲聋的巨响。

艾娃飞快地穿过浓密的阿鲁克丛,回到受伤母马待的地方。

然而,她没有看到马。躺在地上的是一个修长苗条、长着一头浓密红色卷发的女人。她还算俊俏的脸庞上布满道道血痕,可能是被阿鲁克的荆棘划伤的,也可能是过量酗酒导致的血管暴露。她的一条腿扭成了一个不正常的角度。

艾娃趴了下来,累坏了。女人伸出一只手,温柔地抚摸着她的背。艾娃的兔子身躯颤了一下,但她接受了触摸,眼睛盯着女人。

"谢谢。"女人悄声道,用的是她之前听过的同一种沙哑嗓音,"真没想到我会被……被你这样的人给救了。"

"现在感谢还太早,"艾娃喘息道,"我只是推迟了无法避免的结局而已。一旦他们回过味来,即使没有'长腿',六个训练有素的士兵要对付我们仍然绰绰有余。"

女人换了个姿势,疼得咧了一下嘴,"要不是我的腿伤了,他们绝对追不上我们。"随后,她又朝着机器的方向鄙夷地看了一眼,"六个当兵的不算什么。在公平的战斗中,红马对付一千个他们都不成问题。"

回想起女人那个令人敬畏的真身,艾娃知道她没有夸大其词。

"我不怎么能打,"艾娃哀叹了一声,"无论是以这个身体,还是用我的人形。"

女人看着她,"我倒是情愿有你陪我一起战斗,小灰兔。"

这句话温暖了艾娃的心窝,如同她的手温暖了艾娃的背。艾娃扭过头,不想让女人看到她眼中涌起的泪水。

两只摔倒在地的蜘蛛里的士兵已然停止了相互指责,开始商量如何猎杀逃犯。

"快走,保命要紧,"女人说道,"恐怕这辈子我没法儿偿还欠你的债了。"

艾娃摇了摇头,"我不会丢下你的。"

女人笑了,撸着艾娃的长耳朵。艾娃感到她的动作里并没有居高临下的意味,只有尊敬。"给我看看你长什么样儿。假如我们注定要死在一起,我想先看看你的脸。"

"为什么？"

"这样我就能在彼岸的英雄堂里找到你，邀请你跟我一起回来，杀光这些谋害我们的凶手。"

艾娃笑了。尽管知道自己活不了多久了，一种屈辱生活中久违的感觉却让她觉得快乐，甚至为之战栗。这种感觉就是骄傲。

她变回人形，躺在女人身边，"我的名字叫艾娃·赛德——但'小灰兔'这个称呼也很可爱。"

"我是翼·盖茨，来自河东辖区。很荣幸能认识你。"

她们紧扣双手，坐了起来，一起转身面对士兵的方向，准备好迎接自己的命运。

一个瓮声瓮气的声音突然响起："等你们两个相互吹捧完了，我们还是来商量一下该怎么离开这地方吧。"

由于人类感官的迟钝，艾娃没能注意到空气里突然间弥漫的猫科动物那浓郁的气味。她吃惊地回头张望，看到一头敏捷有力的豹子，足足十英尺长，身披如炭一般黑的毛皮。它正穿过浓密的阿鲁克丛，朝她们走过来。

"费·斯维尔！"艾娃轻呼了一声，"你在这里干什么？你什么时候……在哪里……怎么得到启示的？"

"你不知道的事还多着呢。"费傲慢地说，"你还叫我懦夫！如果消息传出去，说你一个人去了腐族那里救你的弟弟、我却躲在家里，我在手下人面前还怎么抬得起头？"

没等另两个人回嘴,她转身趴在地上,贡献出了她的背,"骑上来!"

费驮着两个女人,穿行在星光之下的阿鲁克丛中。三个人分享了她们的人生经历。

翼过去是阿罗斯河上的渔民。一天,她捕到了一条罕见的三头驼背狗鱼。将鱼开膛之后,她发现鱼肚子里有一个小玻璃药瓶,瓶子里面装着绿色液体,散发着浓烈的香料和草药味。翼一向喜欢豪饮,便一口喝干了它——就此得到了启示。

"你为什么不去罗安弗雷尔碰碰运气呢?"艾娃问道,"多数人情愿付出一两条胳膊的代价,来换取你的幸运。"

翼冷冷地笑了,"说书人告诉我们,联邦宫殿里比春天汛期的阿罗斯河还要浑浊、还要危险。我为什么要放弃自由的生活,卷入政治的旋涡?我可不想,我就想一个人自由自在。"

因此她隐瞒了自己的天赋,继续过自己的小日子。然而,有一天,在喝了一下午啤酒、玩了一下午牌之后,她看到一个官员以捏造的罪名敲诈某个渔民家庭一辈子的积蓄。因为酒精助燃的愤怒,她把官员绑在树上,把他抽到直叫饶命。迫使那家伙立下再也不会来骚扰这个家庭的誓言之后,她把他放走了。

但是,受辱的官员实施了报复。他雇用亡命徒杀了渔民一家,又声称翼是谋杀犯。未经任何调查与审讯,河东总督逮捕了翼,宣布第二天一早就会将她处以极刑。那天晚上，翼变身成了红马，踢倒牢门，打伤警卫，逃走了。她奔驰在河东的街道上，找到那个犯下谋杀罪行的官员，用蹄子把他踩扁了。从那以后，她就成了逃犯，一直在躲避追捕。

"执政官手下的官员怎么能这么无法无天？还有那个总督，河东的领主，怎么会那么蠢、那么冷酷？"骑在费背上一起一伏的艾娃叫出了声。处于黑豹形态的费·斯维尔似乎能像在大太阳底下一样在夜间视物，而且她移动时自带一种猎手的优雅。

"执政官只是个没什么志向的小女孩，对统治没有兴趣。"费说道，她的呼吸缓慢且均匀，尽管背上驮着两个成年女人，"她身边没有德才兼备的辅政官，尽是些儿时的玩伴，他们只会阿谀奉承，中饱私囊。宫殿里贪婪与野心横行，每一个总督、将军、官员、使节，不管是否得到过启示，唯一的目标就是自己的权力与利益，而不是为人民谋福利。"

艾娃陷入了沉默。费所说的众所周知，但艾娃却一直拒绝接受。对她而言，承认启示的领主们并不像他们表面上看起来那般光鲜，等于承认自己的理想破灭。因为她无法成为启示中的一员，这种求而不得的感觉反而让她将他们更加浪漫化。

"那你呢？"艾娃问费，"你是怎么得到启示的？"

费一向喜欢探索格里玛边境之外的迷雾区，因为那里能找到最有意思的怪物，它们的毛皮、角或是鳞片在黑市上能卖大价钱。

一次,在渣普镇上交易时,她认识了一个为联邦使节工作的女人。那女人给了费一瓶启示之酒,跟她交换罕见的穿山甲鳞片——使节相信它能用来制成某种神药,可让人保持男子雄风,而且永葆青春。

"她就这么给了你启示之酒?"艾娃难以置信地问道,"但……但这是违法的!"

"对于有权有势的领主而言,这片土地上的法律跟手纸没什么区别。"费说道,"翼刚才说过,只要有好处,没什么是官员不能做的,不管已启示的,还是没启示的。我想明白了,不能指望军队在强盗面前保护我们,所以我喝下了启示酒。为了能变强,可以保护自己。"

艾娃再次陷入了沉默。她一直接受的教育让她认为,被推荐给启示是唯一一条发现真身、成为贵族的途径。但现实显然大为不同。

时代的确变了。

艾娃、费和翼此刻回复了人形,正谨慎地观察着迷雾笼罩的山谷中的营地。她们已深入格里玛边境之外好几英里,甚至连费都没到过这么远的地方。

这地方在大瘟疫之前显然是个镇子。街道分布呈棋盘格状,两旁依然排列着爬满藤蔓的房屋废墟。很多这样的废墟被腐族用作居所或是劫掠品的储藏室。袅袅的炊烟和废墟里影影绰绰的人影证实了她们的猜测。有的人影扛着大箱子，还有的推着装满货物的手推车。给人感觉就像看着一个大老鼠窝，里面挤满以贪婪为唯一动力的生物。

"你们觉得那下面有多少人？"艾娃问道，被眼前的景象吓到了。

"要我说至少有八百个强盗。"费说道，"天知道这其中有多少已经得到了启示？"

翼和费都答应了要帮艾娃找到她弟弟。翼的腿好得差不多了。经过几天的跋涉，费那敏感的鼻子终于追踪肖到了这里。肖自己显然不可能来到这么远的地方。他很有可能成了腐族的俘虏，被带到了这里。

"我现在觉得艾娃是对的，"费嘟囔了一声，"看来我们确实该说服军队来这里。"

在艾娃的坚持下，一等到她们找到腐族的营地，翼就奔回渣普镇，给总督留了个条子，标明了这里的位置——母马一天之内就跑了个来回。但翼和费都认为总督绝无可能严肃对待这个消息。

翼扑哧一声笑了。"害怕了？"她瞥了一眼费，血管暴露的脸上露出挑战的微笑，"我没有你的牙齿和爪子，但我不会临阵脱逃。"

"再厉害的猫也对付不了二十倍于自己的老鼠。"费反驳道，黝黑的脸庞上涌起一抹深红，"况且，一旦局势不利，我们中的有个人跑起来更快。"

"你说谁会逃走？"翼假装生气地问道。

两位战士几乎是立即就喜欢上了对方。她们喜欢争斗——无论是口头的，还是身体上的——只要有机会。

"我们不能就这样直接冲进去和腐族开打。"艾娃说道，"我不管你们对自己的武艺有多大信心——没必要胡来。"

奥兰治兄弟是来自麻神鲸儿湾的三个年轻人，几年前被举荐参与罗安弗雷尔的启示。但酒将他们启示成了人形大小的老鼠。这种形象通常与反叛和犯罪相关。执政官把他们投入监狱，但他们使了些钱逃了出来，据说在离开之前，还偷了执政官库房里的启示之酒。

有一阵子，他们满足于率领小股强盗打劫来往于格里玛各城镇之间的商贩车辆。但从去年开始，他们的人数膨胀到了好几千，主要是因为北方的辖区发生了旱灾。有谣言说他们获得了某种魔法，令他们的战士变得更加无畏，能以一当十。大家称这种人为"腐族"。他们抢劫村庄，甚至还有小城镇。他们经过的地方如同蝗虫过境，除了死亡和毁灭，什么都不会剩下。

"你有什么计划？"翼和费同时问道。

艾娃注视着腐族的营地，眼睛骨碌碌地转着。最终，她们在镇子废墟外的一条排水沟里开始了行动。

"这可能是你最糟糕的主意了，"费抱怨道，"这里的气味太难闻了。"

"没让你用真身走这里已经够对得起你了。"艾娃说道，因为口鼻处盖着一块布，声音听上去有点儿闷闷的，"要是配上那么一个敏感的鼻子，你可能会晕倒。"

"尽量别说话，"翼说道，"话说得越多，吸入的空气就越多。"她把脚从污泥里拔出来，发出响亮的吧唧声。"也别老想着我们走的是什么路。"她又嘟囔了一句。

一想到生活在上面的几百个腐族都用这地方来排泄，费差点儿吐出来。至少这让她停止了抱怨。

三个人在没过脚面的污水里跋涉着，周围一片漆黑，每人都伸出一只手，扶着同样黏糊糊的墙面。

"难以想象，你之前竟然以小灰兔的身体穿过了这里。"费说道，"怎么没被淹死？"

"兔子擅于钻洞。"艾娃说道，一想起刚才在这里摸索的情景，身体不由自主地发颤，"就这么简单。"

艾娃知道，每个镇子下面都有污水管道，勇敢者可以利用它们抵达镇子里的任何地方，而且不会被人发觉。费和翼下午休息的时候，她蹦跳着探索了地下迷宫的每一条分支，最终找到了肖和其他俘虏被关押的地方。

"到了。"她说道，停了下来。黯淡的星光照亮了头顶上方的格栅。

三个人站着不动，倾听着。离黎明还有几个小时，上面没有动静，只有晚风轻轻吹拂。这里远离格里玛的城市，腐族并不担心遭到军队或民兵的攻击。

一个接着一个，三人爬出污水管的井口，来到一条废弃的路边。她们身旁是一座两层楼的石头房子，两个警卫一左一右，躺在大门旁的地上打呼噜。

三个人绕到房子后面，费顷刻间就掰弯了一扇大窗户外的铁栏，为她们制造了一个可以钻进去的窟窿。一楼大厅里铺满睡垫，上面横七竖八躺满了人。艾娃领着她们踮起脚尖行走在打鼾的强盗中间，来到楼梯口。楼上的小房间关押着俘虏，他们因为还有利用价值，所以没有被直接杀害。

一盏夜灯照亮二楼，夜灯无疑是从某个富裕家庭里抢来的。艾娃看着紧闭的房门，想决定先从哪一间开始调查。身后传来了一声金属撞击声——然后又一下子被捂住了。

她转过身。在夜灯冷冷的灯光下，她看到紧跟在身后的费脸上露出了歉意。费手里抓着一根铁矛，正忙着避免它撞到地面。

"对不起。"

"你从哪里找到的这东西？"艾娃耳语道。

"我急着来追你，忘了带上刀。"费说道，"万一跟人打起来，我需要武器。我从途经的一个睡着的强盗小头目那里拿的——它在呼唤我。"

"我们来这里不是为了打仗。"艾娃说道,"溜进来,找到肖,再溜出去。"

"我跟她学的。"费狡辩道。她侧身让出了翼,后者手里拿着一把新月形的弯刀。

"你一直在跟我们说要以防万一。"翼说道,"况且,从强盗手里偷东西并不是什么罪过,不是吗?"

艾娃摇了摇头,叹了口气。她转身率先走进走廊。希望所有的俘虏也都在睡觉,她们不用吵醒谁就能找到肖。

轻轻地,艾娃推开了第一扇门。

三个人一下子趴在地上,随即一翻身躲开门缝。费和翼摆出了防御姿势,武器也准备好了。艾娃躲在费身后,吓得差点儿叫出了声。

房间里挤满呈立正姿势的强盗,个个都怒目圆睁。

一片寂静,只有楼下传来阵阵鼾声。

终于,艾娃鼓起了足够的勇气,朝房间里瞥了一眼。"他们都没动。"她耳语道。

三颗脑袋都挤到门框旁。强盗整齐地站成几排,大约三十来个,都睁着眼睛直视前方,雕像般一动不动。

"他们肯定不是蜡像,"费说道,她伸出一根手指,捅了捅离她最近的那家伙的脚面。"看到了吗？皮肤有弹性。"她大步迈了进去，还对着里面的一个女人挥了挥手，没有得到回应，之后，费又朝她做了个鬼脸。

"这太奇怪了。"艾娃说道，脖子后面的汗毛都竖了起来。

"我也觉得奇怪，"翼说道，"但现在不是解决谜团的时候。这里面有你弟弟吗？"

艾娃和费都摇了摇头。关上房门之后，她们又去了下一间。

下一间也是同样奇异的景象，她们在多个房间里都见到了看似醒着、却没有反应的强盗，剩下的房间则堆满了食品、武器和机器零件。整个地方看着像个仓库，连站着的强盗看着都更像是物品，而不是人类。

最终，她们来到走廊尽头的最后一个房间门前。艾娃推开房门。屋里被分隔成了多个牢笼，关着铁门，每个牢笼里面有八到十个铺位。和其他房间里的不同，铺位上的人看着真的是在睡觉。

"艾娃？是你吗？"角落里传来一声轻呼。

艾娃几步迈过去，"肖！你还好吗？"

"你来找我了。"年轻人喃喃地说，听着仿佛不敢相信，"感谢众神，你来了！对不起——"

"没时间说这些。"艾娃不怎么客气地打断道，但欣喜的泪水却止不住流下来，"你受伤了吗？我们现在就把你救走。"

"太可怕了，艾娃。他们根本没有启示之酒！我刚穿过公路，他们就抓到了我，把我带到了这里。他们逼迫俘虏喝下能摧毁意志的毒药，让他们成为行走的僵尸，听话，而且不要命。"

"难怪有那些雕像强盗。"费说道。

"他们先用财富和权势诱惑我入伙，"肖抽泣着说，"因为他们说志愿者比木偶强得多。但我知道他们对被抢的村庄都做过些什么，所以我拒绝了。他们说，再拒绝的话，就要逼我喝那种毒药。"

"我们过会儿再说，"艾娃说道，"费，该你了。"

费走到铁栏面前，想扳弯它们。但铁栏实在太粗，她的胳膊再强壮也没用。

楼下传来一声叫喊，"嘿，我的长矛在哪儿？"很快，有人从睡梦中被叫醒，用愤怒且睡意蒙眬的声音，给了否定的回答。丢失武器的人显然不怕麻烦，一定要找到窃贼。

费骂了一句："真倒霉，偏偏挑了一个要起夜的人。"

"没时间躲躲藏藏了。"翼说道。她闭上眼睛，静静地站着。艾娃和费往后退去，给她留出空间。不到一分钟，翼变身成了红马，几乎塞满整间屋子。她转过身，用强有力的后腿狠踹了铁栏一下。肖所在牢笼的牢门被踹倒了，发出震耳欲聋的声响。

肖敬畏地看着启示的野兽。

房子里响起了嘹亮的警钟声。命令声也随之响起。还有急促的脚步声。强盗都已惊醒。其他被声音惊醒的俘虏拍打着铁栏，乞求她们救他们一起走。

"我们得走了!"费喊道。

"我们不能就这么把他们丢下。"艾娃犹豫着说道,"我的弟弟足够幸运,有我们三个来救他。但有谁会来救他们呢?"

房门砰的一声被撞开了。几个被毒药剥夺了意志的腐族,手持木头长矛闯了进来。

"我来挡住他们!你去救其他人!"费喊道。她冲向门边,长长的铁矛举在身前。只一刺,就将四个攻击者捅出了门口。

与此同时,红色母马在房间里到处跑动,踹开牢笼的铁门。艾娃和肖安慰着受惊的俘虏,免得他们陷入恐慌,加剧现场的混乱局面。

费站在门口,如同一座大坝,拦住了来袭的洪水。两个、四个、八个、十六个——不管多少个腐族强盗向她冲击,都无法迫使她后退一步。紧握着枪杆,她将矛尖在空中舞成一朵朵小花,如同蟒蛇的芯子一般伸缩不定。谁也无法突破这个由意志与力量组成的障碍。

更多的喊声。还有警报声。警钟的声音已被镇子里其他地方的警报声压了下去。

"真不敢相信,这些腐族木偶,"费说道,语气紧张,"我从没见过这种战斗方式。"

一群没有心智的工蜂,受躲在他们身后的指挥官驱使,簇拥在狭窄的走廊内,如同一堵血肉之墙般向前推进。他们不顾费的长矛能造成什么伤害,不在乎丢掉胳膊甚至性命。费被迫攻击,将矛尖捅进其中一只工蜂的胸膛。那人惨叫一声,嘴里喷出鲜血,却半步都没后退。他瞪大的双眼里既没有恐惧,也没有理智。身后的其他工蜂继续往前挤,迫使长矛在胸腔里刺得更深,最后刺透他的后背,接着扎进另一个人的胸膛。

费龇着牙,感觉既恶心又害怕,"太疯狂了!"

"多么可怜的东西啊。"艾娃说道,"他们也是别人的姐妹、兄弟、儿子和女儿。他们战斗,不是因为想战斗,而是因为他们的心智已经死了。奥兰治兄弟即使死上一千回,也不足以弥补这样的罪行。"

"我挡不住了!"费喊道。她的脚因为工蜂的血而打滑,在地板上摩擦着后退。

"所有俘虏都放出来了!"艾娃喊道,"翼,我们走!"

红色母马回应了一声嘶鸣。只一跳,就来到房间深处的墙前。她后腿猛踹,两只蹄子看着就像巨大的手提钻。一次、两次、三次。石墙坍塌了。原本是墙的地方出现了一个巨大的窟窿,晚风嗖嗖地刮了进来。

红色母马得意地叫了一声,跳了出去。艾娃、费和其他人跟在后面。

拂晓之前的战斗残酷而血腥。

强盗们驱使着一波接一波失去心智的工蜂,试图包围逃跑的俘虏,切断他们的退路。

在启示后的真身内,艾娃嗅探着空气、倾听着伏兵,努力指挥惊恐的俘虏踏上正确的道路,逃离强盗占据的城镇。费、肖和她本可以轻易地骑在翼的背上逃出镇子。没有哪个强盗能赶上飞奔的母马。但艾娃坚持不丢下任何一个俘虏。

所以翼和费分别化身红色母马和黑色猎豹,嘶鸣着、吼叫着,与尾随的强盗展开搏斗。蹄子呼呼地在空中飞踹;爪子和牙齿在星光下反射寒光。强盗的鲜血浸染了街道,残破的石屋里惨叫声此起彼伏。强盗的数目越多,战士们的内心就越发坚强。

疲惫不堪的艾娃又冲进一条巷子,俘虏们紧跟在她身后。但前方并不通往自由。更多的强盗挥舞着剑、矛,甚至是电池驱动的电棒,阻住了去路。几个强盗头子化身巨大的启示老鼠,带头进攻,他们的爪子和牙齿看着比电棒上的蓝色火花还要阴森。

费从俘虏的头顶上方一跃而过,如同一道黑色的彩虹,降落在艾娃的前方。她匍匐在地,对着进攻的强盗低吼。受惊的强盗停住脚步,趔趄着后退,被恐惧吓倒了。

在俘虏们的后方,面对从巷子另一头追赶而至的强盗,翼发出一声挑衅的嘶鸣,蹄子一下下地踩在地上,每一下都像一次小地震。

强盗又开始往上扑了,一开始有些犹豫,接着就更大胆了。工蜂是被迫的,仍有自由意志的强盗则受到人数优势的鼓舞。不管红色母马与黑色猎豹有多么厉害,她们在数量上处于极大的劣势,没有取胜的希望。

绝望之中,艾娃趴在了地上,知道已无路可逃。

肖趴在她身旁。

"对不起,弟弟。"艾娃说道,"我救不了你,救不了费,救不了翼,救不了任何人。你姐姐是……是个废物。"

"不是。"肖伸出一只手,触摸着艾娃抽搐不已、满是泪水的脸颊,"你是最棒的姐姐。"

艾娃苦笑一声,"我只是一只兔子,什么用都没有。看看我。跑了还没到半英里,就已经累得浑身发抖了。我甚至没法儿在战斗中打败一个孩子。"

"然而费和翼都愿意追随你,我们也是。"肖说道,"你可能个子小,没力气,但你有勇气、智慧和同情心。你愿意倾听,你能放大其他人内心的声音。"

"我不怎么擅长倾听你。我不知道你真正想要什么。"艾娃说道。

肖摇了摇头,"请听我说,相信我。你的精神如同飞翔的龙一样昂扬。我以为我能拯救我们的家庭,却不知道我的家庭早已拥有了最伟大的启示领主。"

艾娃抬头看着弟弟。她注意到,他看着她的样子跟七年前一模一样。那时,他们正在拍摄他们家唯一的全家福。

"谢谢,弟弟。"艾娃说道,内心平静下来,"我们死前要好好教训一下这群强盗。我们要像龙一样死去,而不是像兔子——"

就在她说这句话的时候,一声悠扬嘹亮的号角刺破了空气,就像刚刚跃出地平线的太阳。所有人都停了下来,抬眼观看。

就在那里,在东方,一只巨大的、如雪一般白的飞行兽出现在消散的雾气中。两只巨大的翅膀,翅膀的边缘锋利如刃;一根长长的、如蟒蛇般的脖子,脖子上长着一颗箭形的脑袋。它的体侧有一排排斑驳的蓝色斑点,就像穿着古代的军服。

"活见鬼了,"费·斯维尔说道,语气里充满向往,"龙。"

艾娃转向东方,耳朵从未如此灵敏。她能听到隐约的隆隆声,那是上千名士兵的脚步声和上千种装备的摩擦声。

"执政官的军队来了!"她叫道,"执政官的军队来了!"

巨大的龙越飞越近,向镇子俯冲。强盗们发出惊恐的叫喊,夹杂着俘虏们喜悦的呐喊。紧接着,腐族强盗四散而去,就像面对势不可挡的波涛的脆弱沙堡。

艾娃、翼和费局促地站在一起。艾娃紧张地咽了口唾沫。

在她们前方,坐在一把由四张椅子架高的椅子上的,正是唐·伊克塞尔将军,又被称为龙;他是乌斯特的总督,这片土地上最强大的军阀。本已是身形高大,临时王座更是凸显了他的权势与地位。他锐利的双眼闪烁着无情、算计、顶级猎食者的目光，耐心地盯着这三个女人。

"这没什么，阁下。"艾娃说道，"我们只是在尽格里玛公民和执政官子民的义务。"

总督感谢她们给他送去了强盗巢穴的情报。原来，凯德总督是伊克塞尔总督的支持者，知道他正在寻求一场军事上的胜利，用以提升自己在格里玛领主之中的地位，增加自己的政治资本，所以凯德总督将腐族巢穴的情报送给了他，后者决定对强盗发动一次彻底的打击。

战斗——更确切地说，屠杀——进行得干脆利落。在龙炽热呼吸的驱赶之下，强盗奔逃于镇子的废墟之中，却发现退路已经被大步赶来的"长腿"用钢铁弹丸封死了。接着，乘着"蜻蜓"这种致命的旋翼机器的空军，用精巧的十字弓将逃跑者一一射杀。最后，穿着塑料盔甲的步兵在废墟中进行了大扫除，用电击棒杀光了所有幸存的强盗。不管是否得到启示、不管是人类还是木偶，总之没有一个腐族逃脱，即使他们跪下投降也没用。

一堆人头，外加一圈启示老鼠的尾巴，放在了将军的身旁，就像某种令人作呕的奖杯。看到这个景象，艾娃的肚子里翻腾不已。

将军依然什么也没说，耐心地等待着。

"我们很荣幸能得到您的赞赏，并给我们这样的机会，伊克塞尔大人。"艾娃咽了口唾沫，强迫自己迎上那位猎食者的目光，接着说道，"但我们姐妹几个只是些普通人，难以担当侍奉大人的重任。"

她决定将翼和费说成自己的姐妹，是为了隐藏翼的逃犯身份。看到腐族被无情地屠戮殆尽后，她不想让翼冒这个险。目光在尸块和高坐的将军之间逡巡，她不确定到底哪个形象更可怕一些。

"你是个聪明的女孩，艾娃·赛德，在帮助我赢得这场胜利的过程中展现了足够的潜力。"伊克塞尔领主的声音威严而又低沉，和缓而有魅力，"不必过分谦虚。你觉得我给你们的职位太低了？把它当作我的开价吧。我能给你们更多，只要你们能忠心侍奉我。"

"你误会我们了，阁下。"艾娃说道，"我们不是在讨价还价。我们不是为了升官发财而战斗，而是为了我们的亲人。我们不想追求荣耀，只是希望可以宁静地生活。"

"宁静？"将军笑了，但声音里没有欢乐，只有算计，"野地里的阿鲁克也希望能安宁，但风却总是刮个不停。格里玛外部被怪物紧紧包围，罗安弗雷尔内部则挤满了野心家。没有一个位高权重者的保护，你们怎么才能得到宁静？锋利的宝剑需要配上高明的剑士，没有伯乐，宝马也会在默默无闻中死去。"

"野马只适合生活在荒野，而不是罗安弗雷尔的棋盘街道上。"翼·盖茨说道。

"生锈的刀刃只能用来砍柴，不适合挂在大人的玉腰带上。"费·斯维尔说道。

气氛渐渐变得紧张，伊克塞尔将军眯起了眼睛。

"我姐妹们的意思是，我们只想按照自己的愿望生活。"艾娃说道，声音虽比翼和费的温柔，但却同样坚定，"如果你想违背我们的意愿，强迫我们为你服务，那你就和用毒药奴役他人的腐族没什么差别。"

有那么一阵子，伊克塞尔将军的脸上挂起了冰霜，空气都似乎冷却了。三个女人紧张起来。但接着他的脸解冻了，变成了温暖的微笑。"说得好，艾娃·赛德，说得好。我不会再强求，祝你们归途愉快。"

艾娃暗自松了口气。三人深深地朝伊克塞尔将军鞠了个躬，转身离去。艾娃示意站在一旁俘虏群里的肖。

"我们回家。"艾娃笑着说道。

"送他们走，"身后响起将军阴森的命令，"一个不留。"

刹那间，站在俘虏身旁的士兵步调一致地拔出了剑，刺进俘虏的身体。在咽下最后一口气之前，大多数人甚至来不及发出叫喊。

艾娃惊呆了，忘了行动。

肖倒在了地上。仿佛刚从噩梦中惊醒，艾娃一下子冲到他身旁，双膝跪在地上。臂弯里搂着垂死的男孩，她疯狂地用手压住他胸前的伤口，想阻止血液流出。

"哦，神啊！求你了，求你了！"

肖抬眼看着她，挤出一个笑容，"没事，姐姐。我应该听你的话，留在垃圾矿。"他的声音异常虚弱，艾娃不得不将耳朵贴近他嚅动的嘴唇，"你说得对，对这些人而言，我们就是杂草。"

最终，艾娃轻轻地将肖已不再动弹的身体放到了地上。她转身看着将军，"为什么？"

"我骑不上的野马，绝不会让别人去骑。"将军说道，声音如同艾娃脚底的血泊一样平静，"我握不上的生锈刀刃，也绝不能握在别人手中。况且，我们还缺几个人头，才能凑够我要报告给执政官的一千个杀敌数目。为了凑数，我只能借用俘虏的人头了，还有……你和你姐妹的人头。"

"你怎么能这么做？"艾娃朝他尖叫道，"你是执政官的仆人，是格里玛人民的仆人！"

"执政官在我面前也不敢放肆，更不用说命令我。"将军说道，"实际上，等回到罗安弗雷尔之后，我要向她要一个更加响亮的称号。格里玛守卫者听上去不错，你觉得呢？其他总督和将军也是时候该面对现实了。"

士兵们向前逼近，举起了手中的剑。艾娃死死地盯着将军，冲向了他，她举起了手，如爪子一般——

一对有力的胳膊抓住她，将她举离了地面。随后，她感到自己骑坐在长满红色鬃毛的背上，一上一下地颠簸着。将军渐渐退出了视野。她骑在红色母马背上，费·斯维尔紧紧地按住她，她们一起奔出了将军手下人的包围圈。

费低沉痛苦的声音在她耳旁响起:"不是时候!兔子最擅长的就是等待时机!"

在齐肩高的阿鲁克丛中,三个浴血的女人面朝东方跪下,那是太阳升起和罗安弗雷尔的方向。

"虽然我们并非同年同月同日生,"她们的声音整齐划一,"虽然我们并非同父同母,虽然我们并非出生在同一屋檐下、共用一个姓氏,但是我们找到了彼此。我们因为悲伤而团结在一起,因为寻求正义而团结在一起。我们在此义结金兰。天地为证,我们不想挑起这场战争,但我们一定会坚持到最后。在和平降临到格里玛之前,我们绝不会退却,直至同年同月同日死。"

阿鲁克茎在风中摇曳。三个姐妹哭干了眼泪。

草海之中,红色母马正在疾驰,黑色猎豹相伴在她身旁。在她们前方,如同飞鱼一般掠过海浪的,是一只灰兔。她会听、会躲、会出计策,甚至还会战斗——而且她绝不会在自己的理想面前退缩。

"格里玛的大人们,"艾娃默念道,"你们又多了一名新对手。"